KB013330

인도·네팔 설화

비슈누와 시바의 후손들이 전해주는 깨우침의 서사

건국대 서사와문학치료연구소
다문화 구비문학대계 13

인도·네팔 설화
비슈누와 시바의 후손들이 전해주는 깨우침의 서사

2022년 5월 10일 초판 인쇄
2022년 5월 15일 초판 발행

지은이   신동흔 외
펴낸이   이찬규
펴낸곳   북코리아
등록번호   제03-01240호
전화   02-704-7840
팩스   02-704-7848
이메일   ibookorea@naver.com
홈페이지   www.북코리아.kr
주소   13209 경기도 성남시 중원구 사기막골로 45번길 14
              우림2차 A동 1007호
ISBN   978-89-6324-863-9 (94810)
              978-89-6324-850-9 (세트)

값 17,000원

* 본서의 무단복제를 금하며, 잘못된 책은 구입처에서 바꾸어 드립니다.

건국대 서사와문학치료연구소
다문화 구비문학대계 13

인도·네팔 설화

비슈누와 시바의 후손들이 전해주는
깨우침의 서사

신동흔 박현숙 김정은 오정미
조홍윤 김영순 황혜진 강새미
김민수 김자혜 김현희 엄희수
이승민 이원영 한상효 황승업

북코리아

머리말 : 현장에서 만난 1,364편의 생생한 이야기

캄보디아, 베트남, 필리핀, 중국, 일본, 인도, 카자흐스탄, 에스토니아, 브라질….

세계 여러 나라에서 온 이주민 화자들이 한국어로 구술하는 설화들을 들으면서 마치 꿈속의 한 장면에 들어와 있는 듯했다. 그들의 입에서 가지각색 설화들이 술술 흘러나오고 있는 광경이 거짓말 같았다. 책에서나 볼 수 있었던, 아니 책으로도 볼 수 없었던, 깊은 재미와 의미가 차락차락 우러나는 원형적 이야기들! 그 보물 같은 이야기들을 현장에서 만날 수 있다는 것은 최고의 축복이었다.

한국에 이주해서 생활하는 외국 출신 제보자들을 대상으로 한 설화 조사를 계획하면서 기대보다는 걱정이 컸다. 한국과 달리 설화 문화가 유지되고 있어서 구전설화를 기억하고 전해줄 수 있으리라는 기대가 있었지만, 30~50대가 주축을 이루는 제보자들이 설화를 오롯이 구연할 수 있을지 의문이었다. 모국어가 아닌 한국어로 구술해야 하는 상황이라서 더 그랬다. 한국생활이 쉽지 않을 이주민들이 선뜻 마음을 열어줄까 하는 걱정도 없지 않았다.

결과는 기대 이상이었다. 수많은 이주민 제보자들이 기꺼이 자국 설화 구연에 나서 주었다. 모국의 이야기와 문화를 알린다고 하는 책임감과 자부심이 주요 동기였지만, 그들은 곧 설화 구연이 매우 즐겁고 유익한 일이라는 사실을 깨달았다. 그들은 한 명의 문학적 주체가 되어서 자신이 아는 이야기들을 성심성의껏 들려주었다. 고향에 계신 어른들에게 연락해서 묻거나 숨은 자료를 찾아서 구연해 주기도 했다.

　모든 이야기는 책이나 자료를 읽어주는 형태가 아니라 내용을 기억하고 새겨서 말로 구술하는 형태로 조사를 수행했다. 마음으로 기억해서 재현한 것이라야 화소(話素)와 스토리가 살아있는 진짜 구비문학 자료가 되는 것이기 때문이다. 제보자들이 구술로 전해준 이야기들 속에는 실제로 구비문학적 힘이 생생히 깃들어 있다. 재미있고 의미심장하며, 현장감이 넘친다. 그 언어는, 살아 있다.

　조사 과정에서 이야기를 들으면서 놀란 적이 한두 번이 아니다. 이주민 제보자들은 평균적인 한국 사람들보다 훨씬 이야기를 잘했다. 한 사람이 수십 편의 설화를 유려하게 구술한 사례가 여럿이며, 한 편의 설화를 30분 이상 완벽하게 구연한 경우도 꽤 많았다. 캄보디아의 킴나이키 제보자 같은 경우는 한 편의 설화를 2시간에 걸쳐 생생하게 구연하기도 했다. 한국의 유력한 이야기꾼들에게서도 좀처럼 보기 어려운 모습이다.

　10여 명으로 구성된 조사팀이 만 3년에 걸친 현지조사를 통해 만난 화자는 150명 이상이며, 수집한 자료는 약 2,000편에 이른다. 이 중 공개 동의를 얻지 못한 이야기와 완성도가 낮은 이야기들을 제외하고 가치 있는 것들을 선별한 결과 27개국 130여 명 제보자가 구술한 1,364편의 이야기 자료가 추려졌다. 자료마다 기본 구연정보와 줄거리(개요) 등을 갖추어서 정리하니 분량이 단행본 20권을 채우게 되었다. 양적·질적 측면에서 '한국구비문학대계'에 비견될 '다문화 구비문학대계'라고 해도 좋겠다고 생각해서 이를 총서명으로 삼았다. 『한국구비문학대계』(1980~1988; 전 82권)는 한국 구비문학 조사사업의 빛나는 성과이자 인류의 소중한 문화유산으로서, 갈수록 가치가 증대되고 있는 구술자료집이다. 우리의 『다문화 구비문학대계』도 그와 같은 역할을 하게 될 것으로 믿는다. 세계 각국의 설화를 생생한 한국어로 집대성했다는 점에서 전에 없던 새롭고 특별한 언어문화 자료집이다. 이와 같은 현지조사 성과는 세계적으로도 유례없는 일임을 강조하고 싶다.

　다문화 구비문학대계는 20권의 자료집과 1권의 연구서로 구성되어 있다. 자료집 구성은 다음과 같다.

1~2권 : 캄보디아 설화 (64편)

3권 : 태국·미얀마 설화 (53편)

4~5권 : 베트남 설화 (114편)

6권 : 필리핀·인도네시아·대만·홍콩 설화 (72편)

7~9권 : 중국 설화 (186편)

10권 : 몽골 설화 (92편)

11~12권 : 일본 설화 (149편)

13권 : 인도·네팔 설화 (78편)

14권 : 카자흐스탄 설화 (61편)

15권 : 러시아·중앙아시아 설화 (55편)

16권 : 유럽·중동·중남미 설화 (57편)

17권 : 세계의 문화와 풍속 이야기 (93편)

18권 : 세계의 속신·금기와 속담 (160편)

19권 : 세계의 신과 요괴 전승 (91편)

20권 : 한국 이주 내력 및 생활담 (39편)

　　1~16권까지 각국 설화를 나라별로 정리해 실었고, 17~20권에는 세계 여러 나라 문화 이야기와 속담, 생애담 등의 구술담화를 모아서 수록했다. 15권의 '중앙아시아'에는 우즈베키스탄, 키르기스스탄, 타지키스탄이 포함되며, 16권에는 에스토니아, 스웨덴, 터키, 아제르바이잔, 사우디아라비아, 도미니카공화국, 칠레, 브라질, 파라과이 등 9개국 자료가 실려 있다. 다 합치면, 설화가 수록된 나라는 총 27개국에 이른다. 중국편 자료가 가장 많은데, 한족과 조선족 자료를 포괄한 것이다. 7권에 한족 제보자의 구술자료를, 8~9권에 한국계 중국인 제보자 구술자료를 수록했다. 설화는 각 나라마다 앞쪽에 신화와 전설에 해당하는 것들을 싣고 뒤쪽에 민담을 실었다. 같은 유형의 자료를 한데 모으고 서로 내용이 통하는 자료를 이어서 배치함으로써 효과적으로 내용을 견줘볼 수 있게 했다.

　　27개국 총 1,364편에 해당하는 설화 자료 가운데는 한국에 처음 소개되는 것들이 매우 많다. 1, 2권에 해당하는 캄보디아 설화는 대부분 길고 흥미로운 것들인데, 모두가 한국어로 처음 출판되는 것들이다. 필리핀과 몽골, 인도, 카자흐스탄 등의 수많은 이야기들도 대부분 새로운 것들로 구성돼 있다. 베트남과 중국, 일본 설화 가운데는 한국에 알려진 유명한 이야기들도 포함돼 있지만, 새롭게 소개되는 것들도 많다. 각국의 대표 설화, 예컨대 베트남 설화 〈의붓자매 떰과 깜〉이나 일본 설화 〈복숭아 동자 모모타로〉 같은 경우는 제보자마다 이야기를 구술해서 최대 7~8편에 이르는 각편을 수록했는데, 세부 내용상 크고 작은 차이가 있다. 각편(各篇)마다 미묘한 차이가 있는 것은 구비설화의 본래적 특징으로, 이는 중요한 연구대상이 된다. 각국 주요 설화의 구술자료 각편들을 생생한 구어로 풍부하게 갖춘 것은 해당 국가에도 없던 일로서, 본 자료집의 가치를 더욱 높여주는 요소가 된다.

구비문학에 낯선 독자들로서는 구술을 녹취한 본문이 처음에 다소 어색하게 여겨질 수도 있을 것이다. 하지만 찬찬히 읽어나가다 보면 구술 담화의 맛과 가치를 생생히 느끼게 되리라고 믿는다. 구술자의 다양한 목소리가 귀에 쟁쟁 울려오는 듯한 경험을 할 것이다. 이주민 구술자들에 대하여, 이들은 오롯한 문화적·문학적 주체이자 구비문학 아티스트라고 말하고 싶다. 설화를 전공하는 한국인 연구자들에게 한국어 구술로 큰 감동과 깨우침을 안겼으니 특별한 아티스트가 아닐 수 없다. 현지조사 과정에서도 틈나는 대로 부탁했거니와, 이들이 앞으로도 적극적인 설화 구술로 21세기 한국어문화의 한 주역이 되어 주기를 기대한다.

본 자료집은 구비문학 연구와 언어문화 연구, 다문화 한국사회 연구를 위한 기초 자료로 널리 활용될 수 있다. 학술연구 외에 문화콘텐츠와 교육용으로도 본 자료집은 큰 의의를 지닌다. 작가와 기획자들에게 새롭고 특별한 소재를 제공할 것이며, 각급 학교와 평생교육 기관 등에서 다문화 교육자료 등으로 활용될 것이다. 아울러 본 자료는 일반 독자들에게도 재미있고 소중한 문학적·문화적 경험을 전해줄 것이다. 한국인 독자들은 외국의 문학과 문화에 대한 이해를 넓히는 한편으로 이주민들에 대한 인식을 일신할 것이며, 이주민과 다문화가정 구성원들은 문화적 정체성과 자부심을 내면화할 것이다. 아무쪼록 이 책이 한국사회 구성원들이 열린 마음으로 서로를 이해하는 가운데 상생적 화합과 발전을 이루어나가는 데 기여하기를 바라는 마음이다.

3년간의 현지조사와 정리 작업은 한국학중앙연구원 한국학 토대연구 지원 사업에 힘입어 진행되었다. 꼭 필요한 지원이 이루어져서 좋은 자료들을 널리 수집할 수 있게 된 데 대해 감사의 뜻을 밝힌다. 자료의 출판은 연구지원과 별개로 이루어진 것으로, 출판사의 후의와 결단에 의해 이루어졌다. 자료집의 가치를 이해하고 기꺼이 출판을 맡아준 북코리아 이찬규 사장님과 편집부 김수진 과장님께 깊은 감사 인사를 드린다.

이 자료집이 나올 수 있었던 것은 현지조사와 자료정리의 실무를 맡아 수고한 전임연구원과 연구보조원들이 있었기 때문이다. 팀장을 맡아서 일련의 길고 힘든 작업을 훌륭히 감당해준 박현숙, 김정은, 오정미, 조홍윤 박사와 이원영, 황승업, 김자혜, 김현희, 한상효, 김민수, 이승민, 엄희수, 강새미 등 여러 연구원의 노고에 감사와 사랑의 마음을 전한다. 공동연구원으로서 현지조사와 연구작업을 적극 뒷받침해준 김영순, 황혜진 선생님께도 깊이 감사드린다.

이 책은 기꺼이 이야기를 들려준 여러 제보자들에 의해 이루어진 것이다. 낯선 조사자들을 반갑게 맞이하고 바쁜 시간을 쪼개어 열성껏 이야기를 풀어내 주신 130여 명 제보자들께 머리 숙여 인사드린다. 본 자료집이 특별하고 귀중한 문화유산으로 자리 잡아 오래도록 널리 활용됨으로써 제보자들의 열정과 노고가 빛을 발할 수 있기를 바라 마지않는다. 모두들 행복하게 씩씩하게 잘 지내면서 한국사회의 실질적 주역 구실을 해주시기를 기원하며, 다시 만나 많은 이야기들을 즐겁게 나눌 수 있기를 기대한다.

2022년 5월
저자를 대표하여
신동흔

목차

12

일러두기

1. 본 자료집은 한국에 와 있는 세계 여러 나라 이주민이 한국어로 들려준 설화와 생애담, 문화 이야기 등을 화자가 구술한 대로 녹취하여 정리한 것이다. 현지조사는 구비문학 전공자들이 만 3년에 걸쳐서 진행했으며, 구비문학 조사 및 정리 방법에 따라 자료를 수집 정리했다. 27개국에서 온 130명 이상의 제보자를 직접 만나서 구술 자료를 녹음했다. 제보자의 주축은 결혼이주민이며, 유학생과 이주노동자도 포함돼 있다.

2. 자료집은 총 20권으로 구성되어 있으며, 총 1,364편의 구술 이야기 자료가 수록되어 있다. 1~16권에는 각 나라별로 신화와 전설, 민담 등 설화자료를 실었고, 17~20권에는 여러 나라 문화 이야기와 속신·속담, 신과 요괴 전승, 생애담 등을 종합해서 실었다. 별권으로 연구서 『다문화 이주민 구술설화 연구』를 갖추어 조사사업의 성격과 의의를 밝히고, 자료 총목록을 제시했다.

3. 모든 자료마다 조사일시와 장소, 제보자와 조사자 등 기본 구연정보를 제시하고, 이야기 줄거리(또는 개요)를 제시하여 이해의 편의를 도왔다. 그리고 모든 설화와 생애담 자료에 '구연상황'을 제시하여, 해당 이야기가 어떤 맥락에서 구술되었는지 알 수 있게 했다. 설화집에 해당하는 1~16권 말미에는 나라별 제보자에 대한 정보가 제시되어 있다. 제보자 인적사항과 특성은 조사 당시를 기준으로 삼은 것으로, 추후에 변동되었을 수도 있다.

4. 이야기 본문은 녹음된 내용을 그대로 받아 적었으며, 현장 상황을 생생히 전하기 위해 조사자와 청중의 반응 부분을 함께 담았다. 한국어 어법에 맞지 않는 구술도 그대로 반영하여 전사했으며, 오해의 소지가 큰 경우 괄호 속에 표준어 표기를 제시했다. 내용 이해를 위해 필요한 경우에는 각주를 달아서 보충 설명을 했다.

5. 이야기 본문에서 제보자의 구술 외에 조사자와 청자의 반응은 [   ] 속에 넣어서 정리했으며, 기타 보충설명은 (   ) 안에 제시했다. 여러 조사자가 발언한 경우 '조사자 1', '조사자 2' 등으로 표시했는데, 번호는 구연정보의 조사자 순서에 준한다. 본문은 이야기 전개 흐름에 따라 문단을 나누었으며, 대화에 해당하는 부분은 행을 바꾸어 표현했다. 대화에 부수되는 언술은 행을 달리하되, '고'나 '구'는 구어체 특성을 살려 대화문 뒤에 붙였다. 2인 이상의 제보자가 공동으로 구술한 자료는 각 제보자와 조사자의 발화를 단위로 삼아 단락을 나누는 방식으로 편집했다.

6. 본 자료집에 자료를 수록한 모든 제보자들에게는 사전에 자료공개 동의를 받았다. 다만, 생애담 등의 구술에서 사적 정보가 노출될 수 있는 부분은 내용을 일부 삭제하거나 **로 표시하기도 했다. 조사장소도 개인정보 보호를 위해 번지수와 같은 세부정보를 삭제했다.

인도

가네샤 신이 코끼리 얼굴을 하게 된 내력 [1]

● 구연정보
조사일시 : 2017. 02. 20(월) 오후
조사장소 : 광주광역시 북구 금남동
제 보 자 : 바수무쿨 [인도, 남, 1964년생, 이주노동 25년차]
조 사 자 : 조흥윤, 황승업, 김자혜

● 구연상황
제보자가 〈시바신의 가계〉에 대해 구술한 뒤 이를 기반으로 가네샤가 코끼리 얼굴을 하게 된 유래에 대해 구연했다. 가네샤의 얼굴이 왜 코끼리의 모습인지에 대해서는 여러 설이 있는데, 그것을 설명하는 대표적인 이야기 중 하나이다.

● 줄거리
두르가(Durga)가 가네샤(Ganesha)를 낳았을 때, 히말라야에서 수행중이었던 시바(Shiva)는 아이가 태어난 사실을 모르고 있었다. 시바가 집으로 돌아왔을 때 마침 두르가가 목욕 중이어서 아들인 가네샤가 문을 지키고 있었는데, 시바가 들어가려는 것을 제지하다가 목이 잘렸다. 뒤늦게 사실을 알게 된 시바와 두르가는 신들을 소집해서 아들을 살릴 방법을 찾게 되는데, 연장자인 브라마(Brahmā)가 북쪽으로 가다가 만나는 첫 번째 동물의 머리를 가네샤에게 붙여서 되살리자고 제안했다. 그렇게 실행해서 선택된 동물이 코끼리였다. 신들은 얼굴이 코끼리인 가네샤를 사람들이 경시할까 봐 모든 신에 앞서 가네샤에게 기도하게 하자고 의견을 모았다. 그렇게 해서 가네샤는 인간의 모든 삶을 관장하는 큰 신이 되었다.

그래서 이제 가네샤에 대해서 이야기를 하는데. 모든 신들, 항상 악마의 대표하고 신들하고 싸움이 벌어져요, 인도 신화 속에. 그래서

이 신들이 악마들하고 계속 싸우고 이런 일들이 많이 벌어진다니까요. 그래가지고 그런 악마들의 이야기들이 조금 나오고 그러면서 이제 항상 싸웠어요. 신들도 싸웠더라고. 그래서 인도의 신들이 특별히 하늘에서 내려온 신보다는 인간으로 사는 사람들이 특별한 어떤 신적인 어떤 존재를 가지고 있어서 존재했던 것 같더라고. 그래서 결혼하고 애기들도 낳고. 그래서 그런 것들이 이제 나와요.

그러면서 우리 그 아까 말하는 시바, 시바신의 와이프 두르가랑 이렇게 같이 낳은 아이 중에서 첫 번째 아들이 가네샤. 그런데 시바신이 산 위에, 히말라야 산 위에 살던 사람이고 수행자고 그래서, 이 사람이 며칠 동안, 몇 달 동안 아예 안 들어오고 그래요. 그런데 아들이 낳고, 아들이 컸어요. 그런데 본인이 자기 아들인지도 모르고 왔어요.

그런데 이제 (가네샤가) 엄마가 집에서 뭐 목욕하고 있다고 누가 못 들어가게 밖에 기다리고 있는데. 지 아빠인지도 모르고, 아빠가 와서 자기 집에 자기가 들어가는데,

"너 누구냐?"고.

이렇게 해가지고 싸움이 벌어지는 거예요. [조사자: 가네샤하고 시바신이랑?] 네. 그래가지고 가네샤가 그때는 코끼리 얼굴이 아니었어요, 사람이었죠. 그냥 (시바가 가네샤를) 칼로 죽였어. 근데 그 얼굴이 주변에 있는 것도 아니고 다른 동물이 먹어 가버렸는가 뭔가 이렇게 있어서 없었어요.

그러다 보니까 이제 그다음에 이제 자기 엄마가 나오는 거고.

"큰일 났다."

그래서 이제 모든 신들 불렀어요.

"다들 방법을 찾아라. 어떻게 했으면 이걸 살릴 수 있을까."

그래가지고 이제 브라마를 불렀어요. 브라마가 이제 제일 오래된 신이니까. 할아버지 모습으로 나와요, 항상. 그러니까 브라마를 물어보았어요.

"어떻게 하면은 이 문제가 해결될 거냐?"

고 그랬더니,

"북쪽으로 가다가 제일 먼저 나오는 동물의 얼굴을 올려서 살리자."

그러면서 이제 코끼리가 나타났어. 코끼리 얼굴을 올려서 살렸어.

그런데 신들 사이에 큰 회의가 벌어졌어. 모든 신들은 잘생기고, 이 신은 얼굴,

"코끼리 얼굴인데 어떻게 하면 좋으냐? 사람들이 존경하고 막 기도하고 안 할지도 모르는데 이 신을 살릴 수 있는 방법이 뭘까?"

그래서 모든 사람들이 합의를 보는 게,

"모든 신에게 기도를 올리기 전에 제일 먼저 가네샤에게 기도를 해야 한다."

그래서 인도의 모든 가게에 들어가면 가네샤가 꼭 모습이 있어요. 가게고 집이고 힌두교 사원마다. 다른 신들이 없어도 꼭 가네샤와 락츠미, 락츠미, 아까 여신, 돈, 재산의 여신. 그래서 이 가네샤를, 그래서 꼭 이렇게 세상의 어떤 문제가 생겨도 해결해 줄 수 있는 신이 가네샤가 되는 거야, 가네샤. 그래서 '더 갓 오브 웰-페어The God of Welfare' 이렇게 지정이 되는 거고. 그래서 모든 사람은 집들이하고, 뭐 사업하고 뭐하고 제일 먼저 어떤 기도를 하든 거기다가 제일 먼저 기도를 하는 거야.

근데 그 가네샤가 뭐를 타고 다니나. 모든 신들이 타고 다니는, 그 교통수단을 쓰는 동물들이 하나씩 있어요, 다들. 그중에 가네샤는 쥐. 쥐를 타고 다닌다 이거야. [조사자: 굉장히 역설적이네요? (웃음)] 그러니까 이제 그래서 이 쥐를 죽이면 안 되는 거라고. 쥐가 가네샤를 대표하는 걸로.

오히려 인도 같은 데는 쥐 공원도 있어요. [조사자: 아, 쥐 공원.] 막 이만큼 큰 쥐들이 있어요. 막 아침에 일어나자마자 사람이 음식 가져가서 그 쥐한테 먹이고. 그 공원이 아예 그 쥐들만 사는 공원으로 인도에, 인터넷에다가 치면 나와요. '쥐 공원'이라고. 그래서 인도가 그런 쥐를 살릴 수 있는 개념.

가네샤 신이 코끼리 얼굴을 하게 된 내력 [2]

● **구연정보**

조사일시 : 2017. 02. 20(월) 오후

조사장소 : 광주광역시 북구 금남동

제 보 자 : 바수무쿨 [인도, 남, 1964년생, 이주노동 25년차]

조 사 자 : 조홍윤, 황승업, 김자혜

● **구연상황**

제보자는 앞의 이야기에 이어서 가네샤(Ganesha)가 코끼리 얼굴을 갖게 된 내력을 전하는 또 다른 이야기를 구연했다.

● **줄거리**

수행 중에 집으로 돌아와 아들이 태어난 사실을 알게 된 시바(Shiva)는 모든 신들을 불러 모아 아들이 태어난 것을 알리는 자리를 마련했다. 이때 참석한 신 샤니(Shani)는 어딘가를 바라보기만 해도 그 자리에 있는 것을 소멸시키는 권능을 지니고 있었다. 두르가(Durga)가 자신의 아들을 보지 않는 샤니를 책망하자 샤니는 고개를 돌려 가네샤의 얼굴을 봤는데 그 순간 가네샤의 얼굴이 사라져버렸다. 이에 신들은 회의 끝에 북쪽으로 가는 길에 처음 만나는 동물의 머리를 가네샤에게 주어서 살리기로 했는데, 그 동물이 바로 코끼리였다.

그 아까 가네샤 이야기가 다양하게 있어요. 지역별로 틀려요. 우리 지역에서는 아까 내가 이렇게 말했는데, 어느 다른 지역에는 똑같은 가네샤 이야기가 다르게 있어요.

예를 들어서 신들이 이 가네샤가 태어나고, 이제 어 가네샤가 태어나서 좀 컸는데, 아빠가 안 들어왔으니까 몰라. 아들이 생겼는지. 들어와서 아들이 생겼다는 것을 알리기 위해서 모든 신들 오라고 했어. 전체 신들이 참석을 했는데, 거기에 샤니*라는 신이 있어요. 신, 샤니라는 신은 어디 보면 없어져. 다 버리고, 완전히 사라져 버리고 그래요, 눈으로 보기만 하면.

근데 두르가가 자기 아들 쳐다보지 않는다고 그 신이 뭐라고 지적을 했대요. 그러고 나서 이 샤니가 이 가네샤의 얼굴 딱 쳐다봤더니 얼굴이 없어지는 거야. 그래서 없어졌으니까

"이거를 어떻게 살릴 거냐?"

그래서 이제 다시 비슈누 말 듣고 나머지 뒤에 부분은 똑같이 됐는데, 이제 지역별로 조금씩 틀리더라고. 똑같은.

[조사자: 그것도 재밌어요. (웃음)] (웃음) 네. [조사자: 실수담 비슷하게. (웃음)]

● 힌두교의 '복수의 신'이며 토성의 신으로 알려져 있다.

비슈누의 환신 라마의 영웅서사시 라마야나

● **구연정보**

조사일시 : 2017. 05. 27(토) 오전

조사장소 : 광주광역시 동구 계림동

제 보 자 : 바수무쿨 [인도, 남, 1964년생, 이주노동 25년차]

조 사 자 : 조홍윤, 황승업, 김자혜

● **구연상황**

제보자가 라마(Rāma)와 크리슈나(Kṛṣṇa)의 서사시에 대해 구술하기 위한 배경 지식을 먼저 설명한 뒤 이 이야기를 구연했다. 매우 긴 이야기를 압축해서 전하는 가운데 중간중간 인도 문화에 대한 다양한 설명도 넣었다.

● **줄거리**

인도의 왕에게 세 명의 부인이 있었는데, 두 번째 부인이 왕의 목숨을 살려준 대가로 자기 아들을 왕위에 올려달라고 했다. 이에 첫째 아들인 라마는 자신이 숲에 가서 14년 동안 수행을 하고 오겠다면서 둘째에게 나라를 다스리라고 했다. 길을 떠날 때 라마는 부인인 시타(Sītā)와 막내 동생 락슈마나(Lakshmana)를 대동해서 떠났는데 시타가 라바나(Ravana)에게 납치를 당했다. 라마는 하누마나(Hanumān)와 독수리의 도움을 받아 시타를 구했다. 그러나 사람들은 시타가 순결을 지키지 못했을 것이라 생각해 이를 시험하고자 했다. 그 장소에서 땅이 꺼져서 모두 죽었다.

인도는 왕이 왕비들이 여러 명이 있었던 시대죠. 그러니까 첫 번째, 두 번째, 세 번째 왕들이 따로따로 있는데, 첫 번째 왕비에서 나온 아들이 큰아들이니까 시스템상 그 사람이 왕이 되어야 해요. 근데 둘째 아들과 셋째 아들 있는데 마지막에 막내 나오는 아들이 있는데, 막내 부인이 언제 한번 여행가다가 생명을 살려줬어, 왕을. [조

사자: 왕의 생명을?] 왕의 생명을 살려줬어. 죽을 뻔했었는데, 거기서 살 수 있는 스마트한 활동을 해서, 자기가.

"너 소원하나 들어주겠다."고.

"소원을 말하라."고.

그랬어. 막내가 아니고 둘째구나. 둘째 왕(왕자)이에요. 그래서 그 이야기를, 그때 본인은

"그 소원을 다음에 들어주시라."고.

말을 했어요. 그러다가 이제 왕이 아파지고 어느 정도 자기 책임도 넘겨줘야하는 시간이 오니까, 아픈 현장에서 아들을 넘기려고 했더니 그때 나타나서 그 둘째 부인이 자기 아들 '바라타Bhārat'를 왕 시켜달라고 하는 거야.

그래서 이 말을 듣고 그 왕이 더 마음이 아파. 아주 어려운 걸 부탁했다고. 근데 이 내용을 큰아들이 알게 됐어요. 라마가 큰아들이에요. 라마가 알게 됐어. 그랬더니 아버지한테 뭐라고 말하냐면

"아버지 나는…"

수행이 인도 사람의 삶이니까, 누구든지 인도는 수행을 해야 한다고 생각을 해, 태어나서. 인도에 태어나서 목표를 이루는 게 네 개예요. 인생의 목표. 그 네 개가 인생에 이루어져야 한다고. 다르마dharma, 아르타artha, 카마kama, 목샤moksa 이 네 개. 그래서 그런 것처럼 누구나 수행한다는 거에서 안 막아. 이제 아버지가 그렇게 많이 고민을 하는 것이 건강에 안 좋은 거니까 자기 둘째 엄마하고 합의를 봤어.

"내가 12년 동안 숲에 가서 살 테니, 내가 가서…"

14인가? 14년인 것 같아요.

"14년 동안 숲에 가서 생활을 할 테니 제발 그 기간이라도 바라트 동생이 이 국가를 운영하면 좋을 것 같다."

"그거라도 좋다."

고 해서 자기는 아버지한테서 엄마한테서 굿바이하고 떠나요. 떠났을 때 자기 와이프, 둘이서 나가려고 하니까 막내 남동생.

"나도 형이랑 같이 갈 거야. 나는 형을 지켜줘야 하는 의무가 있

다고. 꼭 가야 한다고 숲에서 무슨 일이 생길지 모르니까."

이 스토리 속에서 큰형제의 역할이 무엇인가, 또는 막내 형제관이 얼마나 탄탄한 것인가. 그리고 12년 동안 나라를 관리하는데 둘째 형이 허락을 받았어. 자기 큰형한테서,

"내가 형을 모시고 하겠다."

형의 힘을 받아서 자기 제일 윗자리에 올려놓고 형을 생각해서 운영을 하겠다고. 어떻게 형제끼리 서로를, 엄마 아빠 둘의 문제 때문에 어떻게 합의를 하고 잘 적응해서 살아가야 하는 건지, 이런 스토리가 나오는데. 전체적인 스토리의 목적 중에는 애들이 나가요. 나갔을 때 왕처럼 하진 않죠. 수행자니까 옷이고 뭐고 악세사리고 뭐고 다 버리고 거지 같은 옷으로 나왔어요. 부인도 거기서 여성의 역할에 대해 말이 나오는 거죠.

"나는 이런 왕처럼 살고 싶지는 않다. 나는 내 남편의 50% 몫인데 어떻게 내가 남편은 가고 나는 여기 있을 수 있겠냐? 남편이 고생하면 나도 같이 고생하겠다."고.

간 거예요. 그래서 같이 나가는 거라고.

근데 이제 나가는데 그다음 스토리가, 숲속에 사는 동안 많은 스토리가 있죠. 막 싸우고 뭐하고 이런 일들이 있는데, 간단하게 말을 하자면 그 숲속에 간 후에, 시타가 라마의 와이프예요. 시타가 결혼했을 때는 인도에는 왕들이 결혼했을 때는 이 나라 왕, 저 나라 왕 다 불러요. 불러가지고 그 왕들끼리 같이 싸움을 해 경쟁을 한다고. 그 속에서 이기는 사람한테 꽃목걸이를 주고,

"나는 남편으로 받아들이겠다."

결정한다고.

그러니까 엄마 아빠 앞에서 모든 왕들이 모여서, 모든 왕들이 모여서,

'그런 자리에 내 딸, 능력 있는 사람 나타나라.'

이런 시스템이었어요.

그래서 시타가, 시타를 좋아하는 남자가 있었어요. 왕이 있었어요. 걔가 라바나예요. 이 라바나가 졌어. 라마 이겨서 결혼했어. 근데

본인이 사랑하고 마음속에 시타가 있으니까 쫓아다녀. 그러니까 숲속에 갔을 때 기회를 받아서 납치를 했어, 이 여자를.

그리고 그 라바나를 대표할 때 '악'의 대표. 라마는 '선'의 대표. 이렇게 선과 악을 대표하는 인물로 이 스토리 안에 있는 거예요. 그래서 〈라마야나〉에 두 번째 라마하고 싸웠던 라바나는 왕국이 어디였냐면 스리랑카였어요. 그래서 스리랑카하고 인도하고 이런 스토리에 대해서 엄청나게 강하게 믿고, 힌두교들이 이거 신화처럼 말해도 실제처럼 믿고 있어요. 인도 사람들이 그래서 지금도 스리랑카와 인도 사이에 밑에 뭔가 좀 나왔대요. 엑스레이 찍었더니 밑에 뭐가 있다.

그래서 스리랑카에 싸움하러 라마가 갔을 때 주변에 바다가 있어가지고 라마를 돕겠다는 사람들은 다 동물들이었어요. 여기서 왜 원숭이를 사람들이 신으로 생각하는지가 나와요. 그래서 제일 처음에 싸웠을 때 거기는 군인도 없고 누구도 없잖아요, 라마하고. 시타를 훔쳐갔으니까 그래서 시타를 납치하는 동안에 시타를 못 가게.

이 스토리 속에 재미있는 것이 뭐가 있냐면 인도에는 비행기라는 개념이 옛날부터 있었어요. 그거 타고 가는데 가다가 나이 많은 독수리가 못 들어가게 막았어요. 그랬더니 칼로 잘랐어요. 그래서 독수리가 안 죽고 살아있었어요. 와이프 어디 있는지 찾다가, 찾다가 가는 길에 독수리를 만났어요. 독수리가 이야기했어.

"라바나가 훔쳐갔다."고.

그래서 확인을 해야 해. 어디에 있는지 어떻게 됐는지.

그리고 두 번째로 라마의 대표로 가는 것이 원숭이에요. 하누마나. 하누마나와 원숭이하고 틀려. 원숭이는 인도에서 반다라bandara라고 해요. 반다라가 많은 종류가 있어 그중에서 얼굴 까맣고 키가 크고, 얘들은 아주 똑똑해. 이 종류만 하누마나라고 한다고. 그래서 이 하누마나는 신의 존재로 힌두교들이 부른 거예요. 모든 인도 사람들이.

그래서 우선은 이 하누마나가 스리랑카 가기 위해서 어떤 방법을 쓰냐. 하누마나가 수행 시작했다고. 하누마나가 수행을 해가지고 시바신의 은총을 받았어. 그 시바신의 은총을 받고 본인이 필요하면 몸을 가볍게 할 수 있고 크게 만들 수 있고 그래서 몸을 가볍게 해서 날아갔어, 스리랑카에. 그리고 쫙 숲을 봤더니 어느 나무 밑에 시타가 울고 있는 것이 보여서 내렸어. 내려가지고 시타한테 말했어요.

"내가 라마의 대표로 왔다. 나에게 뭔가 하나 줘라. 그럼 그걸 갖다 준다."

그래가지고 팔찌인가 반지인가 뭐 하나를 줬대요. 그래서 그걸 들고 와서 확인이 되는 거야.

"그러면 확실하게 시타는 스리랑카에 있다."

이제 전쟁 준비가 되는 거예요. 그래서 그거를 하다가 들켰어. 스리랑카 군인들한테 들켰다고. 그런데 스리랑카라고 안하고 랑카 Lanka라고 해요. 그래서 들켜가지고 얘를 벌주려고, 태우려고, 죽이려고, 이 원숭이 꼬리에다가 불을 질렀어. 천으로 묶어서 불을 넣었어. 그런데 이 원숭이는 뛰어나와가지고 전체 랑카라는 국가에 모든 것을 태워버렸어. 여기 저기 그걸로.

그리고 마지막에 자기가 너무 아프고 그럴 때 다시 시타한테 와서 물었어.

"어떻게 했으면 좋겠냐?"고.

그랬더니,

"입에다가 이걸(불을) 집어넣고 묶으라."고.

"그럼 없어진다."고.

그랬더니 입에 넣고 불을 꺼서 그다음에 라마한테 왔어요. 근데 그 입에 넣었을 때 얼굴이 까매졌어요. 그래서 그중에 하누마나는 얼굴이 블랙이에요. 어쨌든 스토리들이 다 재미있는 거예요.

그래서 하누마나는 인도 사람들에게 누구보다도 힘이 세. 그래서 인도 사람들이 다른 나라의 어떤 전통 놀이 같은 거 있잖아요. 한국에는 씨름 있고, 인도는 레슬링이에요. 그런데 레슬링 선수들이 기도하는 거는 하누마나한테 기도합니다. 힘이 세질 수 있는 거. 그래서 모든 레슬링 센터마다 하누마나를 신으로 모시는 거예요. 그거뿐 아니라 모든 인도사람 집에, 하누마나를 특별이 존경하는 지역이 있어요, 인도에. 힌디말을 하는 지역 자체가 어마어마하게 원숭이를 빼

놓을 수 없어, 거기는.

　　그리고 일반 생활 속에도 토요일 일요일만 되면 누구 집에서
〈라마야나〉 리딩을 해요. 형식처럼 한다고. 어른이 한 분 나와서 어
느 챕터chapter를 같이 읽고, 읽기 전에는 〈라마야나〉를 기도해, 책 자
체를. 그 정도의 〈라마야나〉가 중요한 역할을 인도 사회에 잡고 있
는 거예요.

　　그래서 마지막은 싸우다가 결국은, 그 라바나는 악마이기 때문
에 얼굴이 열네 개예요. 손도 너무 많고, 그래서 그 악마하고 라마와
락슈마나 그리고 같이 있었던 원숭이들 그래서 이 원숭이 중에 원숭
이 리더 이름이 바바나Bhavana예요. 바바나가 원숭이 이름이에요. 바
바나는 하늘이라는 뜻이에요. 얘는 몸을 가볍게 해가지고 엄청나게
넓을 수 있다고. 아주 하늘만큼, 자기가.

　　그래서 그 싸움 중에 어떤 일이 있었냐면, 락슈마나가 그냥 기절
을 했어. 그랬더니 이 락슈마나에게 어떤 나무의 죽을 줘야 해. 비수
그르니라는 나무. 그 비수그르니를 가져오라고 원숭이한테 말을 했
는데, 원숭이가 어느 산에 있다고 해서 갔더니 가서 기억을 못해, 어
떤 건지. 그래서 산을 들고 와, 그냥. 그래서 오른 손에 산을 들고 날
아가는 사진이 보일 거예요. (웃음)

　　그래서 인도가 이 라마야나라는 스토리가 아주. 이런 비슷한 스
토리가 책이 두꺼워요. 마하바라타도 이정도 되고. (두꺼운 책을 예
로 들어 보임.)

　　[조사자: 중간중간에 재미있는 에피소드들이 많을 것 같은데 재미있는
것 맛보기로 조금만 해주세요.] 이건 간단하게 브리핑하는 거고. 그다
음에 두 번째는, 너무 마지막 단계가 슬픈 이야기예요.

　　시타를 다시 구해서 왔어요. 그런데 시타를 라마는 의심은 안 해
도 시타가 다른 남자한테 넘어갔다고 의심을 해, 민족이. 말이 나와.
이런 말이 나오니까, 아까 14년 끝나고 다시 돌아와. 이 라마가. 돌
아와서 다시 왕으로. 근데 모든 시민들이 그렇게 나쁜 말을 하고 이
런 걸 듣고 나서 라마가,

　　"너를 내가 데리고 오는 거 좀 어렵다."

는 식으로 말을 했어요.

시타는 발미키Valmiki라는 수행자 아슈와메다Ashwamedha●로 생활하기 시작했어요. 거기서 트윈twin, '럽', '구스'라는 두 아이를 낳아요.●● 이 아이가 거기서 자라기 시작해요. 데리고 오지 못해. 그 아이들과 자기 와이프를.

그래가지고 결국은 왕 라마가 훌륭한 왕이라는 것을 전 세계적으로 다른 국가 사람들에게 인정을 받으려고 하면, 어떤 제도가 있었냐면 말 하나를 보내. 이 말이 지나가는 국가에서 다들 인정하면 말이 돌아오는 거고, 그런데 그 말을 누가 막으면 거기서 싸워야 해요. 싸워서 이겨야 한다고, 전 세계 돌아다니고 돌아와도.

이 아들들이 그때 갔어. 많이 크지는 않았지만 10대였나? 어쨌든 이 럽하고 구스는 그 말 잡았어. 잡고 싸움이 벌어져. 누가 와도 져버려. 결국은 아빠까지 나타났어. 거기서 엄마가 그랬어.

"너네 아빠니까 좀 그렇게 하지 말라."고.

그래서 마지막에 아빠한테,

"아빠."

라고 본인들이 소개를 하면서 이 문제가 그렇게, 다시 아이와 엄마를 데리고 오는데 엄마가 진짜 순결한 여자가 아니냐는 걸 증명하는 거에 대한, 마을에서 말이 나오는 거야. 그래서 불, 신을 위한 뭐를 올려요. 그 위에 그걸(시타를) 올려야 한다고 말을 했어요. 그래서. 시타는 그런 시험에 들어갈 수 있다고 했어요.

근데 시타는 아주 깨끗하고 좋은 여자인데 그 여자를 세상이 더럽게 보고 이런 걸 보면서 지구가, 그 상황에서 아예 그 자리에 땅전체가 밑으로 꺼졌어요. 지구 밑으로 들어가 버렸어. 이런 스토리로 끝나.

● 말을 이용한 희생제를 의미하는 말이나, 여기서는 수행자 발미키의 문하에 있는 이로 표현되고 있다.

●● 라마와 시타의 아이들에 대해서는 그 이름을 찾기 어려운 상황이다. 제보자의 발음에 따라 '럽'과 '구스'로 표기했다.

모든 스토리에는 사람이 살아가는 데 있어서, 누가 아빠의 역할을 할 거냐, 큰아들이냐 둘째 아들이냐, 누가 역할을 하느냐에 대한 경쟁이 있을 때, 서로가 어떻게 서로를 받쳐야 할 것인가에 대한 이런 부분에 대해서. 또는 여자를 그렇게 의심하고, 사회에 여자가 항상 그렇게 당하잖아요. 그 여자는 어떻게 살아가야 할 것인가에 대한 가이드, 이런 쪽으로 보면 되죠.

근데 14년 숲속에서 돌아오는 라마에게, 이 국가에 돌아왔을 때 크게 만드는 축제가 '디파윌리Deepavali'래요. 인도의 축제 중에 가장 유명한 디파윌리. 디파윌리는 빛의 축제. 그래서 이 〈라마야나〉 관련된 이야기 중에 하나를 꼭 내가 말하고 싶은 게 뭐냐면, 시타가 납치를 어떻게 당했느냐, 그 부분이 좀 재미있는 부분이에요.

예를 들어서 라마하고 시타하고 락슈만하고 같이 살고 있는데, 갑자기 람이 있으면 아무것도 못하니까 라바나가 흑주술을 써서 금으로 만드는 사슴을 하나 집 앞에서 뛸 수 있도록 나타나게 했어요. 그래가지고 그걸 가지고 시타가,

"저건 금으로 된 사슴을 좀 키웠으면 좋겠다."고.

말을 했나 봐.

그래서 람이 그걸 잡으려고 갔는데 사냥을 해야지. 그런데 계속 뛰어가니까 멀리 가버렸어. 근데 집 안에는 시타하고 락슈만만 있어. 근데 람이 가서 안 돌아오니까 걱정이 돼요, 그 락슈만한테는.

'왜 아직 안 오지?'

그러다 어느 순간에 소리가 나.

"살려줘, 살려줘!"

라는 소리가, 람 소리로.

결국은 아무 일도 없었는데, 이 라바나가 그런 상황을 만들었다고, 흑주술로. 그래서 그걸 듣고 시타는 자기 사돈? [조사자: 도련님?] 도련님에게, 결혼 안 했어요. 그래서 도련님한테,

"빨리 가서 좀 살려주라."고.

그랬더니,

"아 형수님, 그렇게 생각하지 말라."고.

"우리 형이 누군데 그런 일은 없다."고.

"이건 흑주술이다."

이렇게 말을 하는데 시간이 갈수록 달라져요.

"당신은 형이 죽은 걸 바라냐? 나쁜 마음이 있냐?"

형이 죽으면, 이런저런 말이 나오니까 마음속에서,

'그래 내가 한번 가야겠다.'

가기 전에,

"형수님, 절대로 내가 그려 준 이 줄 밖으로 나오지 말라."

고 그랬어요. 매직 라인을 자기가 그려준 거지.

"이 라인 밖으로 나가면 나쁜 일을 당하지만 이 라인 안에서는 어떤 나쁜 일도 일어나지 않는다."

이런 어떤 영적인 마법을 그려주고 갔어요. 락슈만 라인이라고 해요.

그걸 그려놓고 갔는데 그 라바나가 나타났어. 근데 라바나가, 라바나처럼 나타나면 당연히 시타는 안 따라갔을 텐데 라바나도 트릭을 썼어. 어떤 트릭을 했냐. 그 트릭은, 스님 옷을 입고 나왔어, 힌두교 스님 옷을.

스님은, 인도 같은 나라에 스님이 오면 무조건 도움이 줘야 한다고 우리가 어렸을 때 키우는 거예요. 무엇이든지 집에 있는 걸 줘. 먹을 거든지, 쌀이든지. 요즘에는 돈 주고. 태국에 보면, 스님들에게 아침에 가면 6시 반 정도에 나가야 해요. 그러면 스님들이 다 큰 가방 들고 나와. 거기다 먹을 거 다 줘요, 인사하고. 이 시스템이 인도에 옛날부터 있었어요. 그래서 누구든지 그런 스님이 나타나면, 수행자니까 수행자에게 안 주는 건 그냥 죄라고 보면 돼. 그렇게 상상을 하는 거라고. 그렇게 상상을 하니 안 줄 수가 없잖아요.

그래서 뭔가 주려고 나가려는데 줄을 그려놓고 갔잖아요. 그래서 안에서 주려고 했더니 자기는,

"안에서 받지 못한다. 나와야 한다."

그래서 할 수 없이 애가 그 락슈만 라인을 건너가서 줄려고 했더니 납치당한 거라고. 그 안에 있었으면 납치 안 당했을 텐데.

왜 이 얘기를 마지막에 말했느냐면, 왜 인도에 거지가 많은가에 대한 기본 이해가 여기 숨어있어요. 한국에는 거지가 왜 많지가 않죠? 한국에는 거지의 뜻이 틀려요. '거지' 말에 부정적인 뜻이 들어가 있어. 거지는 여기서 얻어먹을 수 있는 그런 좋은 환경이 아니라고요, 한국은.

인도는 그 옷을 입고 나오는 거지, 옷을 안 입고 나와도, 라마도 수행하러 나갔잖아요, 스님이 아닌데. 누구나 인생에 수행을 해야 하니까 나가서 거지 짓을 한단 말이에요. 그런 수행자들에게는 거절하면 안 되는 거예요. 무조건 줘야 돼. 이런 환경이 있기 때문에 인도에는 거지들이 먹고사는 게 풍부한 거예요. 어느 날 갑자기 인도에 거지가 많은 이유는 그런 배경도 있는 거예요. 누가 얻으러 오면 무조건 내가 뭐든지 줘야 한다는 개념이 있어서.

그래서 원래 한국말에 비구니, 비구 뭔지 아세요? 그게 범어예요. '비구'는 거지라는 뜻이에요. '비구니'는 여자 거지라는 뜻이에요. 산스트리트어는 뒤에 '니'가 붙으면 여자라는 뜻이에요. 그래서 비구, 비구니, 요기, 요기니. 남자가 요기고 요가 수행하는 사람, 요기니는 여자.

가르쳐주는 게 아니고 한국에서 요가 가르쳐주는 요가 선생들은 이건 요가하고 아무 관계없어. 그냥 비즈니스맨, 선수 되려고 하는 운동선수들이야. 이거하고는, 수행을 안 하면 요기가 될 이유가 없어요.

나는 내 이름을 찍으면 요가로 '100세 건강 스페셜'이고 '스타킹'이고 여기저기 요가로 나갔어요. 얼마든지 요가를, 센터를 하면 장사를 잘 할 수 있어요. 근데 나는 요가를 무료로 가르쳐줘요. 시내에서 요가 가지고 장사를 안 한다고. 근데 바로 이게, 미국 사람들이 요가를 가지고 마케팅하는 게 한국에 들어온 거라 요가의 개념이 틀려요.

이걸 내가 하는 이유가 뭐냐면 요가는 인도 사람의 삶이에요. 삶의 철학, 생활철학이에요. 생활철학 속에서 꼭 사람은 태어나서 죽을 때까지 네 가지 단계를 거쳐야 한다고 보는 거예요.

그 네 가지 단계 중에서 첫 번째 단계가 '다르마'. 이 다르마라는 말은 산스크리트 말이에요. '본능적으로 태어나서 가지고 있는 것' 이것을 다르마라고 해요. 사실은 종교라고 해석을 하는데, 종교의 영어와 인도의 다르마가 사전 찾으면 같더라고. 그런데 한국에서는 종교의 '종'자가 아주 맑고 높은 그런 뜻을 가지고 있어요. 그것에 대한 교육. 그래서 종교는 맑은, 높은 어떤 교육적인 부분, 이런 뜻을 의미하는 한자일 거예요.

그런데 영어의 릴리젼reilgion은 어차피 다 라틴 단어에서 왔어요. 이것은 제사예요. 제사 지내는 것이 서양에서는 종교로 지내는 거예요. 아예 낮아, 그 종교의 뜻이, 내가 평가할 때. 그리고 인도에서는 다르마라고 한다고.

다르마는 본능적인 개념들, 예를 들어서 물. 물은 언제든지 산에서 바다로 내려가고 끓이면 수증기로 바뀌어서 다시 가스로 변하고, 추워지면 얼음으로 만들어지고, 이게 물의 성질, 성격이에요. 그런 것처럼 불의 성격이 뭐예요? 무엇이든지 태워버리는 거. 그런 것처럼 인간, 인간의 본질, 인간이 가지고 있는 특별한 능력이라는 것이 무엇인가? 모든 유생물과 무생물과 달리 인간만의 그것이 바로,

'내가 어디서 왔을까?'

'내가 죽으면 어디로 갈까?'

'사는 동안 나는 무엇을 해야 할까?'

이런 부분에 대한 의식이 깨어있는 존재가 인간이라고 보는 거예요. 그래서 그것이 인간의 다르마예요.

그래서 인도에는,

'누구나 태어나면 제일 먼저 그런 수행과 공부를 먼저 해야 한다.'

열여섯 살까지 아쉬람Ashram● 안에 들어와서 그 공부를 하는 거예요. 그러고 나서 어른이 됐으니까 나와서 결혼생활하고, 아빠의 사업을 받아서 돈도 벌고, 사회 활동도 하고, 명예고 뭐고 다 받으면서 살면서 딱 손자가 생기면, 그 생활 두 번째 생활이 우리 아, '그르아

● 아쉬람은 힌두교의 수행 공동체를 뜻하기도 하며, 힌두교에서 인생의 목표로 제시하는 네 가지 단계를 이야기하기도 한다.

스타나Grhasthana 생활', 사회생활.

첫 번째는 브라마자리아Brahmacarya 아쉬람, 두 번째 것이 '그르아스타나 아쉬람'. 패밀리 라이프. 첫 번째는 공부, 인생에 대한 공부. 돈 버는 거에 대한 공부가 아니라, 돈 버는 공부는 아빠한테서 나와서 사회에서 배우는 거고. 그다음에 세 번째 단계가, 인간이 살아갈 때 세 번째 단계는 '바나프라스타Vanaprastha'라고. 이 '바나vana'는 '숲'이라는 뜻이에요. '프라스타prastha'는 '떠나다'. '숲으로 떠난다.'

그 나이가 어떤 나이로 보통 보냐면, 하얀 머리 어느 정도 시작할 때, 나이는 없었어요. 하얀 머리가 되면 손자 손녀들 얼굴 보고 아들 잘 돌아가고 있다는 것을 보면서, 집하고 집착, 자기 재산 이런 집착을 버리고 숲속에 가서 생활을 해야 한다고, 누구나. 그러면서 내가 살아오는 동안에 무슨 좋은 일 했나 안 했나 평가를 받는 시기예요. 그때 나는 거지 생활을 필수적으로 해야 한다고. 나가서 누구네 집에 가서 말 안 해도, 아무 이유 없이 나한테 주는 것을 먹어야 한다고. 안 주면 나는 단식하고 며칠 동안이라도, 수행이 내가 사는 동안에 내가 나쁜 짓을 했다는 결과로 받아들이고 그걸 없애기 위한, 나의 에고를 완전히 밑으로 내리기 위해 거지생활을 하는 거예요.

그래서 바나프라스타 생활을 한 후에 수행이 제대로 됐으니까 그때 가서,

'나는 수행이 너무 부족하다.'

집으로 돌아오든지,

'나는 수행자다운 수행자다, 나 수행 잘 됐다.'

그러면 거기서 다시 스님 생활을 하는 거예요. 그 사람들이 집에서 생활하고도 스님 생활하는 거예요. 거기서 다시 그런 사람들이 깨달음의 길로 가는 사람들이에요. 그래서,

'나는 깨달음은 틀렸다.'

고 생각하는 사람은 집으로 돌아오는 거고. 그러면서

'다시 내가 태어날 거니까 잘못한 것을 하나하나씩 없애기 위해 좋은 일 사회에서 해야 되겠다.'

마음먹고 다시 나머지 인생을 보내는 거예요. 그 바나프라스타

생활에서 어느 정도,

　'나는 어느 정도 깨달을 수 있구나!'

　그러면서 완벽한 수행 속에 들어가는 것이 산야사Sanyasa 아쉬람, 스님 생활. 이 4개가 인도 사람의 기본적인 삶의 단계예요. 이 삶을 통해서 네 가지 목표를 이뤄야 해요. 그 목표 네 가지가 다르마, 아르타, 카마, 목샤.

　이 다르마라는 것은 아까 말한 것처럼.

　'내가 왜 사는가?'

　이거에 대해서 완벽하게 알고 죽어야 한다는 거지.

　'어디에서 오는가, 어디로 갈 것인가?'

　이것에 대해 신경도 안 쓰고 살아가는 사람은 아주 인생을 잘못 살아가는 거지. 왜 사는지, 죽은 후에 어디로 갈 건지 아무 신경도 안 쓰고 살아갈 거면 그냥 다른 유생물하고 똑같다. 인간은 아니다. 그래서 그거 아주 필수적이고.

　그다음에 아르타라는 것은,

　'내 능력으로 내가 돈도 좀 벌고, 내 능력으로 어느 정도 비즈니스고 사업이고 부를 만들어 내겠다. 물질적으로, 물질적인 욕구를, 대신에 이 물질적인 모든 욕구는 절대로 인생을 위해서는 아니다. 내 인생의 과정 중에서 일부다. 언젠가 내가 이걸 버리고 숲에 가고 스님이 될 것이다.'

　라는 걸 미리 어렸을 때 배웠으니까, 그거를 가지고 돈을 벌어라. 그 돈을 좋은 일로, 남을 위해서 필요할 때 쓰는 거지. 이런 단계를 말하는 거예요, 아르타는.

　그다음에 카마. 카마는 여러분이 알다시피 카마수트라라는 내용이 있죠? 그 카마라는 것이 이걸 좀 흩트러서 전달해줬어, 서양 사람들이나 다른 사람들이. 카마의 실제 뜻은 '성적 기쁨'. 이것도 인간의 욕구 중에서 하나예요.

　근데 욕구는, 돈을 많이 받고 싶다, 비싼 것을 갖고 싶다, 악세서리를 갖고 싶다, 이런 건 다 재산에 속해요, 아르타. 근데 카마는 끝없는 욕망이에요. 오늘 이 여자도 좋고, 저 여자도 좋고, 보는 데마다 내가 욕심이 끝이 없잖아요. 그러나 사람이 성이라는 것은 절대로 육체적으로 이뤄줄 수 없는 거예요, 성욕은. 그것은 항상 정신과 영혼이 섞여 있을 때 그런 성관계가 기쁨을 줄 수 있는 것이지, 육체적인 것만 하는 사람은 절대로 기쁨을 얻을 수가 없어. 그냥 밥 먹듯이,

'오늘 아이스크림 먹었는데 맛없으니까 다음날 다른 아이스크림 먹자.'

그래서,

'이 여자하고 살다보니까 별 볼 일 없으니까 재미없다. 다른 여자하고 또 살자.'

이런 식으로 나타나버리는 거지. 그런 것처럼.

'사람은 그런 멘탈과 영혼의 기쁨의 개념을 제대로 잡아야 하는 거다.'

이것이 카마의 기본 베이스예요.

그런 교육을 하기 위해서 인도는 전통적으로 엄마가 딸에게, 아빠가 아들에게 가르쳐줬어요. 성도 어떻게 해야 완벽한 만족을 할 수 있고. 성의 목적은 기쁨만이 아니라 가족을 이끌어 가는 거잖아요. 그것도 언제 하면 아들을 낳고, 언제 하면 딸을 낳고 이런 기법들이 있어요, 그 안에.

그래서 사람 몸 안에 언제는 양 에너지가 강하고 언제는 음 에너지가 강하고, 그래서 남자 여자의 양 에너지가 강했을 때 관계를 하면 아들을 낳을 수 있는 것이고, 양 에너지가 강하지 않고 음 에너지가 강했을 때 관계를 하면 딸을 낳을 수 있는 것이고. 이런 부분에서 어떤 교육이든지 뭐든지 인도에서 전달을 하는 개념들이 있었어요. 근데 그런 내용에 대해서는 안 나오고 그냥 이상한 행위 하고 이런 것만 주는 거라고. 그냥 우습게 만들어버렸다고, 모든 걸.

그래서 사람은 살면서 어떤 것에도 후회하지 말라는 거지. 그래서 내가 어떤 포지션, 내가 왕이고, 교수고, 내가 훌륭한 사람이고, 모든 것을 내려놓으라고. 그 에고는 절대로 깨달음의 길에 도움이 안 되는 거예요. 그래서 어떻게 그것을 내려놓을 수 있는 건지 그런 어떤 목적이 꼭 이루어져야 한다고, 그게. 그래서 카마라는 것이 그

런 어떤 성적인 욕구 포함된 사회에서 높은 포지션, 내가 누구를 컨트롤하고 이런 것들, 이 모든 것들 이겨낼 수 있는 목적, 이게 있어야 한다고. 그래야 네 번째 목샤 깨달음에 들어갈 수가 있다는 거예요.

그래서 이런 이야기를 내가 말하는 이유가 뭐냐면, 왜 시타가, 시타는 그 스님 옷 입고 오는 라바나한테 무조건 줘야 한다고 생각하는 이유가 뭐냐, 배경에. 아, 그 스님으로 오는 사람은 바나프라스타 생활을 하는 사람들이니까,

'그 사람들에게 무조건 줘야 한다. 안 주면 죄다.'

하는 의식이 있어서 나가는 거라고. 그래서 이런 내용들이 같이 나올 수밖에 없는 거예요. 인도의 네 개 목적과 네 가지 단계라는 개념이.

그래서 그 사람은 세 번째 단계에 있으니까, 아까 바나프라스타 생활을 하고 있으니까 그 사람을 위해서, 먹고 사는 것이 몸이 유지를 해야 되니 나가는 거예요. 그래서 잡히는 거고. 그래서 그 정도 인도 사람들의 마음에는 거지라는 것은 그냥 거지로 보는 게 아니고 수행자로 보는 거예요.

그래서 부처님이,

"어떤 사람이 스님이 될 거냐?"

고 했을 때, 부처님은 왕자잖아요.

'생각은 왕보다도 높게, 행동이나 삶은 거지보다도 낮게.'

그런 뜻으로 비구, 비구니가 나오는 거예요. 그래서 이게 인도 사람의 삶의 가장 기본 패턴이에요.

이런 것들이, 아이들에게 설명을 해주려고 하면 〈라마야나〉라는 책이 나타나고, 모든 사람들 저녁때 모여서 한 챕터 읽어주고, 그 챕터에 대해 해석을 하고 아이들한테 다 설명해주는 거라고.

그래서 인도의 문화를 사나타나Sanātana 문화●라고 해요. 이 사나타나 문화를 전달을 하기 위해 인도의 시골마다 〈라마야나〉 리딩이 아주 중요해요.

● 가진 모든 것을 버리고 수행을 하는 삶의 문화를 말한다.

비슈누의 환신 크리슈나의 영웅서사시 마하바라타

● **구연정보**

조사일시 : 2017. 05. 27(토) 오전
조사장소 : 광주광역시 동구 계림동
제 보 자 : 바수무쿨 [인도, 남, 1964년생, 이주노동 25년차]
조 사 자 : 조홍윤, 황승업, 김자혜

● **구연상황**

제보자가 영웅서사시 라마야나에 대해 구연한 뒤 인도의 구술문화에 대해서
여러 가지 대화를 나누는 과정에 이 이야기를 들려주었다. 서사 자체보다 이
야기의 배경이 되는 지식이나 문화에 대한 설명을 위주로 한 구술이었다.

● **줄거리**

옛날 드리타라슈트라(Dhṛtarāṣṭra) 왕에게는 아들이 둘 있었는데, 장남인 구
르(Gur)가 장님이었던 관계로 둘째 아들인 판두(Pāṇḍu)에게 왕위를 물려
주었다. 문제는 그다음 세대였다. 본디 왕위를 이었어야 할 장남의 아들 백
명과, 판두 왕의 아들 다섯 명 사이에 왕위 계승 문제를 매듭짓기 위한 전
쟁이 벌어졌다. 이때 그들의 친척이었던 크리슈나(Kṛṣṇa)는 자신이 비슈
누(Vishnu)의 화신이라는 것과 함께 자신을 참가시키는 쪽이 승리할 것임
을 알고 있었다. 이에 양측 진영에 군사 및 물자 지원과 크리슈나 자신의 참
전 중 하나를 선택하도록 했는데, 판두의 다섯 아들인 판차 판다바(Panca
Pandhava) 진영은 크리슈나를 선택했고, 반대 측에서는 군사와 물자를 선택
했다. 판차 판다바의 영웅인 아르주나(Arjuna)는 본디 친족 간의 싸움을 원치
않았었는데 크리슈나가 그에게 선한 싸움의 명분과 왕족의 의무를 일깨워줌
으로써 분전을 이끌어냈고, 결국 전쟁은 판차 판다바의 승리로 끝났다.

〈마하바라타Mahābhārata〉의 백그라운드를 설명해 줄게요. 〈마하바
라타〉라는 스토리의 주인공은 크리슈나라고 했잖아요? 이제 크리슈

나가 〈마하바라타〉의 선의 존재예요. 아까 〈라마야나Ramayana〉에서 라마Rāma가 선의 존재처럼. 그리고 악의 존재는, 악의 대표는 캉사Kangsa. 캉사는 왕인데, 이 스토리가 이렇게 나와요.

제일 처음에 크리슈나가 태어나는데 크리슈나가 태어나는 집이 그쪽의 왕이 아주 나쁜 놈이에요. 그래서 점쟁이가 말을 했어.

"너를 죽이려고 하는 아이가 너 국가에 태어난다."

이거 듣고 나서부터는 모든 아이를 죽이기 시작하는 거예요, 그 왕이. 자기를 죽이려고 하는 아이가, 그래서 크리슈나가 태어났을 때에는 아빠가 크리슈나를 다른 집에다 놔두고 와버렸어요. 그 집에 태어나는 딸 데리고 오고, 이 아들을 그 집에다 데려다줘요.

〈마하바라타〉는 스토리가 거기서부터 시작되는데, 이게 이제 건너갔을 때, 엄청나게 비 오고. 그런데 애기 낳을 거라고 미리 알고 나서 왕이 감옥에 집어넣었어. 애기 나오면 죽이려고. 그런데 애기를 낳는 날, 크리슈나가 태어나는 날 엄청나게 바람이 세고, 눈 오고, 천둥이 치고 이런 날이어서 그 감옥 쪽에 기적들이 일어나고, 문이 열리고, 아버지가 그 물속에서 들고 아는 친척 집에다 데려다 놔두려고 하는데, 그것이 어디 갈려고 하면 강을 건너야 해.

근데 그날 너무 비가 많이 와가지고 비가 너무 많이 오니까 자기가,

'건널 수가 있나?'

고민을 했는데 앞에서 기적이 벌어지는 거예요. 앞에 강아지가 하나 걸어가는 거예요. 강아지가 걸어갈 수 있으면 자기도 걸어갈 수 있겠구나 그러면서 걸어가는 거예요. 그러면서 아이를 위에 올리고 데려다주고 왔어요.

그래서 이제 크리슈나는 잘 있는 거예요, 다른 국가에서. 이 국가의 왕은 결국 잡지는 못했어요. 점쟁이가 말하는,

'누구의 몇 번째 아이가 너를 죽일 거다.'

라고 하는 말을. 결국은 그 아이는 살아남는 거고 그러면서 크리슈나가 거기서 나름대로 크기 시작해요.

그 집이 아주 가난해요. 소에 대한 이야기가 나왔으니까, 소를

왜 존경하고 이런 부분에 대해서 좀 이야기를 드리면, 크리슈나는 태어난 집이 너무 가난해서 소 키우고 우유 받아서 우유 팔고 우유에서 나오는 치즈 이런 것들 판매하고 사는 집이었어요. 크리슈나가 그 집에서 살았어요. 크리슈나 사진 있으면 막 소가 있고, 소에서 나오는 치즈들 있는 사진들 많이 나와요.

그래서 크리슈나가 그 속에서 자라고 그러다가 그 마을에 어떤 일들이 벌어져요. 하나하나씩 이제, 크리슈나는 일반 사람이 아니고 크리슈나는 '비슈누Vishnu의 환신이다'라는 걸 나타내기 위해서 그런 스토리들이 〈마하바라타〉에 제일 먼저 나타나요. 크리슈나의 스토리들이, 어렸을 때 어떤 기적을 보여주는가.

그러면서 크리슈나가 어렸을 때 엄마는 친엄마가 아니야. 다른 엄마 밑에서 자랐다고. 그러면서 크리슈나 사는 동네에서 아주 위험한 뱀이 하나 있다고. 그 뱀이 막 소를 물면 소 죽고 이런 일들이 많아요. 근데 그 뱀이 살고 있는 연못, 어렸을 때 크리슈나가 그 내용을 듣고 크리슈나는 그 뱀하고 싸우려고 그 연못에 들어갔어요.

그것은 그냥 스토리 속에 그것이 간단한 뱀이 아니고 아주 악마의 대표적인, 악마의 신이라고 말해야 할까? 그런 존재고. 얼굴이 하나가 아니고, 막 여러 개 있는 거고. 이게 거기랑 막 싸워. 싸우면서 이제 죽이고 모든 마을 사람을 살리고 그래서 하나하나씩 신화가, 그 사람이 일반 사람이 아니고,

'이 사람은 신의 존재다.'

라는 걸 이제 심는 거지.

근데 인도의 크리슈나라고 말하면 요즘 농담하는 사람이 뭐라고 하냐면,

"크리슈나는 인도의 플레이보이이다. 왜 그러냐 하면 크리슈나가…"

(장비의 배터리가 다 되어 전원선을 연결하면서 잠시 구연이 중단됨.)

어떤 이야기 하다가? [조사자: 크리슈나는 플레이보이.]

아, 크리슈나가 왜 플레이보이냐? 크리슈나는 가장 잘하는 게

플루트예요. 피리를 부는 거예요. 근데 크리슈나가 피리를 하면 여자들이 거기에 완전히 넘어가서 어떻게 할 줄 모른다고.

근데 크리슈나는 살고 있었던 집의 소들 데리고 가서 소를 먹이고 다시 데려오고 이런 일 하는 집에서 자랐다고. 그래서 얘는 이제 소를 여기저기 돌아다니고 있는 동안 나무에 올라가서 피리를 불고 이런 것들을 즐기는 사람인데, 연못에, 인도는 옛날에, 지금도 아직 시골에 가면 그런 것 있을 거라고. 목욕은 집에서 하는 것이 아니라 연못에서 했어요. 연못은 시간이 정해져 있어요.

'남자들은 언제 목욕하고, 여자들은 언제 목욕한다.'

여자들은 보통 오전에 일을 다 한 후에, 요리하고 뭐하고 끝내놓고. 할아버지 할머니들은 샤워하는 시간은 새벽, 아침에. 새벽에 샤워하고 와서 기도하고 뭐하고 할아버지들이 하는 거니까. 근데 젊은 엄마들은 이제 요리를 해 놓고 아이들 먹이고 점심도 제대로 준비를 해 놓고 그러면 한 10시? 10시에서 12시 사이가 보통 여자들이 목욕하는 기간이고, 그다음에 남자들은 밭에 가서 일을 하다가 1시까지 일을 하고 다시 돌아와. 그럼 그때 가서 다시 목욕을 하고 그다음에 목욕하고 와서 집에 와서 밥을 먹어요.

근데 이제 역시 크리슈나는 여자들이 목욕하는 그 기간에 이렇게 피리를 하고, 그래서 피리에 넘어가서 여자들이 넘어가고, [조사자: 일부러 그랬을까요?] 그러게 일부러 그랬을지도 모르죠. (웃음) 그래서 이제 그런 사진들이 나와요. (크리슈나가 여자들에게 둘러싸인 모습의 그림을 보여줌.)

그리고 말이 이렇게 있어요. 크리슈나를 좋아하는 여자 중에 미라Meera라는 여자가 있어. 미라가 싱어예요. 인도의 싱어 미라의 러버는 크리슈나예요. 근데 그 러버라는 것이 피지컬 러버physical lover가 아니고 스피릿 러버sprit lover. 근데 이 내용이 왜 나오냐면 크리슈나의 와이프 이름이 라다Radha예요. 라다가 크리슈나가 피리를 했을 때 그 노래에 완전히 넘어가서 엑스터시를 넘어서 깨달음 단계에 도착한다는 이야기가 나와요.

그래서 인도 사람들이 깨닫기 위해서는 그 요가라는 게 꼭 명상만 해서는 아니야. 음악을 통해서, 또는 만트라Mantra*, 만트라는 결국 다양한 단어들을 리핏repeat 하는 거거든요. 그 리피트를 어떻게 하냐. 역시 인도의 음악의 뿌리인 라가. 음악 세계는 전 세계 음악 세계는 인도가 음악 테라피의 앞서 있는 것 중 하나가 라가rāga**라는 것이에요. 이 라가가 뭐냐. 결국 사운드 테라피예요.

어떤 물리 과학자가 연구를 했는데, 그 연구에 결과가, 군인들이,

"레프트left, 라이트right, 레프트, 라이트!"

하고 어떤 다리를 지나갔어요. 근데 그 리듬이 그 전체 그룹 자체가 모든 군인들이 리듬이 똑같이 맞춰서

"레프트, 라이트, 레프트, 라이트!"

그렇게 맞췄기 때문에, 그 똑같은 리듬을 맞춰서 그 소리들이 만들어내는 파동이라고 해야 하나? 그 소리들이 만들어내는 파동에서 에너지가 만들어진다는 거예요. 그 과학자가 그것을 (어떻게) 발견했냐 하면,

"레프트, 라이트, 레프트, 라이트!"

하고 다리를 지났어. 지나고 나서 이 다리가 무너졌어. 왜 위에 있을 때 무거워서 무너지는 게 아니라 지나고 나서 무너졌다는 것은, 그 소리가 만들어내는 엑스트라 에너지 때문에 무너졌다고 발견하는 거라고.

그래서 모든 사람은 자기도 알게 모르게, 슬프고 막 너무나 마음이 안 좋아. 내가 좋아하는 노래를 부르면서 치유도 돼요. 그게 모든 소리가 어떤 진동이 있고 이 진동들과 우리 모든 몸에 있는 모든 세포도 이 세포에 진동이 있는 거예요. 이 진동들과 밖에서 나오는 진동들이 하나가 돼서 리듬이 맞게 되면 안에서 에너지가 생기는 거라고. 그 에너지가 뮤직 테라피의 기본 원리예요. 그래서 인도가 그쪽 편에는 너무 연구가 잘 돼있는 분야예요. 그게 만트라 테라피가 그래

● 요가 명상에 사용되는 만트라는 수행자가 집중력을 갖도록 도와주는 말이자 구라고 할 수 있다.

●● 인도의 고전 음악에서 쓰이는 음계이다.

서 음악 테라피 속에서 나오는 거예요. 그걸 라가라고 하는 거예요.

그래서 라가라는 것이 크리슈나가 그런 어떤 음악을 피리를 불었을 때 그 만졌던 라가들이 사람을 완전히 깨닫게 할 수 있던 정도라는 거지. 그래서 라다가 음악을 통해서 들어갔던 그런 어떤 마음, 이것을 인도 치유에서 '라다 바와'라고 해요. 바와vawa는 라다 필링feeling, 이 라다 필링이라는 것은 어떻게 보면, 아까 우리 카마수트라에서도 성적 만족감에 대해서도 그 라다를 이야기해요.

그게 결국은 24시간 라다가 집에 있어도 크리슈나를 봐요. 어디든지 크리슈나를 본다는 거죠. 그런 것처럼 동네에 있는 모든 여자들이 그렇게 다들 크리슈나를 좋아해. 크리슈나를 기도하고 크리슈나를 통해서 인생에 있는 많은 문제들이 해결이 되고, 그래서 크리슈나가 신화의 인물, 그 지역에서. 그래서 크리슈나를 그렇게 상상 속에서 명상 속에서 크리슈나의 피리를.

명상에 대해 좀 아세요? 내가 간단하게 설명하자면 내가 등산하러 갔어. 나는 숲속에서 걸어갔어. 자연 속에 인간에게 가장 많이 기뻐하는 순간들이 있을 거라고. 자연 속에. 만약에 이 경험을 안 했으면 언제 자연 속에 옷을 벗고 다녀보세요. 그 기쁨은 말로 해석이 안 돼. 같이 옷 입고 가는 거하고. 피부가 가장 많이 즐길 수 있는 건 자연이에요. 그래서 우리가 물속에 들어가면 가장 행복한 순간을 갖게 돼요. 왜? 자연 다섯 가지 원리 중에 물이 하나니까. 그런데 공기, 그리고 자연의 냄새 햇빛 이런 걸 한꺼번에 들어왔을 때 어마하게 기쁨을 느껴요. 그래서 전 세계 누디즘nudism, 네츄럴 워크natural walk들이 여기저기 이루어지고 있거든요.

내가 이걸 말하는 이유가 뭐냐면 그래서 명상의 개념은 나에게 중요한 어떤 추억들.

'내가 너무 기뻤다. 너무 좋았다.'

그 추억을 머릿속에 바로 다음날 기억을 해내야 하는 연습이에요.

우리 좌뇌에서는 내가 맡는 냄새, 내가 느끼는 느낌. 내가 피부로 느끼는 모든 것들이 입력이 돼요. 그걸 내가 앉아서 다시 내 동네에 있는 나무 밑에서 앉아서, 그 숲속을 걸었던 추억을 상상을 하면 너무 기뻐져. 모든 세포들이 에너제틱해져. 이게 바로 명상의 개념이에요. 그래서 냄새가 됐든, 소리가 됐든, 이미지가 됐든 그걸 앉아서 상상하는 것들, 이게 명상의 일부예요.

명상은, 여러 가지 개념 중에 하나는, 사람이 스트레스 받는 이유는 수많은 생각들이 너무 많아서 눈부터 너무 잡아버려. 그래서 눈부터 안 보이면 사람이 생각이 안 날 거 아닌가? 아니에요. 눈 감고도 수많은 생각이 나. 잡생각이고 뭐고 다 나오기 시작하는 거예요. 생각 하나하나가 빠른 속도로 가는 것이 우리 스트레스의 원인이에요.

명상은 생각을 차단시켜서 눈, 귀, 손, 발 이거부터 먼저 막아놓고 그다음에 상상을 없애기 위해서 상상이 필요해. 그런 그 상상이 즐거운 시간이었던 상상으로 한다는 거지. 그것이 내가 바다에 갔을 때 있으면 바다 상황을. 그 바다 느낌을 제대로 받기 위해서는 옆에 바다 음악을 틀어놓으면 더 잘 되지. 내가 숲속에 갔었는데, 그래서 요즘 음악들이 바다, 강, 비 다양한 주제로 음악들이 나오는 거 명상을 위해서 만들어지는 것들이에요.

내가 이걸 말하는 배경이 뭐냐면 그 크리슈나의 시대에 이 사람들이 그런 음악을 집에 가서도 들을 수 있도록, 기도를 하면 앉아서 명상하면, 크리슈나의 그 멜로디, 그 라가가 들리는 거예요. 그래서 이 라가를 진짜로 체험을 해볼 것 같으면 '인도의 라가' 유튜브에 한번 쳐봐요. 그리고 그 라가들이 어떤 언어가 필요 없어.

'Just the movement of the sound will heal you.'

그런 것들이 그래서, 그 크리슈나는 좋은 힐러였어요. 그래서 한쪽에는 동네에서 그런 역할하고, 사람들 마음을 이렇게 이겨내고.

그래서 첫 번째 파트는 이 사람의 어렸을 삶. 이 스토리가 〈바가밧기타〉에 그 부분이 일부가 나와요. 그리고 그 사람이 왕, 캉사하고 싸우게 돼요. 그런데 그 신화 중에 크리슈나 신화 중에, 프랄라다 Prahlada라는 수행자가 나타나요. 그 캉사의 국가에 프랄라다. 프랄라다라는 이 사람은 크리슈나의 디보티devotee(추종자)예요. 프랄라다가 이야기를 했어요.

"크리슈나 어디 있냐."

했더니,

"어디든지 다 있다"고.

"그러면 너는 이 담에도 크리슈나가 있냐?"

"네, 크리슈나가 담에도 있습니다."

라고 해.

그래가지고 저 캉사는 크리슈나를 한번 보겠다고 그래가지고 막 때려 부수려고 담을.

"너 크리슈나가 나오는지 한번 보자"고.

그런데 그 속에서 '나라심하Narasimha'●라는, 얼굴이 심하simha(사자)고, 밑에는 사람이고 얼굴은 사자예요. 나라심하는.

아까 내가 말했죠. 인도의 신화 속에서 신이 항상 화신으로 나타난다고. 그게 단계별로 여러 개 있어요. 제일 처음에 나타나는 거는 물고기로 나타나요. 물고기가 신의 화신으로 처음 나타나고, 그다음에 물고기에서 두 번째로 나타나는 거는 거북이예요. 그래서 인도의 일곱 단계의 신들, 화신들 찾으면 그게 나올 거예요. 그래서 이 모든 게 하나하나씩 신화예요. 스토리예요. 그래서 인도의 신화가 너무너무 많아요, 한두 개가 아니라. 그래서 이 물고기 관련된 스토리가 하나 나올 수 있는 거고. 또 거북 관련된 스토리가 하나 나올 수 있는 거고. 그다음에 나오는 것이 돼지. 돼지 다음으로 나타나는 것이 나라심하예요, 아까 내가 말한 나라심하. 나라심하는 사자의 얼굴 사람의 (하반신).

그래가지고 이 캉사가 이거를, 담을 막 부수려고 했더니 그 속에서 나라심하가 나타나서 캉사를 죽이는 거예요.●●

그래서 이것은 캉사라는 사람이 어떻게 죽는 스토리 부분이고, 이게 〈마하바라타〉의 메인 스토리가 아니에요. 〈마하바라타〉의 주

● 비슈누의 네 번째 환신이다.

●● 본디 프랄라다와 관련하여 나라심하가 나타나 누군가를 죽이는 이야기는 프랄라다의 아버지이자 비슈누의 적대자인 히라냐카시푸(Hiranyakashipu)의 죽음에 관한 것이다.

요 스토리는 왕 다사라트Dasharatha라는 왕이 있어요. 이 다사라트 왕이 왕비들, 나도 지금 오래 돼가지고 지금 몇 명 왕비가 생각이 안 나는데, 세 명? 세 명인가, 네 명인가. 그건 확인을 해야겠어요. 어쨌든 그 다사라트의 아이들이 5명이에요, 남자가. 그래서 이 5명 아이들을 인도말로 판차 판다바Panca Pandhava.

그래서 아, 다사라트 아니구나. 구르Gur. 다사라트는 아까 〈라마야나〉의 왕이었고. 구르. 구르와 판두Pāṇḍu 이렇게 아들이 둘이었구나. 판두와 구르, 이 두 아들 중에 판두는 형제가 다섯 명이고, 구르는 아들이 백 명이에요. 백 명. 그리고 형제가 여기는 다섯 명만 있고, 그리고 이 이제 생각이. 이름이 정확하게 생각이 안 나는데, 〈마하바라타〉의 제일 위의 아버지 이름이 생각이 안 나는데 아들은 생각이 났어요. 구르와 판두.

아버지가 죽었을 때 왕이 구르가 돼야 하는데 구르는 장님으로 태어났어. 그런데 판다와Pāṇḍawa*는 멀쩡해. 그래서 이제 판두를 왕을 시켰어. 구르를 왕을 안 시켰어, 아버지가.

근데 그다음에 있는 아이들 사이에 분쟁이 이뤄지는 거예요. 그래서 그 분쟁이, 위에 있는 아들들이,

'본인들이 다음 것을 잡아야 한다.'고.

생각하는 거야. 다음 시대에는 본인들이 왕이 되어야 한다고. 근데 판두가 이미 왕이 되어있으니까.

이 판두 다섯 명 중에 제일 위의 큰아들 이름이 드리타라슈트라Dhṛtārāstra**예요. 미안, 유디스틸Yudhishtira이고. 유디스틸이 아주 선을 대표하는 인물이고 그리고 그 반대쪽에 두르요단Duryodhan이 악을 대표하는 거고. 그 두르요단과 유디스틸의 분쟁이에요.

드리타라슈트라가 아버지 이름이었구나. 이제 생각났어요. 드리타라슈트라. 드리타라슈트라의 아들이 구르와 판두예요. 그래가지고 판두의 다섯 아들 중에서 지금 제일 선을 선택하는 사람이 유디스

* 판두를 부르는 다른 방식이다.
** 형제의 아버지인 왕의 이름이다.

틸, 유디스틸이고 그다음에 두르요단이 악마를 대표하고.

이제 재미있는 게 뭐냐 하면, 이 다섯 명이 이 판두의 아들이 다섯 명인데 이 다섯 명이 한 여자와 결혼했어요. 여자들한테 아주 좋은 소식이죠? 사실은 문화를 접근할 때 보면 어느 나라에는 여러 남자가 여자 여러 명을 결혼하는 제도와 어느 지역에는 여러 여자가 한 남자가 여러 여자를 결혼한다든지, 이 모든 것들은 나름대로 그 지역의 어떤 지리적 이유들이 다 있는 거예요.

예를 들어서 〈마하바라타〉에서 나타나는 판차 판다바의 부인이 드로파디Draupadi예요. 이 드로파디가 다섯 명과 결혼하게 되는 배경이, 드로파디가 결혼하는 배경이 있어요. 그 배경이 뭐냐면 아까 말했잖아요. 모든 왕들이 같이 나타나서 이겨야 그 사람이 이길 수 있다는 거지. 그래서 이 다섯 명 형제 중에 아르주나Arjuna라는 아주 훌륭한 전사가 있었어. 아주 화살도 잘 치고 아주 잘할 수 있는, 오 형제 중에 가장 최고의 전사 아르주나. 아르주나가 그 여러 나라 왕들이 와서 했을 때, 드로파디 결혼하기 전에, 판차Panca라는 지역이 어떻게 보면 티벳 지역이에요. 티벳과 네팔 그쪽 지역이거든요. 티벳과 네팔 지역에 아직도 여자가 여러 명을 결혼하는 문화가 있어요. 그래서 이 〈마하바라타〉에 나타나는 것도 실제예요. 스토리가 아니에요.

그런데 가능한 지역이기 때문에 결혼하는 건데 스토리가 어떻게 나오냐면 거기에 여러 사람이 나타났어요. 위에 바퀴가 하나 있는데 그 바퀴 위에 물고기가 하나 있어. 그 물고기 눈에 화살을 쏴야 하는데, 보고 아니고, 그 그림자는 밑에, 밑에 물그림자 보고 위에 화살하는 거예요.

"이걸 할 수 있는 사람이 자기 딸 데려갈 수 있다."

고 말했어요. 아르주나가 그걸 이겼어.

그래가지고 아르주나가 이겼을 때가 언제였냐. 다시 〈라마야나〉의 라마가 14년 숲속에 살다오는 것처럼, 얘네들은 12년 숲속에서 사는 상황이 있었어요. 이 〈마하바라타〉의 판차 판다바는, 드로파디는 그 생활 속에서 살면서 데리고 오는 얻어지는 부인이고. 근데 중요한 게 뭐냐면, 그 〈마하바라타〉의 이 다섯 명이 어떻게 해서 12년 동안 숲속에 가게 되느냐.

　이제 일반적으로 왕 집안들은 이것저것 다양하게 놀이를 하는데, 체스 있죠? 체스는 인도의 전통 게임이에요. 전통적으로 체스가 와 있었어요. 그 체스 게임을 하다가 체스 게임에 졌어요. 그 큰아들이 걔네 큰아들하고 해서 졌어. 졌을 때 조건이 뭐였냐 하면,

　"너희들은 12년 동안 숲속에 가고, 12년 동안 우리가 이 나라를 관리를 한다."

　해서 12년 동안 보냈어. 근데 12년 끝나면 중요한 게 뭐냐면,

　"1년은 니네들이 숨어서 있어야 한다. 니네들이 숨어 있는 동안 발견하면 다시 12년 동안 숲속에 가야 한다."

　그래서 12년 끝난 후에 이 1년이 아주 재미있는 스토리들이 이 〈마하바라타〉에 있어요. 그래서 그 12년 동안 사는 동안에, 그 1년 사이에, 숨어 있는 1년 사이에 이 왕들이 그 여러 나라의 왕들 불러 가지고 경쟁에서 이기는 거예요. 그 숨어 있는 1년 안에 드로파디하고 결혼하게 되는 것이 이루어져요.

　근데 이제 자기 엄마가 집에 있는데, 결혼하고 자기 와이프를 데리고 와.

　(제보자 사무실에 방문자가 있어 잠시 구연이 중단됨.)

　그래가지고 1년 동안 숨어서 있는 동안에 결혼하고, 거기서 이겨서 드로파디를 데려갔는데 엄마가 보지도 않고, 엄마한테 말을 했어. 근데 인도 말에는 '데리고 오다, 들고 오다' 같은 말 써요.

　"엄마, 보라."고.

　"내가 뭐 들고 왔는지."

　그랬더니,

　"니가 뭘 들고 왔든지 형제들하고 나눠라."

　라고 했어.

　그래서 아르주나만 결혼해야 되는 건데, 아르주나가 여기 왔는데, 아르주나가 할 수 없이 엄마 말을 거절할 수 없으니 형제 다섯 명이 결혼하는 거지. 그렇게 해서 드로파디하고 그렇게.

　근데 여기서 내가 그 이야기를 하려고 했던 게 뭐냐면, 문화는

이해하려고 하면, 왜 티벳 같은 데서 여자 한 명이 여러 남자하고 결혼하고 사는 거냐 이거에 대한 해석이 나름대로 있는 거예요. 그게 뭐냐면 목적이 뭐냐, 결혼의? 아이를 낳고 민족을 살리는 거예요.

　근데 티벳 같은 데서는 너무 춥고 그래요. 티벳은 전 세계 가장 높은 곳에 사는 사람들이에요, 인간들이. 그래서 동굴 속에서 살지. 동굴 춥다고. 그래서 아이가 태어나면 추워서 죽어. 안 살아남아. 살아남기 위해서는 무엇이 필요하죠? 그 동굴 속에 따뜻한 환경이 필요해요. 나무를 하루종일 태워야 해. 그만큼 나무는, 일 대 일 남편과 부인이 산다고 하면 그 남자가 그만큼 나무 못 가져와요. 그래서 그 아이 하나를 살리기 위해서는 한 여자에 한 네다섯 명 남자가 있어야 그 나무가 충분히 가져올 수 있고, 2년 정도 이 아이가 살아남아야 그다음부터 스스로 이겨낼 수 있는 거고 살 수 있는, 남아 있을 수 있는, 그러면서 그 민족이 남는 거예요. 그렇지 않으면 못 남아요. 그런 문화 속에 사니까 한 여자에 여러 남편이 있는 문화가 존재하는 거예요.

　그래서 이 〈마하바라타〉에 그 드로파디가 오는 지역, 판차. 그곳이 현재 인도의 네팔과 티벳 위치에 존재하는 지역이에요. 그래서 이런 내가 관심 있는 부분을 뽑아서 일부러 말을 하고 있는데 내가 신화를 읽으면서 문화를 해석할 수 있는 개념을 찾고 있는지 그 부분을 조금씩 말을 하고 있어요.

　어쨌든 그다음 스토리가 큰 싸움이 벌어져요. 싸움이 벌어졌을 때, 크리슈나가 친척이 되는 거예요. [조사자: 친척이요?] 친척. 그러니까 아르주나나 이 밑에 다섯 명 형제 애네들한테도 도움을 줘야하는 의무가 있고, 아까 악을 대표하는 루드요단 개네 쪽도 도움을 줘야하는 의무가 있는 거예요. 양쪽에 도움을 줘야 하니까 결국은 이 양쪽에서 싸움이 벌어졌어요. 그 싸움 이름이 '마하바라타'예요.

　그래서 결국 이 두료다나Duryodhana는,

　"땅 조금이라도, 바늘만큼 땅이라도 싸움 없이는 안 준다. 싸워서 이기면 너네들 주는 거고 아니면 없다."고.

　그러면서 큰 싸움이 벌어지는데 가장 오랫동안 갔고 이게 실제로 인도에 존재했다고 합니다. 현재 뉴델리가 마하바라타의 위치라고 한다고.

그리고 엄청나게 오랫동안, 근데 이 마하바라타가 있을 때 크리슈나가 결국은 아르주나한테 돕기로 했어. 개인적으로 나머지 군인이고 뭐고 이걸로 도움을 두료다나한테 선택을 줬을 때, 두료다나는,

"크리슈나는 필요 없고, 나는 나머지 군인이고 뭐고 이런 거 필요하다."

고 해서 가져갔어.

근데 크리슈나나 이 다섯 명 형제는, 크리슈나는 신의 존재라는 걸 알고 비수누의 환신이라는 걸 알고 얘만 있으면 모든 게 될 거라고 생각했어. 근데 크리슈나는 스스로 아무것도 안 했지만 직접 싸움을 안 했지만, 계속 아르주나에게 싸워라 자극하고 있어.

아르주나는,

"나는 땅 필요 없다. 왕국도 필요 없다. 왜 친척들끼리 싸우냐?"

크리슈나는 계속 자극하는 거야.

"아니야 악을 없애기 위해 선은 싸워야 한다."

이렇게. 그래서 아르주나가 타고 다니는 마차, 그거 운전기사 역할을 아르주나가(크리슈나가) 했어. 아르주나가 여러 가지 조언을 주는 거예요.

그래서 아르주나와 크리슈나의 대화. 이게 〈바가밧기타〉예요. 그래서 악과 선에 대한, 싸우려고 하면 어떻게 해야 하고, 왜 해야 하고 이걸 설득시키는 거예요. 그래서 그 부분만 뽑아서 하는 게 〈바가밧기타〉고, 〈마하바라타〉는 전체 싸움 이야기예요.

밤낮이 구분되고 달이 생겨난 유래

● 구연정보
조사일시 : 2017. 12. 19(화) 오후
조사장소 : 서울시 광진구 화양동 건국대학교
제 보 자 : 파드마 [인도, 여, 1992년생, 유학 1년차]
조 사 자 : 신동흔, 김정은, 황승업, 강새미

● 구연상황
카자흐스탄의 조팔리나 제보자가 〈스승 야 사오이의 무덤을 만든 타밀란한〉
을 구연한 뒤 조사자가 파드마 제보자에게 이야기를 더 해달라고 요청하자
구연을 시작했다. 카자흐스탄의 조팔리나 제보자가 함께 이야기를 들었다.

● 줄거리
옛날 인도에는 달은 없고 해만 있었다. 낮이 계속되자 사람들은 계속 오늘을
살며 일만 했다. 이 모습을 본 신이 캄캄한 밤을 만들어 사람들을 쉬게 했다.
사람들은 너무 어두우니 밤에도 해를 조금만 보여 달라고 했다. 신은 해는 너
무 밝으니 다른 것을 주겠다며 달을 만들어줬다. 그 후로 낮과 밤의 구분이 생
겼고 밤에는 사람들이 쉴 수 있게 됐다.

인도에 원래 아이들한테 달이 어떻게 생겼는지, 아니면 이거 어
떻게 나왔는지 얘기해주잖아요. 인도에서는 달 이야기 나와요.

원래 태양? 해만 있고, 해만 있었고 하루종일 일을 하게 돼요. 왜
냐면 언제 쉬어야 할지 모르니까 하루종일 일을 하고 있어요. 그래
서 신이 내려와서,

"너는 언제 농사를 했냐?"

라고 하면,

"오늘."

라고 해요. 그래서 다른 아이에게,

"너는 언제 다른 일을 했냐? 낚시를 했냐?"

"오늘."

라고 해요. 근데 어떤 여자한테 가서,

"언제 아이를 낳았냐?"

"오늘."

이라고 해요. 날 모르니까.

그래서 신이 다시 가서,

"아니 이러면 안 되겠다. 다들 좀 쉬고 그렇게 해야 되네."

하면서 이제 갑자기 어둡게 만들었어요. 어둡게 만드니까 밤에 일을 하게 되면 다치고 넘어지고 그러니까. 그 마을에 있는 왕 대표님들,

"가서 쉬고 좀 해가 뜨면, 다시 좀 빨개지면 그때 다시 일을 해."

이렇게 말을 해요. 근데 다시 오는데, 신이 내려왔어요.

"이제 다 행복하느냐?"

이렇게 물어봐요. 근데,

"다 괜찮은데 밤에 조금만, 해를 가끔 보여주시면 안 돼요? 너무 어두워서 아무것도 안 보여요."

이러니까,

"다른 거 주겠다."

하면서 달빛이 생겼다, 거기서 이제 달이 생겼다고 이제 그런 이야기하고. 그때부터 이제 쉬고 낮에 일을 하고 다시 쉬고 이런 일이 생겼다, 이렇게 말을 해요.

[조사자: 계속 오늘이구나. 해만 있으니까.] 계속 오늘이 되니까.

삶의 이치를 깨우쳐준 히말라야 여신

● 구연정보

조사일시 : 2019. 02. 21(목) 오후

조사장소 : 서울시 광진구 화양동

제 보 자 : 단야지 [인도, 여, 1993년생, 유학 4년차]

조 사 자 : 신동흔, 김정은, 강새미

● 구연상황

단야지 제보자는 파드마 제보자의 소개로 이야기판에 동석했다. 파드마 제보자가 〈죽은 왕자의 신부〉 구연을 마친 뒤 단야지 제보자가 고향인 남인도와 관련된 이야기를 준비했다며 구연을 시작했다. 파드마 제보자를 소개해준 경희대 이성희 박사가 함께 이야기를 들었다.

● 줄거리

가난한 농부에게 아내와 두 아들이 있었는데, 비가 많이 내려서 농사를 망치는 바람에 큰아들이 굶어 죽게 되었다. 부부는 히말라야 신에게 가서 아프거나 죽는 아이가 없이 행복하게 살고 싶다고 기도를 했다. 그러자 여신이 나타나서 소원을 들어주겠지만, 100년 동안 아무도 죽지 않고 행복하게 살면 안좋은 결과가 나올 거라고 했다. 소원이 이루어지자 어려움이 없어진 사람들은 서로를 돕지 않고 제각기 살게 되었고 슬픔과 함께 즐거움도 없어졌다. 부부는 다시 히말라야 신을 찾아가 원래대로 돌려 달라고 청했다. 신은 슬픔과 괴로움을 겪어야 행복을 느낄 수 있는 것이라고 했다.

옛날에 어떤 농부 가족이 있었는데 농사를 하면서 살고 있었어요. 근데 가족은 네 명이서 같이 살고 있었는데, 큰아들과 작은아들이 그리고 마누라랑 아버지.

부부는 너무 힘들게 살면서 아들 두 명을 키우고 힘들게 살다가,

어느 날 갑자기 비가 많이 내리게 되어서 농사를 하지 못하게 되었고. 그래서 큰아들이 굶어 죽었더라고요. 삼일 동안 계속 너무 힘들고 아파하면서 굶어 죽어서,

"어떻게 해야 되지?"

라고 하면서 남편이 아내에게

"나랑 결혼해서 너는 너무 힘든 시간을 겪고 있다. 내가 아무것도 해줄 수 없는 게 나는 너무 부끄럽다."고.

얘기했고,

'그래서 다시 어떻게 할 수 없나?'

라고 생각하고,

"신에게 가서 물어보자. 이 세상에서 아픈 아이도 없고, 아픈 사람도 없고, 굶어서 죽는 사람들도 없게끔 만들자."

라고 해서 히말라야 산속에 어떤 신이 있다고 해서. 그 신은 모든 소원을 들어준다고 해서 걸어갔습니다. 거기까지.

걸어가고 신을 위해서 삼일 동안 계속 신을 배회한다고 해야 되나요. 배회했는데 신이 갑자기 나타나서, 너무 열정이 있어서 부담을 가져서,

"열정답게 했으니까 소원을 들어주겠다."

근데 여신이었습니다.

"근데 이렇게 하면 더 결과는 부정적일 수도 있다."

고 했습니다.

"세상에 배고픈 아이도 없고, 삶을 아주 잘 산다고 했길래 백 년 동안 모든 사람들이 산다고 하면 그 결과 너무 나쁠 수도 있다."고.

"다시 생각해 보라."고.

했는데도 자기 아이가 죽었다는 그런 생각 때문에 그분들은,

"괜찮다. 우리는 이 소원만 들어주면 우리가족은 행복하게 살 수 있다."

라고 해서 그렇게 소원을 들어줬습니다.

이제 집으로 들어갔는데 돈도 많이 있고 모든 사람들은 잘 살고, 죽는 사람도 없고, 배고픈 사람도 없으니까 다 잘 살기 시작했습니다.

　　그런데 조금 이따가는 이제 아무도 서로의 도움이 필요 없어졌
기 때문에 도와주지 않고 대인관계가 아주 나빠졌고. 그러니까 이제
대인관계 없어졌고 사회생활이 아예 없다는 말이죠. 그리고 행복함
도 없고 슬픔도 없고 희노애락 같은 거는 없어서 이제 삶의 즐거움
이 없어졌다는 거죠. 그래서 이 부부는 다시,

　　'아 우리가 아주 나쁜 일을 했구나.'

　　라고 해서 다시 히말라야 쪽으로 가서 소원을 빌었고,

　　"다시 이거를 돌려줘라."고.

　　다시 신에게 물어봤습니다. 그래서 신은,

　　"어려움을 겪고, 힘든 일을 겪고, 그다음에 행복을 겪어야 삶의
즐거움을 느낄 수 있다."

　　"이제야 깨닫게 돼서 나도 행복하다."

　　라고 했습니다.

돈의 여신 락시미

● 구연정보

조사일시 : 2018. 12. 26(수) 오후

조사장소 : 서울시 광진구 화양동

제 보 자 : 파드마 [인도, 여, 1992년생, 유학 2년차]

조 사 자 : 신동흔, 황혜진, 김정은, 김민수

● 구연상황

파드마 제보자와는 전년도에 이어 세 번째 만남이었다. 파드마 제보자가 브라질 유학생인 레오나르도를 소개해주어 자리에 동석했다. 조사의 의도를 잘이해하고 있던 파드마 제보자는 할머니와 친구들에게 전화로 이야기를 많이알아보고 왔다고 했다. 인도 각 지역에 있는 신에 대한 이야기로 구연을 시작했다. 브라질의 레오나르도 제보자가 청자로 참여해서 이야기를 함께 들었다.

● 줄거리

옛날 어느 마을에 여자아이가 살았는데 항상 바나나 나무에게 기도했다. 어느 날 바나나 나무가 아이에게 같이 놀자고 말을 했다. 아이가 집에 가서 이이야기를 하자, 엄마는 그 나무의 신인 것 같다며 계속 나무에게 기도를 하면복을 받을 수 있을 것이라고 했다. 아이가 다시 나무에게 가서 기도를 하자,여신이 나타났다. 여신은 자신을 락시미라고 소개하고 같이 놀자며 자신의집으로 초대했다. 락시미의 집은 온통 금으로 되어 있었다. 아이가 엄마에게자기도 락시미를 집으로 초대하고 싶지만 집이 가난해서 망설여진다고 했다.엄마는 괜찮다며 락시미를 초대했다. 락시미는 아이의 집에 초대받아서 갔고아이의 집에 있는 물건을 금으로 만들어 주었다. 아이의 엄마가 락시미에게매일 집에 와줄 수 있느냐고 했더니 락시미는 기도를 열심히 하면 자신이 찾아올 것이라고 했다. 그때부터 사람들은 락시미에게 기도를 하면 돈이 들어온다고 믿는다. 그리고 집에 여자아이가 태어나면 락시미가 온다고 믿는다.

이번에는 제가 할 때 지역별로 있는 구비문화를 하기로 했었어요. 제 지역이 아니어도. 제 지역은 할머니한테 들었지만 다른 지역은 친구들한테 물어보고 그랬는데요. 그리고 지역별 구비문화랑 우리가 이제 신으로 모시는 모든 이야기들이 원래 구비문화로 나오다가 이제 책으로 나오는 거예요.

그중에는 '락시미'라는 여신이 있거든요? [조사자 3: 락?] 락시미. 그 여신이 돈의 여신이거든요. 약간,

'그 신한테 기도를 하면 돈을 많이 받을 수 있다.'

이렇게 생각하거든요.

그리고 그 신에 대해 그런 미신이 어디서 나왔는지가 제가 알아봤는데. 어떤 작은 마을에 어떤 여자분이 어린아이가 있었는데, 그 아이가 항상 바나나 나무한테 기도를 하고 있었어요. 맨날 이렇게 기도를 하고 있었는데 어느 날 갑자기 바나나 나무가 갑자기,

"안녕! 나랑 같이 놀래?"

막 이렇게 이야기가 나왔대요. 그래서 그 어린아이가 무서워서 집에 갔어요. 가서 엄마한테

"나는 나무에게서 어떤 소리를 들었다."

이러니까 엄마가,

"그러면 그 나무의 신인가봐! 가서 열심히 기도를 해. 기도하면 좋은 복을 받을 수 있다."

이런 거예요.

그래서 갔어요. 갔는데 그 여신이 다시 나타난 거예요. 나타나서,

"내 이름이 락시미야. 나랑 같이 놀아."

이렇게 얘기를 한 거예요.

"알겠어요."

라고 같이 놀았어요.

같이 놀고 그 나무가 집에 초대를 했어요. 그 나무의 집에. 그 여신의 집에. 그 나무 안에 작은 구멍 같은 게 있잖아요. 그 안에 가면 집이래요.

그래서 거기 들어갔다고 이런 이야기 나왔는데 안에 다 금으로

만들어져 있었다고 그래서 그 뭐, 요리하는 데가 금이고 의자 다 금으로 만들어 있었다. 이런 거예요. 같이 놀다가 집에 갔어요, 어린아이가. 집에 가서 엄마한테 얘기했어요.

"나는 락시미랑 놀다 왔는데, 집에 다 너무 뭐 금으로 되어있어. 나도 락시미 우리 집에 초대해주고 싶은데 우리 집은 너무 안 좋잖아. 예쁜 것도 없어 어떡해."

이러니까 뭐,

"여신이니까 상관없어 괜찮아, 불러!"

이런 거예요, 엄마가. (웃음)

"괜찮아, 여신이니까."

이렇게 하니까 초대했어요, 여신을. 집에 오는데 그 여신이 집에 들어오는 순간부터 다 금으로 되어간다는 그 문화가 있었어요.

그래서 엄마가 아마 이건 욕심일 수도 있는데 엄마가,

"매일 오실 수 있어요?"

이렇게 물어본 거예요.

"매일 우리 집에 한 번 오실래요?"

이러니까 그래서 그 여신이,

"나한테 기도를 하면 내가 언제나 찾아온다."

이러니까 인도에는 기도하면 돈이 들어온다고 생각해요 항상.

'락시미가 온다.'

라고 해요.

그리고 딸을 락시미라고 하기도 해요. [조사자 3: 아 여자아이를?] 딸이 오면. 여자아이를 여자아이가 있으면,

"락시미가 온다."

그 어린아이가 있었으니까. 그것 때문에 여자애가 락시미를 초대한다 이런 식으로 하니까. 그래서 딸이 있으면 우리 아빠도,

"파드마 있으니까 락시미 오겠다!"

이렇게 얘기를. (웃으며) 아니지만.

그런 식으로 얘기를 하면 미신이었는데, 왜 그 신한테 기도를 하는지 몰랐어요. 저는 알아보니까 이런 미신이 있던 거예요. 그래서

저는 그게 너무 마음에 들었어요.

[조사자 3: 감동적이다.] 네, 너무 감동적이었어요. 제가 기도만 하면 오는 거네? [조사자 3: 그럼 딸을 낳아도 되게 좋아하겠다.] 아, 딸을 낳고 싶지는 않아서 이런 미신들이 생긴 것 같아요, 인도에서.

[조사자 1: 그럼 여자 아이의 이름을 락시미라고 짓는 경우는 없어요?] 있어요. 우리 이모 이름이 락시미예요. 제 이름의 뜻도 락시미예요. [조사자 3: 아, 파드마도 그런 뜻이에요?] 파드마 연꽃이 불교로 연꽃인데 파드마왓띠가 연꽃에 앉는 분이라는 뜻이에요. 그게 락시미예요. 그래서 그 여신이 연꽃에 앉으시니까 다른 이름이 파드마왓띠 이렇게 되는데 저도 락시미예요. [조사자 3: 오 그럼 여기 금되겠다.] 아 없어요. 저는 금 다 뺏어가요. 아빠 금. (웃음)

[조사자 2: 우리한테는 이야기가 금이야.] 아 네. [조사자 3: 파드마 너무 웃기죠?] [청자: 네, 맞아요.] [조사자 2: 자연 속에 자연신이 이런 금을 준다는 게 참 좋네요.] 네.

모든 곳에 있는 신

● **구연정보**

조사일시 : 2018. 12. 26(수) 오후

조사장소 : 서울시 광진구 화양동

제 보 자 : 파드마 [인도, 여, 1992년생, 유학 2년차]

조 사 자 : 신동흔, 황혜진, 김정은, 김민수

● **구연상황**

제보자가 〈주인 아들을 지킨 망구스〉 구연을 마친 뒤 이 이야기를 시작했다.
브라질의 레오나르도 제보자가 함께 이야기를 들었다.

● **줄거리**

벵골 지역에서 전해지는 이야기다. 한 스승이 아이들에게 가르침을 주는데,
한 학생이 신이 어디에 있느냐고 질문했다. 그러자 스승이 신은 모든 곳에 존
재한다고 했다. 다음 날 아이가 길을 지나가는데 큰 코끼리가 자기 쪽으로 달
려오고 있는 것을 보았다. 코끼리 위에 타고 있는 사람이 아이에게 비키라고
했지만, 아이는 코끼리에게도 신이 있으니까 자신을 다치게 할 리가 없다고
생각하고 피하지 않았다. 결국 코끼리가 코로 아이를 집어던졌는데, 잔디밭 위
에 떨어져서 아이가 다치지 않았다. 이 이야기를 들은 스승은 코끼리 위에 타
고 있는 사람에게도 신이 있는데 왜 비키라고 하는 신의 말을 듣지 않았느냐
고 했다. 그제야 아이는 모든 것에 신이 있다는 말을 제대로 이해할 수 있었다.

또 하나는 제가 아까 찾았는데 이거 망구스랑 아들 이야기? 또
이거는 '오 갓Oh God'이라는 이야기예요. '오 신, 오 마이 신' 이런 이
야기인데 이건 다른 지역 벵골Bengal● 지역의 이야기예요. 네.

● 인도 동부의 서벵골 주와 방글라데시 일대 지역이다. 1947년 인도 독립 후 이슬람교
도가 많은 동부는 파키스탄에, 힌두교도가 많은 서부는 인도에 각각 분할됐다.

거기는 아까 얘기해 주신 구루? 구루 스승님이 이제 학생들한테 가르치는 거예요. 학생이 물어봤어요.

"하느님이 어디 있어요? 신이 어디 있어요?"

그러니까 선생님이,

"신이 모든 곳에 존재한다. 모든 사람이 있고 모든 동물 안에도 신이 있다."

이런 거예요. 학생이,

"어? 모든? 나도 신이고 그 동물도 신이고 얘도 신이고 다 신이에요?"

이러니까 스승이,

"맞다."

이런 거예요. 이해를 못했는데도 스승이 말했으니까,

'다 신이 있겠지?'

라고 집에 갔어요.

그런데 다음날에 지나가다가 큰 코끼리 보였거든요? 그래서 코끼리 달려오고 있었어요. 이 학생 쪽에 학생 쪽으로. 근데 학생이,

'선생님이 거기 신이 있다고 했는데 신이 혹시 나를 다치게 하겠어? 절대 아니지 신이니까.'

이런 거예요. 근데 코끼리 위에 앉아 있는 사람이 원래 하는 사람 있잖아요. 근데 그 사람이,

"비켜, 비켜."

이러는데,

"코끼리 신이잖아요. 저 안 비킬래요."

이렇게 서 있어요. 근데 코끼리가 다가와서 이거 그 코로 잡아서 던졌어요. 다행히 안 다친 거예요. 왜냐면 어떤 잔디밭 이렇게 위에 던지니까. 안 다친 거예요.

일어나고 다 이렇게 하고 선생님이 물어봤어요.

"왜 비키라고 했는데 왜 안 비켰어?"

이러니까 그래서 학생이,

"선생님이 신이 모든 곳에 있다고 했잖아요. 근데 왜 절 다치게

하겠어요."

이러니까 선생님이,

"모든 것이 신이 했다고 했잖아요. 그러면 그 코끼리 위에 있는 사람도 신이잖아요. 비키라고 신이 그렇게 했는데 왜 신 말을 안 들었어요?"

이렇게 얘기하니까 학생이 이해한 거예요.

'아 신이 모든 곳에 다 들어 있는 거구나.'

모든 것이 신인데 그 좋은 이 어떤 것을 받아주는지에 따라 다른 거라고 그래서 이해했다 뭐 그런 이야기예요.

신의 섭리를 인정하게 된 왕

● **구연정보**

조사일시 : 2018. 12. 26(수) 오후

조사장소 : 서울시 광진구 화양동

제 보 자 : 파드마 [인도, 여, 1992년생, 유학 2년차]

조 사 자 : 신동흔, 황혜진, 김정은, 김민수

● **구연상황**

브라질 유학생 레오나르도 제보자가 〈농장의 흑인 노예 파스티오의 잃어버린 말〉을 이야기한 후, 파드마 제보자가 그사이 생각한 이야기를 구연해 주었다. 레오나르도 제보자가 함께 이야기를 들었다.

● **줄거리**

인도의 남동쪽 지방에서 전해 내려오는 이야기다. 옛날에 이곳에 아주 착한 왕이 있었다. 왕은 항상 가난하고 힘든 사람들에게 돈이나 음식을 나누어주었다. 어느 날 늙은 거지와 어린 거지가 왕을 찾아와서 좀 나누어달라고 했다. 왕이 음식과 돈을 주자 젊은 사람과 달리 나이든 사람은 신에게 만세를 외쳤다. 왕이 자신이 음식과 돈을 줬는데 왕이 아니라 신에게 만세를 외치느냐고 묻자 그 사람은 모든 게 다 신의 뜻대로 되는 것이라 했다. 그러자 왕은 미로에 금을 숨긴 뒤 젊은 사람에게만 힌트를 주었으나 금은 나이 든 사람이 차지했다. 왕이 금화가 가득 든 호박을 젊은 사람에게 주었지만 그 또한 나이 든 사람한테로 갔다. 결국 왕은 모든 것이 신의 뜻대로 된다는 것을 인정하게 되었다.

저 아까 더 찾았는데 이거 다 이야기할 시간이 있으면 다 얘기해 드릴게요. [조사자 3: 우리 파드마 재밌죠?] [청자(레오나르도): 아 파드마 그렇죠, 그렇죠.] [조사자 3: (청자를 보며) 근데 들어도 재밌죠, 인도 얘기.]

[청자: 네 재밌어요. 재밌어요.]

　저 이거 이번에는 제 지역 이야기인데요. 안드라프라데쉬*라고. [조사자 3: 남부인가 북부인가?] 남부. [조사자 3: 남부죠?] 남동. [조사자 3: 남동쪽?] 네. 지금은 제 지역은 두 개 지역으로 나뉘어졌는데 이 이야기 때는 아니었어요. 그때 이 이야기 이름이 그러니까 '신이 준다, 신이 복을 준다.' 이런 이야기인데 '갓 프로바이드God Provide' 이런 이야기인데요.

　그러니까 아까 제가 얘기한 듯이 모든 것을 종교랑 연결되는 것으로, 어떤 곳에 왕이 있었는데 그 왕이 엄청 착했어요. 착해서 가난한 사람 힘든 사람한테 항상 나누었어요. 뭐 돈이든 음식이든 다 나누었어요. 그래서 그 왕한테 두 명의 거지들이 왔어요.

　"저한테 좀 주세요."

　이렇게 하고 한 명은 노인이셨고 어른이셨어요. 또 한 명은 어린아이였어요. 어린아이가 열 다섯 살? 이렇게 어린 젊은 사람이랑 어른. 그래서 왔는데 왕이 항상 뭐 맛있는 거주거나 돈을 주면 젊은 사람이,

　"우리 왕 만세."

　이렇게 얘기를 해요. 근데 어른이,

　"우리 신 만세."

　이렇게 얘기를 해요. 그래서 왕이 이렇게 몇 번 주는데 왕이,

　"내가 주는데 왜 항상 신을 만세 하는지 모르겠다."

　이런데 노인이,

　"항상 신의 뜻대로 되는 거다."

　"그러면 나를 만세 해주게 하겠다."

　해서 왕이 어떤 메이즈Maze가 뭐야? [조사자 3: 하녀.] [조사자 2: 아니야, 아니야.] [조사자 4: 미로.] 아 미로 같은 데 안에 어떤 금으로 만든 뭐 이러니까 금의 동전을 많이 넣었어요. 많이 넣었었어요. 그

● Andhra Pradesh, 인도 동남쪽에 있는 주로 벵골 만에 면해 있으며, 쌀 · 목화 · 밀 따위가 난다.

미로 안에서. 그래서 노인이랑 젊은 사람 둘 다 알려줬어요.

"이 길을 가고 나와라."

이렇게 얘기했어요. 그런데 왕이 원하는 게 젊은 사람이 가서 그 금을 잡고 이겨서,

"우리 왕 만세!"

하는 걸 듣고 싶어서 젊은 사람한테 얘기했어요.

"너 이 길로 지나가라."

이러니까 젊은 사람이,

'너무 우리 왕이 너무 이런 아름다운 것을 날 보게 해 줬으니까 눈을 감고 가야지.'

해서 눈을 감고 지나갔어요. 지나가서 나갔어요. 근데 노인이 그러니까 기도를 하면서 가는데 보이는 거예요. 그래서 찾았는데 둘 다 다시 왕이 있는 궁에 가서,

"우리 다 다녀왔습니다."

했어요. 근데 왕이

"뭐 재밌는 거 찾은 거 없어요?"

이랬는데 젊은 사람이,

"없는데 아름다운 풍경을 봤고 너무 아름다운 길이었어요."

이랬어요. 근데 노인이,

"나는 금을 찾았는데?"

이런 거예요.

왕이 화가 났어요. 화가 나서 화가 났는데 당연히,

"신이 만세."

이렇게 하는 거예요.

"다시 해줘야겠다, 해서 다시 어떤 다른 방법을 찾아야겠다."

해서 펌킨Pumpkin? [조사자 2: 호박.] 호박하고 호박 안에 다시 이제 금화를 넣었어요. 넣고 젊은 사람한테 줬어요. 젊은 사람이 그거 가져가서 돈을 발견할 수 있잖아요.

가서,

'나는 요리 못하는데 이거 팔아야겠다.'

해서 가서 돈 대신에 팔았어요. 어떤 옷 가게 같은 곳에.

근데 옷 가게 있는 사람이 호박을 아무것도 못하잖아요. 노인이 지나가서,

"나 저거 사도 돼?"

해서 호박을 산 거예요. 가서 집에 가서 노인이,

'맛있는 거 만들어야 되겠다.'

해서 열었는데 금이 있는 거예요.

다음 날 다시 왕한테 갔는데 왕이 물어봤어요.

"재밌는 거 있었어, 어제?"

젊은 사람이,

"저 왕 덕분에 저는 돈 조금 벌었어요. 그거 팔고."

이러니까,

"이런 바보."

이랬어요.

근데 노인이,

"저는 신 덕분에 금을 찾았어요."

이랬어요.

그러니까 왕이 이제 포기한 거예요. 포기해서,

"그래 신이 만세구나."

왜냐면 뜻대로 안 되는데 그냥 흐름대로 살면 신의 뜻대로 된다는 것을 보여주는 이야기예요. 왕 뜻대로는 평생 못 사니까.

장님 수도자 슐다스와 크리슈나 신

● **구연정보**

조사일시 : 2018. 12. 26(수) 오후

조사장소 : 서울시 광진구 화양동

제 보 자 : 파드마 [인도, 여, 1992년생, 유학 2년차]

조 사 자 : 신동흔, 황혜진, 김정은, 김민수

● **구연상황**

제보자가 〈아르주나의 아들 궁수 아비만요〉 이야기를 마친 뒤 이 이야기를
시작했다. 브라질 제보자 레오나르도가 청자로서 함께 이야기를 들었다.

● **줄거리**

크리슈나 신에게 열심히 기도를 하는 슐다스라는 맹인 신관이 있었다. 하루
는 슐다스가 크리슈나 신에게 기도하다가 크리슈나의 여자친구인 라다를 만
났다. 라다는 다리에 장신구를 해서 걸어 다닐 때마다 소리가 났다. 슐다스가
그 소리를 듣고 누구의 것이냐고 묻자 라다가 자신의 것이라고 했다. 슐다스
가 증거를 대라고 하자 라다는 크리슈나를 불렀고, 크리슈나는 슐다스의 눈
을 보이게 하여 그 물건이 라다의 것임을 증명했다. 크리슈나는 슐다스에게
이제 앞을 볼 수 있게 되었으니 잘 살라고 했다. 그러자 슐다스는 자신이 유일
하게 보고 싶은 것은 크리슈나 신이었는데 이제 됐다며 다시 눈을 멀게 해달
라고 했다. 그 후 슐다스는 평생 눈이 먼 채로 살았다.

이게 어떤 사람의 그러니까 '슐다스'라는 세이지^{Sage} 다시 그 기
도하는 사람. 세이지 한국말로 뭐예요? 없어요? [조사자 2: 수도자?]
수도자. 네 그 슐다스라는 분인데 그분이 크리슈나^{Krishna, Kṛṣṇa}●신에

● 힌두교에서 최고신이자 비슈누신의 여덟 번째 화신으로 숭배된다. 크리슈나는 산스
크리트어로 '모든 것을 매료시키는 분', '검은색'이라는 뜻이다.

게 기도하는 걸로 유명해요. 그분 [조사자 1: 크리슈나? 신?] 크리슈나
신. [조사자 2: 신관이라고 해야 되나?] 네, 신관.

그분의 썼던 시들이 지금까지 유명한. 그러니까 기도할 때 부
르는 노래들 있잖아요. 그중에 그 신한테 부르는 노래들 중에 20%,
30% 술다스의 시거든요? 근데 술다스가 장애인 눈이 안 보여요. 눈
이 안 보이는 걸로 유명했었어요.

근데 술다스가 너무 크리슈나 신을 너무 사랑하고 너무 기도했
는데, 어느 날 갑자기 '라다 rādhā'●랑 마주친 거예요. 라다가 크리슈
나의 부인이에요. 아, 부인이 아니에요. 여자친구, 부인은 따로 있어
요. (웃음)

여자친구인데 라다 여자친구의 우리 주얼리 Jewel 같은 게 있어
요. 다리 끈에 악세사리, 그 걸어가면 '칭칭칭칭' 소리가 나와요. 그
거 이쁘다고 생각해요. 저도 어릴 때 해요. 그 여성스럽다고 생각해요,
그런 소리가. 그게 다리에 묶여 있는 거 벗어나고 밖에 있었거든요.

그래서 술다스가 그거 찾은 거예요. 지나가면서 다리로 이렇게
만질 수 있잖아요. 소리 나서 눈이 안 보여서 그래서 이거 잡고,

"이거 누구 거예요?"

이러니까 라다가,

"아 내 거야."

이러니까,

"네가 라다인 걸 어떻게 알아? 나 눈이 안 보이잖아. 어떻게 증
거를 해줘봐."

이런 거예요. 라다가 남편을 불렀어요. 남편 크리슈나 신이잖아
요. 그래서 순간 눈 볼 수 있게 해줬었거든요. 눈을 다 볼 수 있게 해
줬었어요. 술다스가 다시 볼 수 있었어요. 다 보고 크리슈나를 봤어
요. 크리슈나한테 기도하는 걸로 유명한 거 하늘에서 다 알았거든요.

● 크리슈나의 유년시절과 청년시절을 함께 했던 연인이다. 라다는 남편을 둔 유부녀
지만 크리슈나와 초월적 사랑을 나눈다. 크리슈나가 떠난 뒤에도 그를 끝까지 기다리며 헌신
적 사랑을 보여 영원한 사랑의 상징으로 추앙받는다.

"이게 내 부인, 내 여자 친구 거 맞다."

이러니까,

"아 감사하다."

이렇게 기도를 하고 있는데 이제 크리슈나가,

"너 앞으로 눈이 보이니까 또 눈이 있고 잘 살 수 있어."

이러니까 슐다스가,

"다시 눈이 없게 해 줘요. 제가 유일하게 신, 크리슈나만 보고 싶었는데 크리슈나 봤으니까 이제 보고 싶은 게 없다."고.

사랑의 열정으로 유명한 이야기예요. 그래서 그 슐다스가 평생 눈 안 보이게 살았거든요. 크리슈나만 보고. 그래서 사랑이 그 정도 사랑해야 된다고 그런 이야기예요.

출신이 미천한 에크라비아의 활쏘기 공부

● **구연정보**

조사일시 : 2018. 12. 26(수) 오후

조사장소 : 서울시 광진구 화양동

제 보 자 : 파드마 [인도, 여, 1992년생, 유학 2년차]

조 사 자 : 신동흔, 황혜진, 김정은, 김민수

● **구연상황**

제보자가 이슬람의 비극적 사랑의 주인공 희라란사에 대해 간단히 언급한 뒤 이어서 이 이야기를 구연했다. 브라질의 레오나르도 제보자가 이야기를 함께 들었다.

● **줄거리**

낮은 계급에 속한 에크라비아라는 아이가 있었다. 에크라비아는 브라만 신분의 드로나아차라(드로나 선생님)에게 활쏘기를 배우기를 원했으나 드로나아차라는 신분이 낮은 에크라비아에게 활쏘기를 가르쳐주지 않았다. 그러자 에크라비아는 드로나아차라의 조각상을 만들어서 선생님으로 생각하고 열심히 활쏘기 연습을 했다. 그 결과 에크라비아는 활쏘기의 명수가 되었다. 이 소식이 드로나아차라와 그의 제자 아르주나에게까지 퍼져서 에크라비아와 아르주나가 활쏘기 시합을 하게 됐다. 시합 전에 드로나아차라는 에크라비아를 찾아가 자신에게 활쏘기를 배웠으니 감사의 의미로 손가락을 자르라고 했다. 에크라비아는 손가락을 잘랐고 결국 시합을 하지 못했다. 그는 나중에 크리슈나의 복을 받아 천국에 갔다고 한다.

그중에 하나가 제가 지난번에 뭘 얘기했는지 기억이 안 나요. 삼십 개, 삼십 개, 삼십 개 하니까 어떤 걸 새로운지 저도 까먹게 돼요. 그중의 하나 제가 드로나아차라 이야기 [조사자 3: 안 했어요.] 안 했

죠? [조사자 3: 잠깐 천천히 해줘요.]

드로나아차라. 아차라가 선생님이라는 뜻이에요. 산스크리트어로. [조사자 3: 구루도 말고 이것도.] 구루 구루도 그거예요. 구루도 구루는 다 합쳐서 하는데 이거는 무조건 힌두교의 브라만이 아차라. 제 할아버지 성씨도 아차라였어요. 아차라 들어갔었어요. 예전에 우리 성씨에. 지금은 없어요.

네 그래서 아차라가 원래 그 선생님이라는 뜻이에요. 그래서 드로나가 이름. 성. 드로나아차라 이게 붙여서 이제 '드로나아차라' 이렇게 불러요.

그래서 드로나아차라 이야기에 나오는 이야기 중에 하나가 '에크라비아'라는 어떤 인물의 이야기. 에크라비아. [조사자 3: 에크라비아?] 네, 에크라비아가 드로나아차라가 브라만의 선생이었어요.

드로나아차라가 선생이었는데 에크라비아는 낮은 계급의 아이였어요. 작은 마을에 정글 근처에 사는 아이? 작은 마을에? 그리고 그 사냥? 이게 화술기? 그걸 뭐라고 [조사자 3: 화살? 활쏘기?] 네 활쏘기. 활쏘기를 뛰어나게 하고 싶은 어떤 예전에 활쏘기를 하면 워리어Warrior 그러니까 전쟁을 잘하는 사람 이렇게 애칭을 붙여가지고 그분이 낮은 계급이어도 그렇게 되고 싶어했었어요. [조사자 3: 전사가 되고 싶었구나.] 되고 싶었는데 가서 드로나아차라한테,

"저한테 가르쳐 주세요."

이렇게 얘기했어요.

"나는 낮은 계급한테 가르쳐 주지 않아."

이렇게 얘기했거든요. 드로나아차라가? 그래서 드로나아차라가 위대한 선생이었어요. 그걸 가르치는 걸로 유명했었어요. [조사자 3: 화살을?] 네. 활쏘기를 가르치는 걸로 유명했으니까 에크라비아가 가서,

"저한테 가르쳐 주세요."

이러니까,

"안 돼, 나 너한테 안 가르쳐 줘."

그래서 에크라비아가 드로나아차라의 얼굴인물로 어떤 스태츄

Statue? 스태츄Statue. [조사자 4: 동상?] 아 동상을 만들었어요. 만들어서 그걸 앞에 놓고 배우는 거예요. 그 선생님한테 배웠다는 느낌으로 혼자서 배우는데 그 앞에 동상을 놓아서 놓고 배우는 거예요.

당연히 엄청 잘하게 되어서 소문이 났어요.

"어 에크라비아라는 사람 있는데 너무 잘한다."

이랬거든요. 근데 드로나아차라가 그걸 듣게 되었어요.

'내가 가르친 적이 없는데 잘한다고?'

이렇게 듣게 기분 나쁘잖아요. 선생님들은 원래. (웃으며) 그래서 드로나아차라가 기분 나빴는데 그 드로나아차라가 가서 에크라비아한테 그랬어요.

드로나아차라 학생들 중에 '아르주나'*라는 학생이 있었거든요. 최고 유명, 이거 마하바르타Mahābhārata**에 나오는 인물이에요. [조사자 3: 아르주나.] 아르주나. 알쥰. 아르주나가 드로나아차라 최고의 학생이었어요. 엄청 잘하는 학생이었는데 에크라비아가 아르주나보다 잘한다고 소문이 나서 둘이 이제 붙으려고 했었어요.

했는데 드로나아차라 학생이 지면 안 되잖아요. 그래서 드로나아차라가 에크라비아한테 가서

"너는 나의 얼굴을 두…"

등 뭐라고 하죠? [조사자 1: 조각상? 동상?]

"동상을 놓고 이거 배웠으니까 내가 선생이니까 너는 이 손가락을 잘라라. 잘라야지 나한테 감사하는 걸로 잘라서 줘라."

그랬거든요. 근데 에크라비아가 무조건 인도도 유교처럼 힌두교도 스승의 말 들어야 해요. 잘라서 줬어요. 잘라서 줘서 에크라비아가 위대한 사람이 아니었고 위대하게 할 수 못했고 아르주나가 잘했었어요.

● अर्जुन, Arjuna, 힌두교의 대서사시 마하바라타에 나오는 판다바 다섯 형제 중 셋째이다. 아르주나는 '빛나는' 혹은 '은빛의'라는 뜻을 가진다. 아버지는 신들의 왕 인드라이다.

●● 고대 인도의 서사시로 〈라마야나〉와 함께 인도의 국민적 서사시이다. 총 18권으로 이루어져 있으며 중심내용은 전쟁이야기이다.

그래서 에크라비아가 선생님을 존중하는 학생으로 유명해서,

"너네 에크라비아처럼 선생을, 교수님들이나 선생을 존중해야 된다."

이렇게 나오는 이야기예요. 훌륭한 학생이라고 하면 에크라비아 처럼 되어야 된다고 해요. 그래서 저는 손가락을 자르는 만큼 열정 이 있고 존중을 해야 된다. 그분한테 배웠으니까.

그런데 그 이야기 너무 슬퍼요. 직접 배운 것도 아닌데 직접 가 르친 것도 아닌데 그냥 얼굴만 놓고 스스로 배웠는데 그래서 아르주 나가 그런 걸로 아르주나가 나중에 많이 엿 먹었다고 할 수 있어요. [조사자 3: 엿 먹었다구요?] (웃음) 네.

왜냐면 드로나아차라가 아르주나보다 잘하는 사람이 있는데 아 르주나가 그냥 오직 드로나아차라 학생이었기 때문에 너무 유명하 고 훌륭하다고 들어서 드로나아차라의 학생들보다 잘하는 사람들 있는데 그분들 인정 못해줘서, 이제 종교의 관련과 계급의 관련과 있는 하나의 얘기였어요.

[조사자 2: 그럼 에크라비이랑 아르주나랑 대결을 벌였잖아요. 그 결 과는 어떻게 됐어요?] 되기 전에 드로나아차라가 가서 못하게 됐어요. [조사자 2: 대결 자체가 없어졌어요?] 없어졌어요. 이게 못 잡잖아요. 잡 을 수가 없어서 안 됐었어요.

아르주나가 나중에 마하바르타 유명한 전쟁이 있어요. 그룩세트 라라는 유명한 전쟁이 있었는데 그 전쟁에 가서 그러니까 우승하셨 던 분이에요. 아르주나가 완전 왕이었는데 원래 스승이 가르치고 가 르친 사람들이 왕족이었어요. [조사자 3: 왕족만 가르치는구나.] 왕족만 그러니까 다 전쟁에 나가야 되니까.

그런데 브라만들이 다 아는데 쓰면 안 돼요. 우리는 직접 하면 안 돼요. 우리는 그냥 가르치는 [조사자 3: 브라만만 하고 우리는 그냥 지식인이고?] 네. 그래서 그 학생들 다 이제 왕족인데 에크라비아는 아니었어요. 그래서 안 가르쳐 줬는데 아르주나가 거기 배워서 마하 바르타 유명한, 마하바르타 검색하면 아르주나 제일 먼저 나와요. 크 리슈나, 아르주나 이렇게 나오는데 그래서 아르주나의 이야기를 검

색하다가 다른 이야기가 나왔어요.

[조사자 1: 혹시 그럼 에크라비아 그 뒤에 어떻게 됐다는 얘기 없어요?] 에크라비아가 다시 인생을 그대로 살았다고 나오는데 그냥 거기 꿈이 그거였잖아요. 활 쏘는 사람. 그게 안 됐으니까 그냥 드로나의 학생으로 유명했다 해서 나중에 이야기가 어떻게 크리슈나한테서 복을 받아서 천국 갔다 이렇게 나와요.

우리 인도에서는 너무 훌륭한 일 했으면 신이 와서 복을 주고 데려가요. 그런 이야기로 항상 연결이 되거든요. 너무 잘했으면 신이 직접 와서 데리러 왔다 이렇게 얘기하는데 이건 다 진짜 있는 이야기 아닌 거 같아서 제가 듣기에는 크리슈나도 그 이야기 중의 하나의 인물이거든요, 지금은 신이라고 하는데 그때 왕족이었다고 했어요. 크리슈나도 왕족인데 근데

'크리슈나가 이제 복을 줘서 영원히 하늘에 가서 좋아하는 활쏘기를 할 수 있다.'

이런 식으로 이야기 끝나는데 에크라비아 이야기는 그냥 드로나 아차라랑 연결된 이야기밖에 안 나와요.

아르주나의 아들 궁수 아비만요

● **구연정보**

조사일시 : 2018. 12. 26(수) 오후

조사장소 : 서울시 광진구 화양동

제 보 자 : 파드마 [인도, 여, 1992년생, 유학 2년차]

조 사 자 : 신동흔, 황혜진, 김정은, 김민수

● **구연상황**

제보자가 〈창녀 슐라사와 사형을 면한 남자 슈카타〉 이야기를 구연하고 나서 구연했다. 〈마하바라타〉에 나오는 이야기이라고 했다. 브라질의 레오나르도 제보자가 함께 이야기를 들었다.

● **줄거리**

아르주나라는 남자가 있었는데, 그는 왕들이 싸우는 장소인 크룩셰트라에 나가 자주 싸웠다. 그는 매일 밤 자기 전에 자기 아내의 뱃속에 있는 아들 아비만요에게 크룩셰트라가 어떻게 생겼는지에 대해 말해주었다. 이후 세상에 태어나 잘 자란 아비만요는 전쟁이 나자 부모를 대신하여 싸우기 위해 크룩셰트라로 갔다. 그때 뱃속에서 아버지로부터 들었던 이야기가 기억이 나서 그 가르침대로 열심히 싸웠다. 그런데 아버지의 이야기를 듣다가 잠깐 잠이 들어서 크룩셰트라에 대해 전부 다 알지는 못한 상태였고, 결국 크룩셰트라에서 죽었다. 비록 전장에서 죽었지만, 아비만요는 부모를 위해 열심히 싸운 효자로 기억되었다.

그다음에는 이거 아까 제가 얘기했던 '아비만요'라는 아이인데 아쇼카라는 아니, 아쇼카 아니라 아르주나라는 사람 이야기했었잖아요. 아까 드로나자랴, 아르주나의 아들이 아비만요예요. [조사자: 아 아르주나 아들.] 아비만요. [조사자: 아비만요.]

아비만요가 아르주나 아들인데 아르주나 아내가 임신했을 때, 이 아비만요가 유명한 것은 엄마 뱃속에 있을 때 모든 것을 알아들 었다고 그걸로 유명했었어요. 마하바르타에 나오는 이야기예요.

그래서 아르주나가 항상 매일 밤 자기 전에 엄마 뱃속에 있었던 아비만요한테 크룩셰트라Kurukshetra 이야기를 해줬어요. 크룩셰트라 가 전쟁의 어떤 뭐 동그랗게 생겼거든요? 동그랗게 생기고 미로처 럼 생긴 왕 그러니까 왕들이 싸우는 어떤 장소예요. [조사자: 그거 성 처럼 그렇게 되어 있구나.] 네네네 그걸 크룩셰트라라고 해요. 그래 그 크룩셰트라, 그러니까 왕족들이 싸워야 하면 크룩셰트라에 나와 그 배틀그라운드Battle Ground였거든요? [조사자: 싸우는 곳이었어요?] 네.

그 크룩셰트라에 자주 싸웠던 게 아르주나였잖아요. 드로나차 랴한테 배워서 그래서 아르주나가 이제 좀 늙어가고 아들이 나중에 크룩셰트라에 가야 되잖아요. 그래서 엄마 뱃속에 있을 때,

"크룩셰트라가 이렇게 생겼고, 이럴 때 이렇게 해야 되고."

라고 열심히 설명해줬어요. 근데 아비만요가 이야기 들으면서 잠들었던 거예요, 뱃속에.

근데 아비만요가 태어나고 이제 다 커서 크룩셰트라를 갔는데 아빠가 뱃속에 있는 그 이야기 다 기억났어요. 근데 잠들었던 것도 기억났어요. 그래서 어느 순간까지 아빠가 알려준 거 딱 그대로 됐 는데 그 이후로 잠들었으니까 기억 못해서 아비만요가 크룩셰트라 에서 죽은 거예요. 그거까지 이야기 들었으면 이길 수 있을 텐데 잠 들어서.

엄마 아빠를 위해서 거기 전쟁 나가고 죽었다는 걸로 유명해요. 아비만요가 그래서 효자로 유명한 캐릭터였거든요. 그래서,

"잘 해야 된다. 아비만요처럼 해라."

죽은 학생이 에클라비아고 죽은 효자는 아비만요예요. 우리 상 징들 다 죽어가요.

창녀 슐라사와 사형을 면한 남자 슈카타

● **구연정보**
조사일시 : 2018. 12. 26(수) 오후
조사장소 : 서울시 광진구 화양동
제 보 자 : 파드마 [인도, 여, 1992년생, 유학 2년차]
조 사 자 : 신동흔, 황혜진, 김정은, 김민수

● **구연상황**
제보자가 〈쥐가 변한 딸이 고른 남편〉을 들려준 뒤 바로 이 이야기 구연을 시
작했다. 브라질 유학생 레오나르도 제보자가 함께 이야기를 들었다.

● **줄거리**
어느 마을에 슐라사라는 창녀가 있었다. 어느 날 슈카타라는 남자가 납치를
당하는 것을 목격한 슐라사는 자신의 돈을 주면서 슈카타를 놓아주라고 했
다. 슈카타는 아름다운 슐라사에게 반했고 둘은 사랑에 빠져 결혼하기로 했
다. 그런데 슈카타가 생각하기에 슐라사의 직업이 창녀인 것이 마음에 들지
않았고 결국 슐라사를 죽이기로 결심했다. 슈카타는 슐라사에게 당신이 나를
구해주었으니 산 위에 올라가서 함께 기도를 하자고 했다. 산 위에서 슈카타
는 슐라사에게 당신이 나를 구해주었고 좋은 사람이지만 직업이 별로라고 했
다. 그러자 슐라사는 자기는 충분히 존중받을 자격이 있다면서, 죽기 전에 마
지막으로 남편에게 기도를 하겠다고 하고는 슈카타를 던져서 죽여 버렸다.
계급이나 직업만 가지고 여성을 우습게 보면 안 되는 법이다.

그리고 슐라사랑 슈카타라는 이야기도 슐라사, 슈카타. [조사자
3: 이거 우리말로 하면 어떻게 할 수 있을까요?] 사람 이름이예요. [조사
자 3: 아 나 이런 게 제일 어려워.] 슐라사 여자 슈카타 남자예요. 슐라
사가 어떤 그 창녀? 그런 직업을 [조사자 3: 창녀?] 창녀.

76

그런 직업을 하는 여자 있는데 그 마을에서 슈카타가 이제 납치를 당하고 오는 걸 봤어요. 어떤 젊은 사람이 납치를 당하는 걸 보고 그 사형? 시키는 걸 보니까 이제 슐라사가 일을 하니까 돈이 있잖아요. 그래서 돈으로 돈을 보내고,

"슈카타를 독립해줘라, 그냥 보내줘라. 내가 이렇게 돈을 줬으니까."

이런 거예요.

그래서 너무 예뻤어요, 슐라사가. 슐라사 예쁘고 유명했었어요, 이 분야에. 그래서 슈카타를 독립시켜서 슈카타랑 결혼하기로 했었어요. 뭐 둘이 사랑에 빠지고.

근데 슈카타가 여자가 안 좋은 일을 하니까 안 좋게 생각하는 거예요. 자기를 구해줬는데도 그렇게 감사를 해야 되는데도 그러니까 결혼을 한다 해놓고 죽여 버리려고 했었어요. 슐라사를 그래서 그 슐라사한테,

"너 나를 구해줬으니까 그 산 위에 올라가서 우리 기도를 하자."

이렇게 하는 거예요. 근데 산에서 던져버리려고 했었거든요. 그래서 올라가고 나서 슐라사한테 슈카타가 이런 거예요.

"너는 이런 일을 하는 사람인데 너 아무리 나 구해줘도 너는 자리를 알아야 될 거 아니야."

이렇게 막 안 좋게 얘기를 한 거예요. 아무리 좋은 사람이어도 직업 때문에 그렇게 당하는 거잖아요. 그래서 슐라사가 똑똑한 아이였으니까.

"그래요. 나는 충분히 그럴 자격이 있는 거 아는데"

일단 인도에는 남편한테 기도를 해요. 신처럼 모시는 걸로, 그래서,

"내가 죽기 전에 한번 너한테 이제 안부를 하고 싶다."

이런 거예요. 이렇게 해서 다리를 던져서 버리는 거예요. 남편을 버렸어요. 남편이 죽은 거예요.

그래서 그 이야기의 핵심이 여성 권력을 쉽게 보지 말라. 여성들을 강하다고 그렇게 보여주는 아 그리고 여성 어떤 일을 해도,

'너를 살려줬으면 감사해야지 그분의 낮은 계급인가 어떤 일을

하든가 이런 거 보면 안 된다.'

　　는 이야기로 나오는 이야기예요.

　　그래서 저 이거 진짜 좋아하는 맘에 드는 여성 권력이에요.

　　[조사자 3: 아 나 이거 진짜 젠더로 하고 싶은 막 그런 이야기거든요.]
아 젠더로 하고 싶은 이야기. [조사자 2: 어, 저두요. 어 훌륭하네.] 그래
서 이런 좋아하는 이야기 하나였어요.

당나귀 귀를 가진 왕

● 구연정보
조사일시 : 2019. 02. 21(목) 오후
조사장소 : 서울시 광진구 화양동
제 보 자 : 파드마 [인도, 여, 1992년생, 유학 3년차]
조 사 자 : 신동흔, 김정은, 강새미

● 구연상황
단야지 제보자가 현대의 소화를 한 편 구술한 뒤 파드마 제보자가 이 이야기
를 구연했다. 제보자는 구연을 마친 뒤, 인도에서는 지금도 남에게 말 못하는
비밀이 생기면 벽이나 나무에 이야기하는 풍습이 있다는 설명을 덧붙였다.
제보자를 소개해준 경희대 이성희 박사와 단야지 제보자가 이야기를 함께 들
었다.

● 줄거리
옛날에 아주 잘생긴 왕이 있었는데, 당나귀 귀를 가지고 있었다. 왕이 머리로
귀를 가려서 다른 사람들은 몰랐지만 이발사는 귀의 비밀을 알고 있었다. 왕
은 그 사실을 알리게 되면 죽이겠다고 했으나 이발사는 참다 못해 아내에게
그 이야기를 했다. 비밀 때문에 배가 불렀던 아내는 대나무한테 가서 그 일을
털어놓았다. 그 후 왕의 생일 잔치를 위해 대나무로 북을 만들었는데, 북을 치
자 "임금님 귀는 당나귀 귀"라는 소리가 들려 모두가 비밀을 알게 됐다. 이발
사 부부를 불러 추궁한 뒤 사실을 알게 된 왕은 브라만의 충고를 받아들여 더
이상 귀를 숨기지 않고 나라를 열심히 다스렸다.

　　동네에 어떤 왕이 있는데 너무 잘생기셨대요. 얼마나 잘생겼으
면 눈부실 정도로 잘생겼다고 들었어요. 너무 잘생기신데 자기도 알
아요, 잘생긴 거. 항상 거울 앞에 얼굴 보고,

'내가 최고다.'

이렇게 생각해요. 한국 연예인들처럼.

'너무 잘생겼다.'

이렇게 생각하고 있었어요.

근데 그 왕의 약점은 딱 하나였어요. 귀가 당나귀였다고 들었어요. 그래서 항상 귀를 머리카락으로 가렸어요. 근데 그 귀가 그렇게 생긴 거, 머리 잘라주는 사람 빼고 아무도 몰라요. 그래서 동네사람들 살려주지 않고 오직 자기 외모만 집중하고,

"내가 제일 잘생겼다."

이렇게 항상 해요. 근데 머리 잘라주는 사람만 아니까 그 사람한테 협박을 한 거예요.

"누구한테 알려주면 죽여 버린다. 아무한테 절대 얘기하지 마라."

이렇게 얘기했어요.

그래서 머리 잘라주는 사람이, 헤어 스타일리스트 뭐라 해야 하지. [조사자 1: 이발사.] 이발사가 누구한테 얘기를 하면 실수로 말이 나올까 봐 사람들한테 얘기도 안 하고 마을 옆에 있는 숲속에 집을 만들고 거기 아내랑 같이 살고 있었어요. 근데 아내한테도 얘기하면 무서우니까 항상 머리 자르고 집에 가서 그냥 바라보고만 있었어요. 누구한테 말 걸면 말실수 할까 봐.

그래서 그렇게 앉아 있다가 한 번은 아내가 본 거예요.

"항상 요즘 너무 힘든 것 같은데 무슨 일이야?"

이렇게 물어봤는데 그때 그 남자가 얘기한 거예요.

"얘기할 수 없는데 아무도 없으니까 여기서 얘기할게."

이렇게 이야기한 거예요. 그래서,

"사실은 왕이 당나귀 귀인데, 이거 비밀인데 아무한테 알려주면 절대 안 된다."

이렇게 아내한테 알려준 거예요. 아내가,

"그래 내가 비밀 지킬 테니까, 얘기 안 할게 절대."

그런데 솔직히 얘기하지 말라고 하면 무조건 얘기하고 싶은 마음이 더 생기잖아요. 그래서 아내가 그런 마음이 생기는데 옆에 사

람들한테 얘기할 수 없으니까 대나무한테 가서 얘기한 거예요. 숲속에 있는 대나무한테 가서.

배부르잖아요, 할 얘기 많은데 못하면. 인도에 그렇게 생각해요. 얘기해야 되는데 못하면 배부르다고 해요. 배가 나온다고. 그래서 아내가 배불렀다고 나와 있었어요. 배가 너무 나왔고 그냥 가서 대나무한테 가라앉았다고. 대나무한테 얘기한 거였어요. 대나무한테 얘기하면 사람들이 모르니까.

근데 이거 옛날이야기이니까 대나무 다 들었거든요. 대나무 다 듣고, 왕의 생일 때 명절처럼 하잖아요. 그래서 왕 생일 때 북을 만들려고 하는데 그 대나무로 만들었거든요. 그래서 이렇게 칠 때마다,

"왕이 당나귀 귀다. 당나귀 귀다."

이렇게 나와요, 소리가. 그때 사람들이 다 알게 되었거든요. 왕이 엄청 화가 나서 불렀어요.

"누구한테 얘기했냐? 얘기하면 바로 죽여 버릴 거다."

이렇게 했는데,

"절대 얘기 안했다."고.

"아내한테만 얘기했다."

고 했어요. 아내를 불렀어요.

"누구한테 얘기했냐?"

"대나무한테만 얘기했어요."

대나무 죽일 수 없잖아요. 이미 죽였잖아요.

이게 어쩔 수 없으니까 어떻게 해야 될지 모르니까. 사람들 다 알게 되었어요.

원래 못된 왕이었잖아요. 자기 외모만 집중하고 사람들은 신경 안 썼으니까 못된 왕이었는데, 그때 어떤 브라만이 와서,

"잘생긴 건 알겠고 이제는 아니잖아. 사람들이 알잖아. 그래서 지금부터 일만 잘하면 사람들이 다시 너를 좋아해줄 거야."

이렇게 얘기를 한 거예요. 그래서 그 왕이 그때 알아냈어요.

'이제 내가 아무리 잘생겨도 일만 잘하면 사람들이 나를 좋아해주겠구나.'

그래서 그때 귀를 넘기고 다 보여주면서 도와주러 갔었다고. 그런 이야기였습니다.

인도에서 가야로 간 허황옥

● **구연정보**

조사일시 : 2018. 12. 26(수) 오후

조사장소 : 서울시 광진구 화양동

제 보 자 : 파드마 [인도, 여, 1992년생, 유학 2년차]

조 사 자 : 신동흔, 황혜진, 김정은, 김민수

● **구연상황**

제보자가 인도어와 한국어에 대해 설명하다가, 한국과 인도 두 나라와 관련
이 있는 이야기가 있다며 구연을 시작했다. 브라질의 레오나르도 제보자가
함께 이야기를 들었다.

● **줄거리**

가야의 왕후가 된 허황옥은 인도 아유타에서 온 인물이다. 허황옥은 인도에
서 성씨가 '미트라'였다. 미트라는 인도 북쪽에 있으며, 허황옥이 타고 온 배
와 같은 상징을 사원에서 볼 수 있다. 태국에도 아유타 섬이 있는데, 그 이름
은 인도에서 간 것으로 보아야 한다.

[조사자: 그것도 그렇고 우리 가야에서 있잖아, 허황후.] 네네, 허황후.
[조사자: 허황후가 그 동네에서 왔다고 하는데.] 아유타*에서, 제가 그래
서. [조사자: 아유타 왕국이랑, 응.]

아유타 왕국이 라마 아까 제가 얘기했던 마하바르타 말고 다른

● 『삼국유사』 가락국기에 따르면 수로왕은 AD 48년 인도 아유타왕국의 공주를 왕비로
맞았다고 전해진다. 그러나 아유타왕국이 정확히 어디에 있던 왕국인지는 아직 밝혀지지 않
았다.

이야기 있어요. '라마에나'*라고 그 라마에나가 라미나가 살던 지역이 아유타였어요. 근데 허황옥이 아유타, 김수로 이게 인도의 한국어를 배우면 제일 먼저 들은 이야기가 이거예요. 좀 친근하게 느낄 수 있게.

그래서 한국의 김씨와 인도의 미트라라는 이름이 좀 같은 데서 왔다고. 왜냐하면 아유타에서 왔는데 그분의 성씨가 인도의 미트라였다고 들었어요. 근데 허황옥의 인도 이름은 몰라요. 왜냐면 중국어로 번역이 되어 삼국지에 밖에 없으니까.

그래서 인도로 보면 미트라라고 있다고 들어서 미트라는 인도 북쪽에 있어요. 그리고 그 허황옥이 한국에 왔을 때 배 타고 왔다고 이야기 나오잖아요. 배 타고 와서 그 배에 어떤 물고기가 이렇게 되어 있는 상징 있어요. 똑같은 상징의 사원이 인도에 있거든요.

그 마을에서 왔다고 믿고 있는데 태국에서도 이제 태국에서 아유타라는 섬이 있어요. 그래서 태국 사람들이 우리나라에서 왔다 이렇게 얘기하는데 태국에서 왔는지 인도에서 왔는지 [조사자: 태국은 또 그렇게 얘기하는구나.] 확신이 없지만 태국어를 공부하는 사람은 태국이라고 믿고, 인도어를 공부하는 사람은 인도어라고 믿어요.

근데 아유타가 라마에나에 와서 아유타라는 지역을 처음 언급하는 게 인도라서 태국이 힌두교를 믿어서 태국에 아유타가 생긴 거예요. 그래서 인도라고 더 확신이 되는 게 증거가 나왔는데 그 하나가 물고기가 비슷하다고 여기서 왔다고 확실히 얘기할 수 없지만 [조사자: 그거랑 유리구슬.] 네네네네, 맞아요.

● 라마야나(Ramayana), 이 시는 인도에서 '라마의 사랑 이야기'로 알려져 있다. 산스크리트로 된 이 서사시는 시인 발미키가 BC 300년 이후에 쓴 것으로 추정되고, 〈마하바라타〉보다 짧다.

예언을 받은 비크람과 수수께끼를 내는 비탈

● 구연정보

조사일시 : 2017. 11. 29(수) 오후
조사장소 : 서울시 중구 필동
제 보 자 : 파드마 [인도, 여, 1992년생, 유학 1년차]
조 사 자 : 김정은, 강새미

● 구연상황

제보자가 〈말 많은 거북이〉 구연을 마친 뒤 비크람과 비탈에 대한 이야기를 시작했다. 제보자는 비크람과 비탈에 대한 이야기는 주로 북인도에서 전해지며, 남인도에는 학자가 등장하는 이야기가 많다고 했다.

● 줄거리

비크람 왕이 예언을 받았는데 앞으로 오십 년밖에 살 수 없다는 내용이었다. 만약 백 년을 살고 싶으면 낮에는 왕을 하고, 밤에는 숲에서 지내며 등 뒤에 붙은 여자귀신 비탈을 도시로 데려오라고 했다. 비크람은 예언처럼 밤이 되면 숲에서 지냈는데, 비탈은 비크람에게 밤마다 어려운 수수께끼를 냈고 비크람은 이를 맞추지 못했다. 수수께끼를 풀지 못한 왕은 결국 오십 년 후에 죽었다.

　여기 〈비크람 비탈〉 내용에서는 '비크람' 왕이에요. '비탈'은 귀신이에요. 귀신 이름이에요. 귀신은 왕은 한 번 꿈에서 꿈을 꿨어요.

　"너는 오십 년만 살 거다. 그래서 오십 년만 살기 때문에 너는 백 년 살아야 되면 낮에 삶을 살고 밤에 숲속에 가서, 숲속에 가서 살면 오십, 오십, 백 될 거다."

　이렇게 말했었어요. 그래서 그 왕이

'그래 나 100년 살 거야.'

이런 생각, 마음먹고 낮에 왕 일을 하고 밤에 숲속에 가요. 근데 거기 등 뒤에 비탈이라는 귀신이 붙어요. 그 비탈이라는 귀신을 잡고 그냥 인간세계로 가, 그 도시에 가져오는 게 목적이에요.

"그 비탈을 갖고 오면 살 거다."

근데 비탈이 너무 똑똑해요. 그냥 자기가 묻고 싶은 질문에 잘못된 질문하면 다시 나무속으로 들어가요. 그래서 막 그냥 너무 특이한 질문들 하고,

"이거 틀리면 나 다시 들어간다."

이렇게 말을 하고. 자꾸 매일 밤 그렇게 하거든요. 결국에는 왕이 죽거든요. 못 참아서.

[조사자: 질문은 뭐 있을까요? 예를 들면.] 질문은 뭐, 너무 막 답이 없는 질문들.

"별 몇 개 있냐? 하늘에 별 몇 개 있냐? 십 분만에 안 알려주면 나 들어갈 거다."

있어서,

"어 내가 빨리 세야지."

이렇게 하는데 안 돼요. 그럼 다시 들어가.

"아 다시 미안해."

그래서 다시 다른 질문. 등 뒤에 들어가면은 질문도 자세히 안 찾았는데 죄송해요. (웃음) [조사자: 괜찮아요. 궁금해서, 어떤 질문을 할까?] 그런 질문들도 있고. 아니면, 그니까 여자였어요, 비탈이. 그래서 여자 같은 질문들 있잖아요.

"이거 맞는가? 아닌가?"

그냥 여자들 원래 인간도 그렇잖아요. 그 뭐지,

"내가 이뻐? 안 이뻐? 이뻐, 안 이뻐?"

그런 뜻으로 질문 많이 하기 때문에,

"이뻐, 이쁘다."

고 하면,

"거짓말."

이라고 하니까 반복, 다시 나무 뒤로.

"안 이쁘다."

고 하면 기분 나빠서 다시. (웃으며) 그래서 비탈은 그런 식으로 막 그냥 너무 괴롭혔어요.

근데 정이 들었거든요, 둘이. 여자니까, 여자 귀신이니까. 정이 들었지만 어쨌든 왕이 죽었어요.

그것도 이제 질문마다 이야기 하나하나씩 나오고. 이거 북인도 이야기니까 많이 몰라요. 티비에서 볼 때 이제 카툰으로 이제 많이 나와요. 옛날얘기, 민속얘기들. 그렇게 봤어요.

무당을 물리친 비탈과 비크람

● **구연정보**

조사일시 : 2017. 12. 19(화) 오후

조사장소 : 서울시 광진구 화양동 건국대학교

제 보 자 : 파드마 [인도, 여, 1992년생, 유학 1년차]

조 사 자 : 신동흔, 김정은, 황승업, 강새미

● **구연상황**

조사자와 만나 설화 구연을 했던 파드마 제보자가 본 연구의 뜻이 좋다며 유학생 친구인 카자흐스탄의 조팔리나 제보자를 소개해 함께 조사를 진행하게 됐다. 조팔리나 제보자는 파드마 이야기를 경청하는 청자 역할을 하면서 구연에도 참여했다. 파드마 제보자는 첫 순서로 비탈과 비크람 왕에 대한 이야기를 시작했다.

● **줄거리**

옛날 어느 무당에게 '비탈'이라는 똑똑한 제자가 있었다. 무당은 비탈에게 세상의 모든 지식과 마법을 쓰는 법을 알려주었다. 그러다 비탈이 너무 똑똑해지자 위험하다고 생각해 비탈을 죽여 버렸다. 비탈은 죽어 귀신이 되었는데 비탈을 잡으면 세상을 모두 가질 수 있겠다고 여긴 무당은 비크람 왕에게 영원히 살 수 있는 방법을 알려줄 테니 비탈을 잡아달라고 했다. 그러자 비크람은 무당을 대동한 채 비탈을 잡기 위해 숲으로 들어갔다. 비탈은 비크람에게 계속 수수께끼를 냈는데 맞는 답을 하면 나무에 들어가 숨고 틀린 답을 하면 다음 질문을 했다. 비탈은 그렇게 스물다섯 개의 수수께끼를 냈고, 비탈이 귀신이 된 사연을 알게 된 비크람은 마음을 바꾸어서 비탈과 함께 무당을 죽였다. 비크람은 오래 살 수 있게 됐고, 비탈이 그를 도왔다.

사실은 '비크람'이라는 그 왕이 어떤 샤먼? 무, [조사자 3: 무당.] 무당을 만났는데, 그 무당이,

"비탈이라는 귀신을 갖고 오면은 보상을 많이 해 준다, 돈을 준다, 행복을 준다, 오래오래 살 수 있다."

이렇게 얘기를 하셨어요. 그래서,

"그러면 제가 그 비탈을 갖고 오겠다."

하면서 이제 숲속으로 들어가요, 밤에.

근데 비탈은, 비탈을 갖고 오는데 질문 같은 게 해요. 근데 만약에 맞는 질문, 이야기를 해주고 질문해요. 근데,

"질문에 답이 맞게 해주면 그냥 나무로 들어가고, 틀리게 해주면 계속 가고. 같이 무당한테 같이 가고, 대답을 안 하면 목을 이렇게 잘린다."

이렇게 얘기를 해요. 그래서 비크람 왕이 엄청 똑똑하니까 맞는 답을 안 하면 자기 너무 불안하고 그래요. 근데 그걸 견디고 이제 틀린 답을 해야 돼요. 근데 항상 이제 비탈이,

"너는 좀 똑똑하고 강으로운(정의로운) 사람이면 맞는 답을 해야지."

이렇게 막 꼬시고 그러니까, 어쩔 수 없이 맞는 답을 하게 되면 다시 들어가요. 그래서 이 이야기를 〈비탈 바차스〉라고 해요, 이 이야기를. 왜냐면 그 귀신이 스물다섯 개의 이야기를 해요. 스물다섯 개 이야기까지 있거든요. 마지막에는 결국 이제 비탈을 갖고 왔어요, 무당까지. 그런 이야기인데 스물다섯 개 이야기 있으니까, '바치스'는 이십오라는 뜻이에요. '바치스'가 이십오라는 뜻이에요.

그래서 스물다섯 가지 이야기 중에 한 이야기는, 어떤 왕이랑 여왕이랑 결혼하고 아주 기다, 오랫동안 아이를 낳고 싶은데 안 됐어요. 근데 결국 딸을 하나 낳았는데, 너무 예뻐해서 막 그냥 교육도 잘시키고. 옛날에 북인도니까 이제 싸움도 잘하니까, 왕이니까 그거 사, 뭐지 애로우? 화살. 화살 쓰는 것도 다 알려주고 다 배웠는데.

이제 어른이 되었어요, 그 딸이. 근데 그 딸이 결혼할 나이 되었는데. 근데 그 딸은,

"나는 그냥 누구랑 결혼 안 할 거고, 나를 이길 사람이랑 결혼할 거다."

이렇게 얘기를 했었어요. 근데 여자잖아요. 여자를 이겨야 되는데 남자들이 막,

"어 나는 이길 수 있는데?"

이렇게 나와요, 다들. 근데 다 이기지 못해요. 근데 마지막에는 남자 한 명 와요. 남자 한 명 와서 결국 이겼어요. 근데 그 남자한테 물어봤어.

"어떻게 이겼냐?"

이랬더니 그전, 거의 한 달 동안 그 딸을 따라갔대요. 어떤 식으로 하는지 그 딸한테서 배웠어요, 보면서. 그래서 이제 이기고 결혼할 수 있는 상황이에요. 근데 딸이랑 남자랑,

"우리 서로 결혼 못 해요."

라고 해요.

"못 해요라고 해요. 왜요?"

라는 게 질문이에요. 비탈이 그 질문해요.

"왜요, 왤까? 맞게 하면 들어간다. 답을 안 하면 죽여 버린다."

이렇게 하니까, 근데 왕이 너무 똑똑하잖아요. 그래서,

'어떻게 해야지, 어떻게 해야지?'

하는데 결국 못 참아서 맞게 해요, 맞는 답은.

인도에 선생이랑 학생 결혼 못 하잖아요, 원래. 배워, 보고 배웠으니까 선생, 학생 되는 거예요. 선생, 학생 결혼 못하니까 서로 결혼 못해요. 근데 결국은 비탈이 다시 나무속으로 들어가고, 다시 달려가서 다시 매고 가요. 그런 이야기 있고.

또 결국 그 이야기하면서 또 가끔은 비탈이 자기가 어떻게 귀신이 되었는지 그 이야기도 해줘요. 원래 그 무당이 엄청, 무당이 원래 선생도 했었어요, 옛날에. 무당이 이제 '구루', 구루라고 해요, 선생. 선생도 하고 이제 가르치면서 마술? 매직도 가르치면서 이렇게 다 했는데. 그때 그 비탈이라는 귀신이랑 비탈 동생이랑 둘 다 가르쳤어요.

한 명한테 조금 가르치고, 근데 안 혼내. 그냥 잘 예뻐해 줘요. 근데 비탈한테 모든 지식을 알려주고 자주 막 혼내고, 때리고 이랬어요. 근데 한 명은 지식을 받을 수 있고 예쁘게 안 받고, 한 명은 지

식 다 받을 수 있는데 좀 못 되게, 그렇게 해요. 근데 결국에는 그 비탈이 똑똑해지니까, 엄청 제일 똑똑해지니까 무당이,

"너는 너무 똑똑하니까 위험해."

하면서 죽여요. 그리고 죽이고 그 귀신을 잡고 마술 같은 거, 매직 하잖아요, 무당이. 하면은 이제,

'전 세계 자기 갖고 있을 수 있겠다.'

라는 게 있거든요. 그래서

"그 귀신을 갖고 오라."고.

이제 왕한테 얘기를 해요. 그래서 그 이야기를 하면서, 그래서 비탈이 제일 똑똑한 귀신이 됐고. 근데 다시 무당한테 가면은 죽여, 다시 갖고 이제 세계를 잡히니까 무당이. 그래서 그 얘기도 해요.

근데 스물네 개 이야기까지 이제 틀리고, 틀리고, 틀리고 맞는 답을 했었어요, 그 비크람. 근데 마지막 이야기는 북인도니까, 예전에 얘기해드렸는데. 전쟁 많이 나오는 이야기 많이 나오니까, 마지막 질문은 이제 비탈이 이랬어요.

"전쟁 나가, 끝나고, 아들이랑 아빠랑 여왕이랑. 프린세스? [조사자 2: 공주.] 공주를 이렇게 찾았어요. 아들은 여왕이랑 결혼하고 아빠는 공주랑 결혼해요. 근데 여왕이랑 아들은 아들 낳았고, 아빠랑 공주는 딸을 낳았어요. 그러면 그 태어난 아이들 무슨 사이일까?"

질문해요. 그건 아무도 몰라요, 우리도 몰라요. (웃음) 왕도 몰랐어요. [조사자 2: 고뇌하다가 대답도 못한 거구나.] 네 고뇌하다가 왕도 몰랐고.

'어 무슨 사이일까?'

하면서 이제 무당까지 같이 갔죠. 25회.

근데 결국에는 자기 비크람한테 비탈이 자기 이야기를 했으니까, 비크람도 이제 비탈한테 불쌍하다고 생각하고 도와 드리려고 하고. 이제 결국에는 둘 다 합쳐서 무당의 목을 죽여. 무당을 죽이고, 그 무당을 죽이고 결국에는 비크람은 오래오래 살 수 있었고, 비탈은 필요할 때 도와주러 와요. 이렇게 항상 왕이니까 고민 있으면 비탈한테.

비탈의 수수께끼를 맞춘 비크람

● **구연정보**

조사일시 : 2017. 12. 19(화) 오후

조사장소 : 서울시 광진구 화양동 건국대학교

제 보 자 : 파드마 [인도, 여, 1992년생, 유학 1년차]

조 사 자 : 신동흔, 김정은, 황승업, 강새미

● **구연상황**

파드마 제보자가 〈맛없는 음식 먹고 오래 사는 소〉를 구연한 뒤, 그에 앞서 구연했던 〈무당을 물리친 비탈과 비크람〉에 나오는 이야기에서 귀신이 한 질문 중 하나가 생각났다며 구연을 시작했다. 카자흐스탄의 조팔리나 제보자가 함께 이야기를 들었다.

● **줄거리**

비탈은 수수께끼를 내서 맞는 대답을 하면 숨고 틀린 답을 하면 계속 길을 가는 귀신이다. 어느 날 비탈이 비크람 왕에게 네 명의 학자에 관한 수수께끼를 냈다. 네 명의 학자는 각각 죽은 사자에게 피부, 털, 다리, 삶을 주었고 살아난 사자가 학자를 모두 잡아먹었는데, 이 중 누구의 잘못이 제일 큰지 물었다. 비크람이 삶을 준 학자라고 답하자 비탈은 정답이라며 나무로 들어갔다.

귀신 이제 뒤에 붙었고, 다시 그 이야기 아시잖아요. 잘못하면 계속 가고, 맞게 하면 들어가고 이런 거잖아요. 그래서 질문해요. 어떤 마을에 학자들 네 명이 있었어요. 네 명은 이제,

"각자 길을 가서 공부하고 몇 년 뒤에 다시 거기 만나자."

이렇게 해요. 형제들이에요. 그래서 몇 년 지나고 만났어요.

한 명은 이제 학자들이니까 옛날에 마술 같은 것도 했었어요, 학

92

자들. 그래서 한 명은 이제 스킨skin?

"피부를 만들 수 있겠다."

또 한 명은,

"나 털 만들 수 있겠다."

또 한 명은,

"나 다리 만들 수 있겠다."

이랬고. 네 번째는,

"나는 삶을 줄 수 있겠다."

이렇게 말해요. 그래서,

"우리 확인해보자."

하고 가요.

숲에 가서 죽은, 뼈만 있는 사자를 갖고 와요. 그래서 첫 번째는 이제 저기 피부를 넣어주고, 두 번째는 털 넣어주고, 세 번째는 이제 다리 넣어주고, 네 번째는 숨을 주잖아요. 그 사자가 이제 깨어나고 네 명 다 잡아먹어요.

근데 비탈이 그래요.

"누구 탓이에요? 누구 때문에 죽을까요?"

이렇게 물어봐요. 피부가 있으면 뭐 그냥 피부가 있는 거고, 털이 있으면 그냥 삶이 없고. 다리 있어도 괜찮고. 삶만 있으면, 숨을 주면 이제 그 살아오기 때문에,

"네 번째가 잘못했다."

이렇게 말하는데 비탈이,

"너 너무 똑똑하네."

하면서 다시 나무에.

[조사자: 다시 나무로 들어가 버렸구나.] 네. 그런 이야기도 있었구요.

딜라이라마와 크리슈나 왕

● **구연정보**

조사일시 : 2017. 12. 19(화) 오후

조사장소 : 서울시 광진구 화양동 건국대학교

제 보 자 : 파드마 [인도, 여, 1992년생, 유학 1년차]

조 사 자 : 신동흔, 김정은, 황승업, 강새미

● **구연상황**

카자흐스탄의 조팔리나 제보자가 〈부자의 딸을 데려간 알다르코세〉를 구연한 후, 파드마가 딜라이라마에 대한 이야기가 있다며 구연을 시작했다. 카자흐스탄의 유학생 조팔리나 제보자가 함께 이야기를 들었다.

● **줄거리**

옛날 크리슈나 왕이 다이아몬드와 금으로 장식된 화려한 궁궐이 나오는 꿈을 꿨다. 왕은 꿈에서 본 궁궐이 갖고 싶어 신하들에게 궁궐을 찾아오라고 명령했다. 신하들이 현자 딜라이라마를 찾아가 도움을 청하자 딜라이라마는 낚시꾼을 궁궐로 보냈다. 낚시꾼은 왕을 찾아가서 집에 도둑이 들었으니 도둑을 잡아달라고 했다. 왕이 도둑이 누구인지 묻자 꿈에 왕이 나타나 재물을 다 훔쳐갔다고 했다. 낚시꾼의 이야기를 들은 왕은 자신의 행동을 뉘우쳤다.

그 한번은 왕이 잠을 자면서 꿈을 꿨어요. 너무 화려하고 큰 궁 같은 거 꿈을 꿨어요. 완전 막 다이아몬드도 있고 금도 있고 다 있는 완전 큰 팰래스palace, 궁 같은 거 꿈 꿨어요. 일어나자마자,

"나 그거 갖고 싶다. 그거 만들어주세요. 그런 거 어디 있던 거 같은데. 나 꿈에 똑똑히 봤어. 어디 있어요."

이렇게 얘기했어요. 근데,

"그거 갖고 오는 사람이 필요하다."

하면서 많은 사람한테 다,

"나 그거 궁궐 갖고 와라. 어디 있는지 알려줘라."

이래요. 근데 학자들끼리랑 다른 사람들끼리,

"그거 없는 건데. 그거 그냥 꿈이라는 걸 어떻게 알려줄까?"

라는 게 몰라서 이제 딜라이라마한테 갔어요. 가서 이 이야기를 해줬죠.

"이렇게, 이렇게 왕이 막 상상하시는데, 이게 진짜 아니라고 어떻게 깨닫게 해줘요?"

라고

"얘기해줘."

하는데. 이제 그때 딜라이라마가,

"나 아이디어 하나 생각났어."

하면서 다음 날에 어떤 낚시하는 직업이 있거든요. 피셔맨fisher-man? 그 사람을 이제 왕한테 보냈어요. 왕이 모든, 어 백밀? 시티즌? [조사자 4: 백성?] 아 백성들의 이야기. (웃음) 백성들의 이야기를 듣고 다 이제 도와주는 입장이니까.

그 백성이 이제 왕한테 가서,

"왕 저는 우리 집에 도둑이 와서 모든 금이랑 모든 것을 가져갔어요. 근데 어떻게 하죠? 저 배사."

배사는 인도 루피, 루피.

"루피 하나도 없어요, 우리 집에 지금. 어떻게 해요?"

라고 이야기해요. 그러면 왕이,

"그거 누구냐? 이름만 알려주면 잡혀서 그냥 죽여 버릴 거다."

이렇게 얘길 해요. 근데 백성이,

"이야기하면 저 때리면 안돼요."

이렇게 말해요. 근데,

"알겠다. 누구냐?"

이랬더니,

"우리 꿈에 왕이 와서 훔쳐갔어요. 그래서 왕이 다 반납해야죠."

이렇게 얘기를 해요. 그래서 그때,

'아 꿈이 꿈이구나.'

라고 깨달아요. 그때 왕이,

"이거 어떻게 누구 널 보냈어?"

이렇게 얘기하면, 딜라이라마가 그때 와서.

"그거 우리는 며칠 전부터 왕한테 이게 그냥 꿈이라고 얘기해줬는데 안 믿으시니까 이런 식으로 했어야 됐었어."

이런 이야기를 해요.

[조사자 2: 이야기를 해서 깨닫는 이야기.] 네 깨닫게 하는 게.

'아 꿈이랑 현실이 다르구나.' (웃음)

왕의 잘못을 일깨운 딜라이라마

● 구연정보

조사일시 : 2017. 11. 29(수) 오후

조사장소 : 서울시 중구 필동

제 보 자 : 파드마 [인도, 여, 1992년생, 유학 1년차]

조 사 자 : 김정은, 강새미

● 구연상황

제보자가 〈딜라이라마와 학자의 지식 내기〉를 구연한 뒤 바로 이어서 이 이야기를 시작했다.

● 줄거리

왕의 어머니가 유언으로 세상 모든 사람들에게 금으로 된 망고를 나눠주라고 했다. 왕이 모든 사람들에게 금으로 된 망고를 나눠주는데, 받았던 사람들이 또 받는 일이 많아 재산이 금방 탕진되었다. 그래도 왕이 멈추지 않자 딜라이라마가 쇠막대기로 금 망고를 받은 사람들을 때려서 오지 못하도록 했다. 왕은 어머니의 유언을 지키지 못하게 하는 데 대해 불만을 가졌지만, 결국 자기 행동이 잘못됐다는 것을 깨달았다. 딜라이라마는 왕이 스스로 지킬 수 없는 유언을 지키려고 했음을 깨닫게 한 것이었다.

또 하나는 (웃으며) 딜라이라마 왕. 그 남인도 망고가 되게 많아요. 되게 많기 때문에 내용에도 망고 얘기 많이 나와요. 그래서 딜라이라마 얘기에도 왕이 한 번,

"우리 엄마의 마지막 소원은 모든 사람들한테 금으로 되는 망고를 선물해주는 거다."

이렇게 해서 그렇게 말했었어요. 그래서 한 명씩 열 개, 열, 다섯, 스무 개 그냥 왕이 모든 시민들의 이름 모르잖아요. 그러면,

"나 아까 안 왔었는데."

하면서 다 가져가, 또 받고 또 받고 이러니까 이제 당해요 왕이. 그
냥 사기당한 느낌? 왕이 오히려 사기당한 느낌이니까 딜라이라마가,

"그러면 내가 이거 도와주겠어."

라고.

거기서 망고를 받고 오는 김에 딜라이라마가 그 사람들 잡고 골
대기? 스틱. [조사자 2: 막대기.] 막대기, 좀 뜨거운 막대기로 (손목을
치면서) 여기 이렇게 때려요. 그 너무 다 아파요. 아프고 죽을 만큼
아픈데, 그래서 너무 욕심이 많은 사람들이 이렇게 잡고 (손목을 치
면서) 이렇게 해요. 그러면 왕이 알게 돼요.

"저기 사람들 너무 아프다던데?"

이렇게 알게 되니까, 왕이,

"왜 무슨 얘기야?"

해서 딜라이라마한테 와요. 그럼 딜라이라마가,

"아니 왕 어머니의 마지막 소원은 금 망고를 선물해주는 건데,
우리 엄마의 마지막 소원 이건데 저도 해야 될 거 아니에요."

해서 이렇게 사람들을 때리는 게 욕심내는 사람들만 때리는 게.
사기꾼을 잡기 위해서, 사기꾼 하는 사람들 잡기 위해서,

"우리 엄마 소원만 이러는 건데? 이거 잘못된 거 아니야!"

이렇게 말할 때 그때 왕이 이해했어.

"아, 내가 잘못했구나. 이거 내가 욕심 부리는 사람한테 자꾸, 진
짜 필요한 사람한테 안 받고 그냥 욕심 부리는 사람 자꾸 오게 되니
까, 다 주니까."

그래서 왕이

'아! 이런 뜻이었구나.'

해서 이제 그만했죠.

그래서 그런 얘기에도 딜라이라마가 왕한테 설명해주고 싶었는
데 직접 못해서 다른 식으로 설명하기 위해서. 자기도 엄마 소원 이
루는 건데 이거 맞는 건가, 아닌 건가. 왕이 직접 판단할 수 있잖아
요. 그런 식으로 만들어 해줘요.

딜라이라마와 학자의 지식 내기

● **구연정보**
조사일시 : 2017. 11. 29(수) 오후
조사장소 : 서울시 중구 필동
제 보 자 : 파드마 [인도, 여, 1992년생, 유학 1년차]
조 사 자 : 김정은, 강새미

● **구연상황**
제보자가 〈딜라이라마의 우물물 푸기〉를 구연한 뒤, 딜라이라마와 학자에 관한 이야기가 있다고 했다. 학자의 이름을 떠올리려고 노력했으나 기억이 나지 않아 그냥 학자라고 구연했다. 동국대 근처의 카페에서 조사를 진행했는데, 다른 손님들이 많아져서 구연이 중단되기도 했다.

● **줄거리**
유명한 학자가 딜라이라마가 제일 똑똑하다는 소문을 듣고 얼마나 똑똑한지 궁금해서 도시로 왔다. 당시에는 경전을 외우고 또 그것을 해석할 수 있어야 똑똑한 학자로 인정받을 수 있었다. 학자는 딜라이라마에게 어려운 시를 알려주고 이를 해석해 보라고 했다. 딜라이라마는 그 시를 해석하는 대신 자신이 하는 질문에 답하면 학자를 인정하겠다면서 "메카또까 또까메카"라는 말을 반복했다. 결국 학자는 그것을 해독하지 못해서 지고 말았다. 나중에 왕이 딜라이라마에게 그게 무슨 소리냐고 물었더니, 그냥 양 고리라는 뜻으로 사실 아무 의미없는 말이었다고 했다.

제가 그냥 학자라고 할게요. 이름이 기억 안 나서. 나중에 찾아서 알려드릴게요. [조사자: 괜찮아요.] 그 학자 이야기는 엄청 똑똑한 학자가 딜라이라마가 살고 있는 그 도시에 온다고 들었어요. 왕한테서. 근데 딜라이라마가 그 도시에 제일 똑똑하잖아요. 그러면 좀,

'나보다 똑똑한 사람? 그럴 리가 없는데.'

[조사자: 자기가 최곤데.] 어 자기가 최고고 어느, 어떻게 똑똑하지? 이렇게 생각하기 때문에.

(주위가 시끄러워서 잠시 구연이 중단됨.)

그 내용에서는, 학자가 엄청, 옛날에 학자들은 이제 힌두교에 모든 신에 시? 시 같은 거. 시 같은 걸 외우는 게 학자예요. 신의 시를 다 외우면 제일 똑똑한 학자. 한국에, 중국에도 그렇잖아요. [조사자: 경전이라 그래요.] 네. 그거랑 비슷한 게 인도에도 그런 거 다 외워야 학자거든요. 그래서 그거 아는 학자가 있었어요. 그래서 그 학자가 와서,

"내가 보여줄 거다!"

이래가지구 어떤 엄청 어려운 시를 알려주고,

"이게 분석해 봐라."

이런 거예요. 그래서 딜라이라마가,

'이거 어떻게 분석하지?'

하면서 모든 사람들 다 생각하고 있었어요. 그래서 딜라이라마가… (주위가 시끄러워서 잠시 구연을 중단했다가) 딜라이라마가 일어나서 그 대답하기 전에,

"내가 질문 하나 할 테니까 그거 대답하면 니가 제일 똑똑하다고 인정할게. 이거 분석하세요."

라고 하는 거예요. 거기에는,

"메가또까 또까메까, 메까또까 또까메까, 메까메까 또까메까"

이렇게 하는 거예요. 그래서

'우와 이게 내가 처음 들었는데? 무슨 의미지?'

해석하려고 엄청 노력하고,

'이거구나, 이거구나, 이거구나. 이거구나.'

막 이렇게 얘기를 하는데 몰랐어요, 답이. 너무 화가 나서 갔어요. 그러면 거기 왕이 물어봤어요.

"무슨 뜻이야? 이거?"

"아 그냥 '양 고리, 양 고리, 양고 리' 이렇게 묶어서 하는 건데,

뜻이 없는데 뭐 학자들은 다 뜻이 있다고 생각하는 거뿐이지. 그냥 '메까'가 양, '또까'는 고리."

그래서, '메까또까 또까메까' 하는데 진짜 시인 줄 알고. 그냥 뜻이 없는,

이거 〈세 얼간이〉에 나오는 얘기랑 비슷한 거예요. 〈세 얼간이〉 영화. 〈세 얼간이〉에 나오는 그 뭐지, 선생님 물어보잖아요.

"텀term 이거 무슨 뜻이야?"

라고 하면 그냥 '두우' 이렇게 시작된다, 간단하게 설명하면 학자들 이해 못해요. 그런 식으로 디스dis하고, 오히려 완전 말도 안 되는데 어렵게 얘기를 하면 다 알아듣는 척 한다. 이렇게 얘기를 할 때. 뭐 그냥 모르는 얘기하지 아니고 그냥 간단하게 해야 된다는.

'학자들은 좀 심플하게 가르쳐야 된다. 제일 똑똑하다고 제일 높은 말씀이 똑똑하지 않는다.'

이런 식으로 보여주기 위해서 그 딜라이라마가 그 학자를 디스를 한 것처럼. 똑똑할 때도 완전,

'내가 다 아니까 똑똑해.'

이런 식으로 아니고.

그런 내용이 제가 너무 좋아했어요. 너무 웃겨요.

"메까또까 또까메까"

아무것도 없는데. 너무 좋아요. 3분 동안 계속하고 있어요. (웃으며) 계속하고 있는데 다들,

'와 이거 무슨 뜻이야. 내가 어디 들어봤던 것 같은데.'

이렇게 다 쳐다보니까 엄청 재밌었어요.

딜라이라마와 학자의 대결

● **구연정보**

조사일시 : 2019. 02. 21(목) 오후

조사장소 : 서울시 광진구 화양동

제 보 자 : 단야지 [인도, 여, 1993년생, 유학 4년차]

조 사 자 : 신동흔, 김정은, 강새미

● **구연상황**

단야지 제보자가 〈브라만의 욕심과 밀가루〉 구연을 마친 뒤 조사자가 구연을 더 청했다. 함께 있던 파드마 제보자가 딜라이라마 이야기를 추천하자 구연을 시작했다. 경희대 이성희 박사와 파드마 제보자가 이야기를 함께 들었다.

● **줄거리**

딜라이라마가 똑똑하다고 소문이 나자, 한 학자가 대결을 하고자 했다. 학자는 크리슈나 왕에게 자신은 15개국의 말을 할 수 있다고 했다. 왕은 그에게 함께 살고자 하자 자신의 모국어를 맞히면 그곳에 머물겠다고 했다. 하지만 아무도 학자의 모국어를 맞추지 못했다. 딜라이라마는 학자에게 시내를 돌아다니자고 했다. 왕도 함께 동행하던 중에 나무 아래에서 쉬게 됐는데, 딜라이라마가 바늘로 학자를 찌르자 학자가 소리를 지르며 화를 냈다. 딜라이라마는 지금 말한 것이 학자의 모국어라고 했다.

언니(파드마)가 말했다시피 딜라이라마 이야기는 책에서 다 펼쳐가고, 모든 분들은

"인도 이 지역에 어떤 똑똑한 분이 살고 계시구나."

이분은 세계에서 가장 똑똑한 사람으로 알려져 있고. 그래서 다른 분들은,

'나도 똑똑하다. 한 번 도전해보자.'

라고 생각하는 분들도 많이 계셨습니다. 그분은,

'딜라이라마 살고 있는 지역에 가서 도전을 해보자.'

라고 하고 한 명은, 어느 학자분은 다른 나라에서 크리슈나 왕의 나라로 리제나그라라는 나라인데 그 나라로 내려왔습니다.

내려오고 딜라이라마를 찾고 있는데, 딜라이라마를 보고 질투하는 다른 학자분들도 계셨습니다. 같은 궁에. 그분들은,

'딜라이라마보다 더 똑똑한 학자가 있으면 왕께 우리가 소개해주면 왕은 우리에게 보상을 해줄 것이다.'

라고 생각하고 그분을 만나서 이분을 궁으로 같이 데려갔습니다.

왕을 만나서 왕에게 이분은,

"나는 열다섯 개 국어를 할 수 있다. 열다섯 개 국어를 할 수 있는데, 나는 학자이고 이런 대단한 일을 했습니다."

라고 했는데, 크리슈나 왕은,

'이 학자분은 아주 똑똑한 분이시구나. 우리나라의 학자이셨으면 좋겠다.'

라고 생각하면서 이런 제안을 했습니다.

"우리나라에 살지 않겠습니까?"

라고. 그분은 이제

"크리슈나 왕님의 궁에서 아주 똑똑한 분들이 많다고 들었습니다. 그분들이 내가 주는 시험을 합격하면 내가 이 나라에 살겠습니다. 여기 학자가 되겠습니다."

라고 했습니다.

그래서 크리슈나 왕은,

"네 알겠다. 그러면 학자들 분들아 이 시험을 합격해라. 어떻게든."

라고 했는데 그 학자분께서 다른 학자분들 이런 시험을 냈습니다.

"나는 열다섯 개 국어를 하는데 그중 내 모국어는 어떤 건지 알려줘라. 모국어를 맞추면 나는 여기 학자가 되겠다."

라고 했는데, 그리고 열다섯 개 국어에 자기소개를 했습니다. 그런데 각각의 언어를 아는 학자들은,

'아, 이거는 반드시 모국어다.'

라고 생각하고 서로 싸우기 시작했습니다. 싸우기 시작하고 어떤 결론을 내지 못하는데 딜라이라마는 웃고 있었습니다. 그 도전한 학자분은,

"딜라이라마는 왜 웃고 있는데?"

크리슈나 왕은 딜라이라마에게 물어봤습니다.

"왜 웃고 있는데? 너도 답변을 못해 주겠나?"

라고 물어봤고 딜라이라마는,

"저는 일단 이 친구를 좀 더 살펴보고 싶습니다. 어떻게 사는지 보고 싶습니다. 저희끼리 가서 이 나라를 돌아다니겠습니다. 여기 궁 내에, 여기 시내에 돌아다니겠습니다. 이 친구에게 우리 시를 보여주겠습니다."

라고 했는데 왕에게 이런 말도 했습니다.

"마마, 우리와 같이 따라오시죠."

그래서 왕이랑 같이 셋이 밖으로 돌아다니기 시작했는데 도전하는 학자분은,

"피곤하다."고.

"여기 나무그늘 아래 앉자."

라고 해서 왕이랑 셋이 거기 앉았습니다.

그때 딜라이라마는 바늘을 갖고 그분을 찔렀습니다. 찔렀는데 그분은 갑자기 자기 모국어로

"아! 아프다! 왜 이런 걸 했냐?"

라고 소리치려는데 그때 딜라이라마는 다시 웃고 있었습니다. 이 학자는 왕을 보고 이런 말을 했습니다.

"왕님, 보셨나요. 궁의 학자는 이런 행동을 했는데 어이가 없거든요."

라고 했는데 왕이 딜라이라마에게 물어봤는데 딜라이라마 이러한 답변을 했습니다.

"이분의 모국어는 구자라티어입니다. 이분은 이 지역에서 왔습니다."

라고 하고.

이제 결론은 희노애락 같은 것을 느낄 때 반드시 모국어로 답변,
반응을 하는 사람들이 있다고.

딜라이라마의 보상과 처벌

● **구연정보**

조사일시 : 2019. 02. 21(목) 오후

조사장소 : 서울시 광진구 화양동

제 보 자 : 파드마 [인도, 여, 1992년생, 유학 3년차]

조 사 자 : 신동흔, 김정은, 강새미

● **구연상황**

단야지 제보자가 〈사람을 죽이는 무서운 물건〉 구연을 마친 뒤 파드마 제보자가 단야지의 이야기를 들으면서 생각난 이야기가 있어서 검색해 봤다며 구연을 시작했다. 딜라이라마는 매우 똑똑해서 인도 전역에 유명세를 떨쳤고, 그래서 많은 이야기가 전해진다고 했다. 파드마 제보자를 소개해준 경희대 이성희 박사와 단야지 제보자가 이야기를 함께 들었다.

● **줄거리**

딜라이라마가 크리슈나 왕이 사람들에게 선물을 많이 준다는 말을 듣고 왕에게 찾아갔다. 그런데 문지기가 딜라이라마를 왕궁으로 들어가지 못하게 했다. 딜라이라마는 문지기에게 선물을 받으면 반을 주겠다고 했다. 딜라이라마 안으로 들어가는 길에 또 막는 사람이 있어서 다시 자기가 받는 것의 반을 주겠다고 했다. 그때 크리슈나 왕이 기분이 좋지 않아서 자신을 건드린 사람은 백 대를 때리겠다고 했다. 딜라이라마를 만난 크리슈나 왕은 선물을 주는 대신 100대를 때리라고 했다. 매를 맞게 된 딜라이라마는 문지기들이 자신과 보상을 나누기로 했으니 자신이 맞을 매는 25대라고 했다. 결국 문지기들이 함께 처벌을 받게 되었다.

크리슈나 왕이 원래 사람들한테 선물 같은 걸 많이 주시는 걸로 유명해요. 그래서 이 학자가 새롭게 리제나그라에 왔어요.

"왕을 뵙고 싶다."

고 했어요. 그래서 아내한테

"내가 한 번 왕을 만나고 올 테니까, 왕 선물 많이 주실 거니까 그걸로 새로 집을 사자."

이렇게 얘기했어요. 그래서 왕을 뵈러 갔는데 그 시절에도 미리 약속을 해야지 왕을 뵐 수 있으니까. 그래서 왕을 뵈러 갔는데 앞에 지켜주는 사람 있잖아요. 문을 지키는 사람은

"못 들어간다. 약속 없으니까 지금 왕을 못 만난다."

이렇게 얘기했어요. 딜라이라마*가 항상 똑똑하고 위트wit 있는 사람인 걸로 유명해서 딜라이라마가,

"그럼 왕이 어차피 선물 주실 거니까 그거 반을 너한테 줄게. 나 보내줘."

이렇게 얘기했어요.

"선물 내가 반 나눌게."

이렇게 얘기했으니까,

"그래 반 꼭 약속했다."

해서 통과된 거예요.

안에 들어갔는데 다시 한 분 더 계셨거든요. 그분도 다시

"가지 말라."고.

얘기했는데 그 사람한테 똑같이,

"반을 나눠준다."고.

약속했어요.

"내가 왕이 주신 선물들로 반 나눠줄 테니까 통과시켜."

이렇게 했는데,

"그래 알겠어. 반을 주는 거 약속했으니까 가자."

그래서 안에 갔어요.

갔는데 왕 기분 되게 안 좋았거든요. 그래서,

"왕을 건들면 때린다."

● 딜라이라마는 남인도 지역 어느 궁전에 사는 학자로 왕에게 조언을 해주는 학자이다.

이렇게 얘기했어요. 근데 가서,

"왕 저 부탁이 있는데."

이렇게 얘기했는데,

"백 대 때려라."

이렇게 얘기했어요.

"백 대 때려라, 딜라이라마를. 보상 대신에 처벌 받아라. 나 건드렸으니까."

이러니까 딜라이라마,

"잠시만요. 두 명 친구한테 약속했어요. 나누려고.

그래서 불러요.

"두 명 친구들에게 나누는데 백에서 오십이니까 오십을 이 친구들한테 줘야 하는데, 그 반도 나눴으니까 저 이십 오만 받을게요. 나머지 친구들한테 나눠요."

이렇게 얘기한 거예요. 그래서 그때 그분들은

"절대 그런 거 약속 안 했는데."

"아까 상을 받는다면서요. 이게 상인데요."

이렇게 얘기해서 뺨 맞았어요.

그래서 항상 욕심 때문에 통과시킨, 커럽션corruption(부패)에 관련된 얘기거든요. 불법적으로 돈을 받잖아요. 그것에 관련된, 보상받으면 처벌도 같이 나눠야 된다는 그런 이야기예요.

딜라이라마의 우물물 푸기

● **구연정보**

조사일시 : 2017. 11. 29(수) 오후

조사장소 : 서울시 중구 필동

제 보 자 : 파드마 [인도, 여, 1992년생, 유학 1년차]

조 사 자 : 김정은, 강새미

● **구연상황**

제보자가 〈예언을 받은 비크람과 수수께끼를 내는 비탈〉에 이어서 바로 이 이야기를 구연했다. 할머니가 사는 남인도 지역에서 전해지는 이야기라는 설명을 덧붙였다. 남인도 지역은 학자에 관한 이야기가 많이 전해지고 사람들도 똑똑해지려는 욕심이 많아서 외국에서 일하는 엔지니어 중에 이곳 출신이 많다고 하면서 이야기를 시작했다.

● **줄거리**

딜라이라마가 밤에 도둑이 온다는 이야기를 듣고는, 도둑들이 들으라고 일부러 큰소리로 부인에게 우물에 금을 숨기자고 말했다. 그 소리를 들을 도둑들이 우물의 물을 다 퍼내다 아침이 됐는데, 보니까 금은 없고 돌만 있었다. 딜라이라마는 가물어서 밭에 물을 주기가 어려웠는데 잘 됐다고 했다.

한번은 딜라이라마가 밤에 도둑들이 집에 들어온다고 얘기를 들었었어요, 자기 집에. 근데 도둑들 막고 싶어요. 근데 직접 가서 잡으면 안 되잖아요. 그래서 똑똑하게 생각해서, 그 큰소리로 아내한테,

"우리 오늘 모든 금 이렇게 나눠, 금을 묶어서 우물 안에 버리자."

이렇게 얘기를 했어. [조사자: 말로?] 응 큰 소리로.

"우물 안에 버리자! 우물 안에 버리면 내일 아침에 찾자."

이렇게 큰 소리로. 도둑 밖에서 듣고 있어서,

'아! 그래 오늘밤은 우물 쪽에 가야겠다.'

이래가지고 진짜로 버렸어요.

밤에 우물 쪽에 도둑들이 와서 밑에 있잖아요. 그러면 일단 물 다 꺼내야 돼요. 물 다 꺼내고, 물 다 꺼내고, 다 꺼내고, 다 꺼내고 아침 돼버렸어. 물 다 꺼낼 때쯤. 그래서 아침이 될 때 이제 딜라이라마가 나와서,

"아 너무 고마워. 여기 물이 안 돼서 내가 꺼내려고 너네들 썼는데 거기 돌이었어. 그냥 밑에. 금이 아니었어. 돌이었고, 그냥 이걸로 이용하자."

해서 금 대신에 돌을 넣고. 물 이제 비가 안 와서 농사 때문에 물 다 꺼내기 해서 너무 혼자 힘들어서,

"어차피 할 건데 도둑들이 이걸로 하자."

해서 하니까 도둑들한테,

"너 똑똑한 도둑이 아니야. 좀 생각하고 해야 돼."

이런 얘기를 해서 자기 농사도 되는데 금도 있어요. 다 있었어요. 그래서 그런 얘기. [조사자: 금도 지키고 농사도 하고.]

딜라이라마의 도둑 잡기

● **구연정보**

조사일시 : 2019. 02. 21(목) 오후

조사장소 : 서울시 광진구 화양동

제 보 자 : 단야지 [인도, 여, 1993년생, 유학 4년차]

조 사 자 : 신동혼, 김정은, 강새미

● **구연상황**

파드마 제보자가 〈딜라이라마의 보상과 처벌〉을 끝내자 단야지 제보자가 이 이야기도 딜라이라마와 관련된 이야기라며 구연을 시작했다. 이야기의 배경이 되는 시대에는 다이아몬드가 매우 흔해서 길에서 야채를 팔듯이 다이아몬드를 팔았는데, 금은 매우 귀했다고 했다. 경희대 이성희 박사와 단야지 제보자가 이야기를 함께 들었다.

● **줄거리**

옛날에 금 도둑이 상인들의 금을 훔쳐가는 일이 빈번하게 일어났다. 왕이 학자들에게 도둑을 막을 방법을 물었지만 다들 방법을 못 찾았다. 그때 딜라이라마가 직접 나서서 방법을 찾아보자고 하고는 상인들에게 금을 지킬 방법을 알려주었다. 그날 밤 가게에 도둑이 들었는데 가게가 어두워 물건을 잡히는 대로 주머니 속에 넣었다. 다음날 딜라이라마는 옷이나 손에 빨간색이 묻어 있는 사람을 찾게 해서 도둑을 잡았다. 전날 딜라이라마가 상인들에게 보석과 가게에 빨간색 물감을 칠해놓게 한 것이었다.

옛날에 금 상인이라고 해야 되나요. 아주 그분들이 많았습니다. 금은 없었지만 그래도 한 지역에 금을 파는 사람들은 열 명, 스무 명 정도는 되지 않을까 싶어서. 금을 매일 밤에서 도둑질을 하는 사람이 있었는데, 도둑질을 아주 자주 하니까 왕에게 도움을 물어보는 상인

이 아주 많았습니다. 그래서 왕은 많이 화가 나고 자기 학자들에게,

"이 도둑을 어떻게든 잡아라. 우리 국민의 돈을 훔쳐가니까 안 되겠구나."

라고 해서 그 도둑을 잡는 계획을 짰습니다.

그런데 딜라이라마는 혼자서,

'아 이렇게 하면 안 되겠다. 우리는 여기 앉아서 계획을 짜는 것보다 직접 모든 상인을 만나 뵙고 어떤 방식으로 방해를 해야 하는지 얘기해야겠다.'

라고 가서,

"오늘밤 도둑은 반드시 다시 도둑질을 할 것이다. 그래서 이렇게 해라."

라고 모든 상인께 이런 말을 하고 왔습니다.

그날 밤 도둑은 다시 도둑질하러 갔습니다. 금을 훔치러 갔는데, 금을 가방에 싸서. 옛날이야기니까 그때는 불이 없었고. 그래서 아주 깜깜한 밤에 그냥 보이는 거 잡는 건데 금을 다 배낭에 싸고 밖에 나왔는데 소리가 났습니다. 그래서 군인들이 와서,

"여기 몇 명 있는데, 몇 명 중 한 명은 반드시 도둑이다."

라고 했습니다.

다음 날에 그 몇 명을 잡고 군인들은 왕 앞에 나왔는데 궁에서 딜라이라마는,

"그중 한 명은 빨간색 손과 옷을 차리고 있을 거예요."

라고 했고, 그중 한 명은 빨간색 손과 옷차림에 빨간색이 묻어 있었어요.

"묻어 있던 분은 도둑이다."

바로 알게 됐고. 어떻게 됐냐고 하면, 상인에게 딜라이라마 가서

"밤에 갈 때 이것에 빨간색을 붙이고 가라."

라고 한 거예요.

"색칠을 해 놔라."

라고. [조사자: 물감으로 막 그랬나 보다.]

그래서 도둑을 잡았다는 이야기.

딜라이라마와 가지 카레

● 구연정보

조사일시 : 2019. 02. 21(목) 오후
조사장소 : 서울시 광진구 화양동
제 보 자 : 파드마 [인도, 여, 1992년생, 유학 3년차]
조 사 자 : 신동흔, 김정은, 강새미

● 구연상황

단야지 제보자가 〈딜라이라마와 학자의 대결〉을 마치자 바로 이어서 파드마
제보자가 구연을 이어갔다. 인도에는 가지가 무척 많아서 가지로 카레를 만
들어 먹는데 이에 관련된 이야기라 했다. 경희대 이성희 박사와 단야지 제보
자가 이야기를 함께 들었다.

● 줄거리

크리쉬나 왕이 가지를 좋아해서 가지카레를 만들어 학자에게 나눠주었다. 딜
라이라마의 아내가 이야기를 듣고 자신이 더 잘 만들 수 있다며 오늘밤 궁에
가서 가지를 훔쳐오라고 했다. 그러자 딜라이라마가 가지를 훔쳐 와서 아내
가 카레를 만들게 했다. 그리고는 잠자는 아들을 깨워 비가 많이 온다고 하면
서 카레를 먹자고 했다. 다음날 딜라이라마가 가지를 훔치는 것을 본 사람이
있어서 왕이 그를 심문하자 딜라이라마는 그 일을 부정했다. 왕이 어린 아들
에게 물어보자 아이는 비오는 날 카레를 먹었다고 했다. 원래 그날은 비가 오
지 않았던 터라서 딜라이라마는 죄를 면했다. 딜라이라마는 이미 이런 일을
예상한 것이었다.

크리쉬나 왕이 가지를 너무 좋아해서 가지농사 하잖아요. 마당
에 가지를 길렀어요. 가지로 맛있는 카레 만들어서 학자들한테 점심
에 대접해준 거예요. 딜라이라마가 퇴근하고 기쁘게 집에 갔는데 아

내가,

"왜 이렇게 행복해?"

"나 오늘 궁에서 가지카레 먹었는데 너무 맛있었어."

아내 앞에서 다른 사람 음식 맛있다고 하면 절대 안 되잖아요. 그래서 아내가,

"그거 나도 만들 수 있는데. 그거만 있으면."

이렇게 얘기한 거예요.

"가지만 있으면 나도 그 왕보다 더 맛있게 만들 수 있다."고.

그래서 딜라이라마가,

"아니 그게 아니라, 당신도 요리 잘하는데 진짜 맛있었다."고.

그래서 아내가,

"그러면 당장 그 가지 갖다 주면 내가 더 맛있게 만들어 주겠다."고.

"오늘밤 가서 훔쳐오라."고.

얘기를 한 거예요. 가지를 무조건. 근데,

"안 된다. 안 된다."

했는데 당연히 화난 거예요, 아내가. 화났으니까

"그래 그럼 훔쳐올게."

이래서 가서 가지를 훔쳐온 거예요.

다음날 맛있게 밤을, 저녁을 가지로 만들었어요.

딜라이라마 아들이 있었거든요. 아홉 살? 어린 아들이 있었는데 아들이 자고 있었어요. 아들을 깨우고 아들도 같이 저녁을 먹어요. 우리 저녁 늦게 먹잖아요, 아홉시. 그래서 아들 깨우려고 할 때 딜라이라마가 가서 아들한테,

"아들. 밖에 비가 엄청 많이 내리는데, 옷도 다 젖고 아무것도 없고. 그냥 일어나서 밥 먹고 다시 자. 밖에 못 나가."

이렇게 얘기했어요. 그런데 갑자기 왜 비 얘기 나오는지 아내도 몰랐어요. 어쨌든 평소 좀 이상하니까 이해했어요. 아들도,

"그래요. 맛있게 먹어요."

해서 맛있게 먹었어요.

그때 훔쳐갔을 때 그날 밤에 다른 학자가 본 거예요. 다른 학자들 다 딜라이라마 싫어하니까, 무조건. 그거 왕한테 알려준 거예요. 그래서 다음날 궁 갔는데 왕이 화난 거예요. 딜라이라마가 훔쳤다고 소문 들어서 딜라이라마 불렀어요. 불러서,

"너 훔쳤다고 들었는데 맞느냐?"고.

"절대 아니라."고.

한 거예요. 그래서 왕이,

"그래도 내 마당에서 가지가 없어진 거 확실이야. 누가 가져 간 지 몰라. 근데 네가 가져갔다고 본 사람들이 있다."고.

"아니라."고.

"절대."

그래서 아내를 불렀어요.

"어제 밤에 가지로 음식을 만들었냐?"고.

"절대 안 만들었다."고.

한 거예요. 그래서 다른 학자들은, 애기들 원래 거짓말 못하잖아요. 아홉 살 아기를 데려왔어요. 데려오고 애기한테 물어보려고. 근데 아내가 두려워하고 있었는데, 딜라이라마가 '괜찮아' 이렇게 생각하고 있었어요.

근데 아들 나왔는데,

"어제 저녁에 뭐 먹었어?"

이렇게 물어봤어요, 왕이.

"어제 저녁에 나 가지 카레 먹었어요."

이러니까 다들,

"봐봐, 봤지? 내가 말했잖아."

이런 거예요. 그래서 왕이 화내면서,

"언제 먹었어?"

이렇게 물어봤어요.

"어제 비 내렸을 때 먹었어."

이러는데 비 안 내렸거든요. 거짓말이었어요.

그래서 연결한 거예요. 딜라이라마가 이미 생각하고 있었고

"비 내렸을 때, 엄청 비 내렸을 때 엄마가 가지 카레 만들어줬어요."

이러니까 다들 막,

"어제 비 안 내렸는데. 그럼 거짓말이구나. 얘가 아니구나."

해서 풀어준 거예요.

딜라이라마가 그 얘기한 거, 아내한테 이야기한 거.

"내가 일부러 그렇게 이야기한 거야. 왜냐면 무조건 아이한테 물어볼 거고, 아이는 거짓말 못 하니까."

비 내린다고 하면 확인 안 하고 그냥 밥만 먹었으니까 아빠가 얘기해준 그대로 얘기한 거예요.

그래서 다시 학자들 거짓말한 걸로 나왔어요. 학자들 항상 거짓말해서 딜라이라마 힘들게 만드는데, 그날 다른 학자들 처벌 받았어요, 대신. 거짓말했다고.

비르발 수학 (1) : 열한 마리 소 나누는 법

● **구연정보**

조사일시 : 2017. 11. 29(수) 오후

조사장소 : 서울시 중구 필동

제 보 자 : 파드마 [인도, 여, 1992년생, 유학 1년차]

조 사 자 : 김정은, 강새미

● **구연상황**

제보자가 〈구루의 라듀를 먹은 시슐루〉 구연을 마친 뒤 할아버지에게 들은 이야기라며 이 이야기를 시작했다.

● **줄거리**

소 열한 마리를 가진 부자가 있었다. 부자는 죽으면서 아들 셋에게 유언을 남겼는데, 첫째에게는 반을 주고, 둘째에게는 반의반을 주고, 셋째에게는 육분의 일을 주라고 유언을 남겼다. 세 아들은 열한 마리의 소를 어떻게 반으로 나눠야 하는지 몰라서 마을에서 제일 똑똑한 어른을 찾아갔다. 그는 세 아들에게 자신의 소를 한 마리 빌려주어 소 열두 마리를 만든 뒤 큰아들은 여섯 마리, 둘째 아들은 세 마리, 셋째아들은 두 마리를 갖게 했다. 그리고는 큰아들에게 빌려준 소를 돌려받아서 문제를 해결했다.

또 하나는 이제 할아버지한테서 들은 건데, 인도에 '비르발, 아르바크 비르발'이라는 북인도 이야기인데. 할아버지가 좋아하는 이유는 이거를 통해 수학을 가르쳐요. 학생들한테, 애들한테. 할머니 할아버지가 좀 지식을 주기 위해서, 수학을 가르치기 위해서 이런 내용이 '비르발 스토리스stories'라고 하는데. 비르발 내용.

(조사자가 주인공의 이름을 한글로 받아 적느라 잠시 구연을 멈

춤.)

아크발 왕의 [조사자 1: 무슨 뜻이에요?] 이름이에요. 아크발 왕의 밑에 일하는 학자? [조사자 1: 시종? 하인?] 학자. 원래 학자들은 왕한테 가르치는 선생들이 계시잖아요. 그래서 비르발 선생님의 이야기 중에 나오는 건데. 거기에서는 어떤 내용이 제가 너무 마음에 들었던 게 있었어요.

그거는, 어떤 어르신이 돌아가셨거든요. 어르신이 돌아가시고 그분이 아들이 세 명이 있어요. 아들 세 명이 있는데, 그분이 옛날에 소가 갖고 있으면 그냥 돈 많은 부자예요. 소로 이제 돈 많이 벌 수 있으니까. 우유, 우유도 있고 농사도 잘 되니까.

'소가 많을수록 부자야.'

이런 뜻이 있어가지고. 그분이 열한 마리 있었거든요, 열한 마리. 근데 아들 세 명이에요. 그래서 나눠줘야 돼요. 그래서 근데 그분이 원하시, 죽기 전에 원하는 걸 쓰잖아요. '윌will'이라고 하는데. [조사자 1: 아 유서를.] 유서에는 그렇게 적었어요.

첫째한테는 반 정도 줘야 되고, 둘째한테는 아 원 바이 포one by fourth? 이렇게. [조사자 2: 사분의 일?] 사분의 일 줘야 되고, 또 세 번째는 사분의 육? 원, 식스. [조사자 2: 아 육분의 일.] 아 육분의 일.

(조사자가 1/6을 직접 적어줬고 제보자가 맞다고 함.)

네. 육분의 일, 이렇게 줘야 되고. 이렇게 말씀하셨어요.

근데 열한 마리잖아요. 열한 마리를 반으로 하면은 그냥, [조사자 1: 5.5가 되잖아요.] 5.5가 되잖아요. 그럼 안 되잖아요.

'그러면 어떻게 하지? 어떻게 하지?'

라고 생각하고, 이제 모든 마을에 있는 사람들한테 물어봤어요.

"이거 어떻게 나눠? 어떻게 나눠?"

이렇게 하고, 모든 마을에 있는 사람들

"이 길 끝에 가면은 제일 어르신이 계시는데, 그분한테 가서 물어봐요. 제일 똑똑하신 분인데."

거기 가셨어요. 거기 선생님한테 가시고,

"우리 이런, 이런 사연 있는데 어떻게 나누어요?"

이랬더니. 그러면 그 선생님이,

"그러면 제 한 마리를 여기 추가할 테니까 그럼 열두 마리 되잖아요. 그러면 첫째가 여섯 개를 받고, 둘째가 세 개를 받고, 셋째가 두 개를 받아요. 그럼 십일이 돼요."

그거 나머지 하나 다시 갖게 되면. [조사자 1: 하나를 만들어서 하는 재주가 있네요.] 하나를 만들어서 하는데, 십일만 나누는 거예요. 그렇게 하면은 수학으로 이게 똑똑하고 근데 십일만 남는 거예요.

이런 식으로 얘기를 하니까, 할머니 할아버지들은 어릴 때 이런 얘기들을.

"넌 똑똑해야 돼. 바보처럼 하면 안 돼."

이래서 이런 얘기들도 많이. [조사자 1: 되게 지혜롭네요.]

저도 이거 듣고 '와', 저는 진짜 수학 너무 싫어했는데,

'이거 재밌네.'

이렇게 재밌었어요.

비르발 수학 (2) : 금화 삼백 개 쓰는 법

● **구연정보**

조사일시 : 2017. 11. 29(수) 오후

조사장소 : 서울시 중구 필동

제 보 자 : 파드마 [인도, 여, 1992년생, 유학 1년차]

조 사 자 : 김정은, 강새미

● **구연상황**

제보자가 길조로 여겨지는 까마귀에 대한 풍습을 설명한 뒤, 비르발 수학과 관련되는 나눔의 방법에 대한 이야기를 했다. 할머니들이 아이들에게 수학을 가르치면서 하는 이야기라고 했다.

● **줄거리**

왕이 학자에게 금화 삼백 개를 주면서 사람들에게 나눠주되, 백 개는 다시 자기한테 돌아오게 하고 백 개로는 천국 가는 복을 얻고, 백 개는 쓸데없이 쓰라고 시켰다. 그 일을 해내지 못하면 죽을 것이라고 했다. 학자는 딸 가진 사람에게 금화 백 개를 주면서 딸을 왕의 아들과 결혼시키게 했다. 그렇게 해서 백 개는 다시 왕에게 돌아갔다. 그는 또 가난한 사람들에게 금화 백 개를 나눠주어서 천국 가는 복을 얻을 수 있었다. 나머지 백 개는 노래하는 사람들에게 주어서 쓸모없게 했다.

왕이 자기 제자, 학자한테 금으로 되는 동전? 등화? [조사자 1: 금화.] 금화 삼백 삼백 개 줬어요. 주고 왕이 시켰어요.

"너는 이 삼백 개 중에 나눠고, 모든 사람한테 나누고 백 개 나한테 돌려와야 해."

이렇게 말씀 했…

(조사자가 제보자 사진을 찍느라고 잠시 구연이 중단됨.)

"삼백 개를 다 돌려주는데, 백 개는 꼭 돌아와야 해."

아니면 죽여 버린대요.

[조사자 2: 삼백 개 주면서 사람들한테 나눠주고 백 개는 가지고 돌아오라고.] 네 삼백 개 다 나눠야 돼요. 근데 백 개는 꼭 들어와야 돼요. 그런 숫자, 이것도 수학을 위해서 가르치는 거예요. 그러면 백 개 들어와야 되잖아요. 다 나누고 백 개 들어와야.

'어떻게 해야 되지?'

그리고 또 하나는, 백 개 들어와야 되고. 또 하나는 '분냠'이라고 하는데, 분냠은 '복을 받아들인다.'그 뜻이, 죽고 천국가야 된다는. 그럼 천국가야 되면 체리티charity가 또 많이 해야 되죠. 체리티 하면은 천국 가요. 기부하는 거. 기부를 하면은 천국 간다고 생각해요. 그 분냠 받는다고. 분냠이 그 복을 받는다고. 그래서 백 개로 복을 받아야 되고, 백 개 들어와야 되고, 또 백 개는 나눠야 되고. 근데 삼백 개 다 줘야 돼. 그러면 어떻게 해요?

그래서 학자가,

'아! 아이디어가 났다.'

이래가지고 옆집에, 옆에 있는 어떤 왕, 다른 왕한테. 왕 말고 학자한테 가서 백 개를 주고,

"너네 집 딸을 왕의 아들이랑 결혼시키면 좋을 것 같아."

이렇게 하고 백 개 줬어요. 그 왕이 이렇게 해서 줬어요. 그럼 그 왕이 백 개 또 넣어서 돌려줘요. 그럼 백 개 돌려와요. 백 개만 갖고 백 개 돌려가요. 그럼 백 개 들어오죠. 그래서 백 개는 들어왔어요.

또 백 개는 이제 가난한 사람들한테 나눠주면 복을 받잖아요. 천국 가잖아요. 그럼 백 개 거기 갔어요. 또 백 개는 그냥 아무 없이, 쓸데없이 써야 해요.

'그럼 어디 줄까?'

해서 그냥 노래하는 사람들한테, 그 '상기타'라고 하는데. 상기타한테, 상기타가 약간 노래하는 아티스트들한테 주면은 천국도 안 가고 돌아오지도 않아요. 그래서 약간 그런 사람들한테 주면은 백 개 다 안 들어오고, 복도 안 받고. [조사자 1: 오히려 그런 사람들한테

주면 안 되는구나.] 근데 줬어요. 백 개는 그냥 낭비해야 되니까.

그래서 그런 식으로 삼백 개 나누어서 백 개 돌리고, 백 개. 이런 거 다 알려주고.

"너는 이렇게 똑똑하게 나눠야 돼."

하면서 나중에 우리 수학할 때, 백, 백, 백 할 때 이 생각이 나요. 그 왕 이야기 이렇게 하면서. 돌려받았고, 디비전division, 서브트랙션 subtracrtion 이런 거 거기서 배우… 그냥 1 더하기 1도 얼만지 이거 다 이런 식으로. 우린 학교 가기 전에 할머니한테 들은 게.

그래서 그때부터 이미 여기서 지식을 시켜요.

"너는 학교 들어가서 이런 거 다 활용해야 된다."

해서 이건 다 배경 지식으로 인제 남기고.

오빠를 찾다가 딱따구리가 된 동생

● **구연정보**

조사일시 : 2017. 11. 29(수) 오후

조사장소 : 서울시 중구 필동

제 보 자 : 파드마 [인도, 여, 1992년생, 유학 1년차]

조 사 자 : 김정은, 강새미

● **구연상황**

제보자가 이도의 씨족결혼 풍습에 관한 이야기를 마친 뒤 준비해온 이야기가 있다면서 구연을 시작했다.

● **줄거리**

오빠가 여동생의 시집갈 돈을 열심히 벌어서 동생을 시집보냈다. 그런데 시어머니가 동생에게 시집살이를 혹독하게 시켰는데 오빠가 찾아와도 동생을 만나지 못하게 했다. 동생은 오빠가 자신을 보러왔다가 만나지 못하고 돌아간 사실을 알게 되었다. 만들고 있던 음식을 머리에 이고 몇 년 동안 오빠를 찾던 동생은 딱따구리가 되었다. 인도어로 안나는 오빠라는 뜻인데 딱따구리가 '안나, 안나'라고 우는 것은 오빠를 찾기 위한 것이라고 한다. 또 딱따구리의 머리에 있는 벼슬은 동생이 이고 있던 음식바구니가 변한 것이라고 한다.

또 하나는, 안나첼리라는 얘기 있어요. '안나'는 오빠라는 뜻이고, '첼리'는 동생. 여동생이라는 뜻이에요. 오빠랑 여동생 얘기인데요. 여기는 여동생이 시집갔어요. 결혼하고 시집갔는데, 너무 어렵게. 인도는 결혼할 때 여자 집이 돈 줘야 돼요. 그런 게 있어요. 여자집이 돈을 줘야 돼요, 남자 집 말고. 그래서 인도에 아직도 여자들 태어나면, 여성 태어나면 좀 부담스러워요. 돈을 줘야 되니까. 돈이 없는 집안이면 더 부담스럽잖아요.

근데 여기는 그렇게 엄청 오빠가 열심히 돈 벌고, 여동생 시집시켰어요. 결혼식이고 선물도 많이 줘야 되니까, 돈 줘야 되니까 다 주고 이제 시집보냈는데. 원래 못되게 살았었어요. 시집가도 시어머니가 그냥 일 시키고 힘들게 고생시켰어요. 근데 그 말 오빠한테 못했어요. 왜냐면 너무 미안해서.

근데 한 번은 오빠가 여동생 찾으러 집에 왔었어요, 여동생 집으로. 근데 여동생이 집, 오빠가 오기 때문에 그냥 디저트 같은 거 만들고 있었어요. 맛있는 걸 만들고 있었는데, 시어머니가,

"없어, 없어. 나가!"

이렇게 해서 보냈거든요. 그래서 여동생이, 그래서 오빠가 왔는데 오빠를 못 만났어. 엄청 보고 싶었어요. 오랜만에 왔는데 못 만났기 때문에 그 디저트를 머리 위에 이렇게 들고 나갔어요. 집 나가서 그냥 찾고 있어요.

"오빠 어디야. 오빠 어디야. 오빠! 오빠!"

이렇게

"안나, 안나"

라고.

"안나! 안나! 안나!"

이렇게 소리 지르고 그냥 집 나가고 몇 년, 몇 년 이렇게 찾다가 새로 만들어 버렸어요.

[조사자 2: 새가 됐어요?] 새가 됐어요. 그 새는 '우빼까'라고 하는데 나무 '딱, 딱, 딱,' 해요. [조사자 2: 딱따구리?] 나무 딱딱거리는 새 있잖아요. 그 위에 왕, 크라운crown? [조사자 2: 왕관 같은 모양.] 모양이 있잖아요. 그게 그 그릇이라고 해고, 그 새 돼버렸다고. 그래서 지금도 그 새가 오빠 찾고 있다고. 그런 얘기.

[조사자 1: 울 때 '안나, 안나' 이렇게 들리나 봐요.] 네.

"안나, 안나."

이렇게 들려서, 그런 얘기 듣고 그 새 보면,

"오빠 찾고 있네. 그 새가."

이렇게 얘기를 하고.

사람을 살린 까마귀

● **구연정보**

조사일시 : 2017. 11. 29(수) 오후

조사장소 : 서울시 중구 필동

제 보 자 : 파드마 [인도, 여, 1992년생, 유학 1년차]

조 사 자 : 김정은, 강새미

● **구연상황**

제보자가 〈오빠를 찾다가 딱따구리가 된 동생〉을 구연한 뒤, 인도에는 미신
이 많은데 지금도 많이 믿는 미신 이야기라면서 구연을 시작했다.

● **줄거리**

인도에서는 까마귀를 길조로 여기며, 까마귀가 미래를 본다고 생각한다. 예
전에 어느 할머니가 죽어서 까마귀가 되었다. 이웃 마을에 할머니의 친구가
살고 있었는데 못된 아들한테 괴롭힘을 당하며 지내고 있었다. 까마귀가 된
할머니는 매일 친구의 집에 가서 귀찮게 했고, 결국 친구의 아들은 집을 나가
버렸다. 까마귀 덕분에 친구는 죽음을 면하고 잘 살았다.

한국에도 까마귀 이야기 많잖아요, 옛날이야기. 인도에도 있어
요. 까마귀는 한국에 나쁜 뜻이잖아요. 근데 인도에는 오히려 좋아
요. 까마귀는 미래를 볼 수 있다고 생각해요, 인도 사람들은. 그래서
옛날얘기 있는데.

어떤 집에 할머니가 돌아가셨어요. 근데 다른 집에 할머니가 잘
살아있어요. 근데 둘이 베스트프렌드, 너무 친한 친구예요. 그래서
할머니가 돌아가지고 까마귀 돼버렸어요. 까마귀 되고, 그냥 친구가
너무 고생하고 있었어요. 고생하고 있었고, 친구 할머니가 아들이 너

무 못 되게 하니까. 그래서 까마귀 자꾸 집에 들어가는 거예요. 까마귀가 막으려고. 자꾸 들어가니까,

"너 저리 가! 저리 가!"

이런 거예요. 오히려. 근데 자꾸, 자꾸, 자꾸 가니까, 그냥 한 번은 그 까마귀 너무 기분 나빠서, 친구잖아요. 친구 괴롭히니까 까마귀가 기분 나빠서.

"너 엄마가 죽을 거야!"

막 이렇게 말을 했대요. 그래서 너무 무서웠대요, 그 아들이. 집 나갔어요. 그래서 혼자 행복하게 살고 있었다. 왜냐면 괴롭히는 사람이 없어졌으니까. 그래서 까마귀 친구가, 까마귀가 자기 친구를 살렸다. 이런 이야기도 하나 있었어요.

[조사자: 아들이 괴롭히는 거였어요?]

아들이 엄마를 자꾸 때리고. 막 그냥,

"엄마 나 돈 왜 안 줘!"

뭐 이거저거 이런 거 있잖아요. [조사자: 그니까 아들을 내쫓은 거구나 오히려 아들이 죽을 사람이었던 거예요?] 네.

주인 아들을 지킨 망구스

● 구연정보
조사일시 : 2018. 12. 26(수) 오후
조사장소 : 서울시 광진구 화양동
제 보 자 : 파드마 [인도, 여, 1992년생, 유학 2년차]
조 사 자 : 신동흔, 황혜진, 김정은, 김민수

● 구연상황
제보자가 〈신의 섭리를 인정하게 된 왕〉을 구연한 뒤 판차탄트라에 있는
이야기라며 새 설화를 구연했다. 조사자의 궁금증을 유발하고 반응을 살피면
서 여유있게 구연을 이끌어갔다. 브라질의 레오나르도 제보자가 함께 이야기
를 들었다.

● 줄거리
옛날에 어떤 마을에 아들을 가진 부부가 있었는데 집에 망구스를 들여서 키
웠다. 하루는 부모가 아이와 망구스만 두고서 밖에 나갔다 왔는데, 망구스의
입에 피가 묻어있었다. 부부는 망구스가 자식을 잡아먹었다고 생각해서 화가
났는데, 집안을 살펴보니까 아이는 무사하고 옆에 뱀이 죽어있었다. 망구스
가 뱀을 물어뜯어 아이를 보호한 것이었다. 부부는 망구스를 의심한 것을 뉘
우치고 사과하려 했지만 망구스에는 이미 뱀의 독이 퍼진 상태였다. 부부는
망구스에게 미안하다고 말하며 기도를 했다. 누군가를 미리 의심하면 안 되
는 법이다.

또 이것도 슬픈, 판차탄트라에 나오는 슬픈 이야기인데. [조사자
3: 거기에 슬픈 이야기도 나와요? 우화에?] 아 네.

여기 망구스가 뭐예요? 망구스? 망구스 그러니까 마우스 같은
쥐랑 비슷한데 [조사자 3: 어, 나 들은 거 같은데.] [조사자 1: 동물 망구스

라는 뭐 이런.] 네. 쥐랑 비슷하게 한국에 이름이 [조사자 1: 망구스, 같
을 거예요.] [조사자 3: 망구스라고 들어보긴 한 거 같은데.] 제가 망구스
사진 보여드릴게요.

그러니까 인도에 많이 보이니까 아까 지난번에 얘기 하셨잖아
요. 이야기들은 그 동네 보이는 동물이 아까 교수님이 얘기하신. 그
래서 망구스가 있는데 많이 보이니까 망구스 얘기 물어본 거예요.

(망구스 사진을 보여줌.) [조사자 3: 아 쥐하고는 좀 다르네요. 망구
스라는 동물이 있는 거네요. 네.]

그래서 망구스 이야기인데요. 이 이야기는 어떤 그러니까 마을
에 항상 마을로 시작해요. 도시를 안 사니까 아무도.

그래서 마을에 어떤 남편, 아내가 있는데 아들 낳았어요. 근데
아내가 다시 임신을 못해서

'이제 애완동물 키워야 되겠다.'

해서 망구스를 키우기 시작했어요. 근데 망구스 원래 사람들 사
이에 사는 동물이 아니고 정글에 살거나 밖에 야외 동물이거든요?
그런데도,

"망구스를 키우자."

해서 집에 어릴 때부터 키웠었어요. 키웠는데 어린 아이랑 망구
스를 집에 두고 가면 망구스가 아이를 먹을 거라고 믿어요. 원래 망
구스가 원래 사람 잡아먹어요.

그래서 아빠랑 엄마가 어디 나가야 됐었어요. 근데 아이를 집에
이렇게 누가 돌봐줘야 되는데 이러니까 아빠가,

"우리 망구스가 있잖아, 괜찮아."

이러는데 엄마가,

"그래도 되나?"

이랬거든요. 그래서 그래도 아빠가

"괜찮아."

해서 얘기해줘서 부모님이 나갔어요.

갔다 왔는데 망구스 보이는 거예요. 입에 피 묻혀 있는 거예요. [조
사자 3: 어떡해.] 그래서, 왜 어떻게 될 거라고 생각하세요? (웃음) 그

래서 입에 이렇게 피 묻어 있는 거예요. 그래서 안에 들어가니까 갑자기 당연히 망구스가 아이를 먹었다 해서 너무 화가 나긴 했는데 안에 들어가 있는데 아이가 있고 옆에 죽어있는 뱀이 있었던 거예요.

그래서 독이 있는 뱀, 인도에 집에 뱀 많이 들어오거든요. 저도 어릴 때 그랬어요. 근데 그 뱀이 독이 있는 뱀이었어요. 그래서 망구스가 아이를 지키기 위해서 뱀을 물었던 거예요. 뱀을 물고 독을 먹었는데 이제 나가 보면 아내가 망구스 탓을 했잖아요. 미안하다고 얘기해주려고 나왔는데 이미 망구스가 독을 먹었으니까 죽기 전 상태였어요. 그래서,

"망구스 덕분에 아이가 살아났고 행복하게 지켰는데, 망구스가 나 때문에 내가 감사해야 하는데 내가 그 망구스 탓을 했다."

해서 미안하고 기도를 하고,

"미안하다."고.

하는 걸로 끝나요 이야기가. 그래서 누가 미리 의심하면 안 된다.

코끼리의 코가 길어진 내력

● **구연정보**

조사일시 : 2017. 12. 19(화) 오후

조사장소 : 서울시 광진구 화양동 건국대학교

제 보 자 : 파드마 [인도, 여, 1992년생, 유학 1년차]

조 사 자 : 신동흔, 김정은, 황승업, 강새미

● **구연상황**

카자흐스탄의 조팔리나 제보자가 돔브라 악기의 유래에 대해 구술한 뒤, 파드마 제보자가 코끼리 코가 길어진 이야기가 있다며 구연을 이어갔다. 조팔리나 제보자가 함께 이야기를 들었다.

● **줄거리**

옛날에는 코끼리 코가 사람 손만 한 크기였다. 어느 호기심 많은 아기 코끼리가 악어가 무엇을 먹고 사는지 궁금해서 악어를 찾아다녔다. 다른 동물들이 아기 코끼리를 말렸지만 소용없었다. 어느 날 호수에서 악어를 만난 아기 코끼리가 무엇을 먹느냐고 묻자 악어는 가까이 다가오면 알려주겠다고 했다. 코끼리가 가까이 가자 악어는 그 코를 물었다. 코끼리는 싸움 끝에 살아났지만 이후로 코가 길어졌다.

원래 이야기에 따르면 코끼리 코가 약간 너무, 손만큼 했었다고. [조사자: 아 코끼리 코는 손만 했어요?] 네 별로 안 컸다고 했어요.

근데 애기 코끼리가 있었는데 그 코끼리가 엄청 궁금하고 호기심 많은 코끼리예요. 그래서 코끼리가 가서 그 지래프giraffe? [청자: 기린.] 기린한테 가서,

"왜 이렇게 점이 많냐?"고.

물어보고. 아니면 다른 동물한테 가서,

"너는 왜 날개가 너무 크다."고.

물어보고 이렇게 하니까, 이렇게 모든 동물한테 이렇게 물어보고 다녔어요.

한번은 그 뭐지 크로커다일^{crocodile}? 그 악어, 악어한테 가서,

"악어가 뭐 먹어요, 원래?"

이렇게 물어봤어요. 그래서 다른 동물들,

"쉿, 하지 마. 하지 마."

이래요. 왜냐면 코끼리 먹잖아요. 그래서 악어 다 먹잖아요.

그래서,

"뭐 먹어?"

이렇게 물어봐요. 그래서 다들,

"하지 마. 조용히 해."

이래요.

"나 진짜 궁금한데?"

이렇게 물어봐요. 그래서 어떤 새가 와서,

"너가 알고 싶으면 직접 가서 물어봐."

이렇게 해요. 그러면 가요. 그 코끼리가 이제,

"난 악어를 찾겠다."

하면서 이제 갔어요.

가서 이제 호수 안에 가고, 어떤 대나무처럼 생기는 데 위에 서 있었어요. 그래서 거기,

"여기 악어가 어딨는지 알아요?"

라고 물어봐요. 그래서 악어 위에 서있었거든요. 그래서 악어가,

"너가 찾고 있는 사람 난데?"

이렇게 물어봐요. 그래서 그 애기 코끼리가,

"궁금한 게 있는데. 악어 원래 뭐 먹어요?"

이렇게 물어봐요. 그래서 악어가,

"좀 가까이 오면 알려줄 거야. 이렇게 내려오라."

고 해요. 그래서 내려갔는데, 코를 잡아요.

코를 잡으니까 둘이 싸움이 되고 이제 코가 이렇게 길어지고. 결국 그 코끼리가 살아남고, 코가 길어지는데. 근데 살아있어요. 근데 바나나 잎으로 이제 가리고 다시 작게 만들라고 했는데 안 됐거든요.

그 이후로 코끼리가 큰 코로 살게 되었다, 악어 때문에.

쥐가 변한 딸이 고른 남편

● 구연정보

조사일시 : 2018. 12. 26(수) 오후

조사장소 : 서울시 광진구 화양동

제 보 자 : 파드마 [인도, 여, 1992년생, 유학 2년차]

조 사 자 : 신동흔, 황혜진, 김정은, 김민수

● 구연상황

제보자가 〈현명한 후처와 재산을 지킨 장남〉을 마친 뒤 이어서 새 이야기 구연을 시작했다. 브라질의 레오나르도 제보자가 함께 이야기를 들었다.

● 줄거리

옛날에 한 남자가 신에게 기도를 하다가 독수리 한 마리가 쥐를 잡고 날아가는 것을 보았다. 남자는 쥐를 예쁜 여자아이로 변신시켜서 독수리가 못 잡아가게 했다. 남자는 아내와 함께 그 아이를 딸로 삼아서 키웠다. 시간이 지나 딸이 시집갈 나이가 되자 남자는 사윗감을 구하기 위해 신들을 찾아다녔다. 햇빛의 신과 바람의 신, 바다의 신 등이 딸과 결혼하고 싶어 했지만 딸은 모두 거절했다. 그러자 바다의 신이 딸에게 쥐의 신을 만나보라고 제안했다. 딸은 쥐의 신에게 반했고, 아버지는 딸을 다시 쥐로 변신시켜서 그와 결혼시켰다. 결혼한 딸은 코끼리 왕에게 가서를 키우고 결혼을 시켜준 사람들에게 복을 주게 했다. 그래서 쥐 딸을 키운 부부는 복을 받았다.

네, 이번 이야기는 아 이거. 그러니까 쥐의 결혼이라는 이야기예요. 어떤 스승이 세이지Sage라고 하는 기도하는 사람 있잖아요. 삼십 년 동안 그런 분이 어떤 기도를 하고 있었는데 기도를 하고 이렇게 하거든요? 이게 신한테 이제 감사하다는 게. 그런데 위에서 독수리가 가는 거예요. 독수리가 가면서 그러니까 쥐를 잡고 가고 있었어

요. 그런데 자꾸 쥐를 손에 던지는 거예요. 던져서 다시 잡고 가는 거
예요. 그래서,

'그 아이를 그 쥐를 지켜야겠다.'

그래서 이렇게 잡아서 이게 삼십 년 동안 기도를 하면 슈퍼 파워
생기는 거랑 비슷하게 있어요, 인도는. 그래서 그 쥐를 예쁜 딸로 만
들었었어요. 독수리가 잡아갈 수 없게 딸로 만들어서 집에 가서 아
내와 같이 키웠어요. 딸로 키워서 이런 삼십 년, 사십 년 기도를 하면
신만큼 신들이랑 이제 커넥션이 많이 되는 걸로 (웃음) 점점 요즘 젊
은 사람들의 말투로 얘기하면 커넥션이 많이 돼요.

근데 그래서 이제 딸로 키워서 딸이 결혼할 나이가 됐는데 이제
가서 해 그러니까 우리는 힌두교는 자연이 다 신으로 모시잖아요.
바다의 신, 바람의 신, 햇빛의 신 그래서 햇빛의 신한테 갔었어요. 햇
빛의 신한테 가서,

"우리 딸이 있는데 이렇게, 이렇게 결혼할 나이가 됐어요."

이러는데 햇빛의 신이 딸이 너무 예쁘고 결혼하고 싶었대요. 그
런데 딸이 싫어했어요.

"아 노, 노, 내 스타일 아니야."

이런 거였어요. 근데 바람의 신한테 갔어요. 바람의 신도 역시나
거절당했어요. 그래서 바람의 신, 햇빛의 신, 바다의 신, 모든 신들한
테 거절당해서 대체 어떤 사람한테 잘 맞는지 몰라서 이제 바다의
신이,

"우리의 윗사람 있는데 쥐의 신이 있는데 쥐의 신한테 한번 가
보고 만나 봐라."

이러니까 쥐의 신이 쥐잖아요. 쥐를 만나러 갔는데 엄청 사랑에
빠진 거예요. 원래 쥐였잖아요. 딸이 그래서 원래 쥐여서,

"너무 잘생겼다. 결혼하고 싶다."

이러니까 다시 아빠인 세이지Sage가 다시 쥐로 만들었었어요. 딸
을 쥐로 만들어서 쥐 신이랑 같이 결혼을 시켜서 딸을 시집보냈어
요, 쥐한테.

그런 이야기인데 근데 원래 인도 힌두교에 쥐가 코끼리 왕의 친

구로 유명해요. 친한 동물? 그래서 쥐한테 기도하면 코끼리 왕한테
간다. 우리 뱀한테 맛있는 걸 주면 다른 신한테 가서 복을 받는다, 이
래서. 동물들한테 우리 기도하는 이유는 그 동물이 신이 아니라 그
동물이 그 신이 좋아하는 동물이기 때문에 그 동물한테 우리가 뭐
맛있는 거주거나 잘 해 주면은 그 신한테 가서 이야기를 산타클로스
처럼 가서 이야기를 해주고.

'이 아이가 이쁜 착한 아이다.'

해서 복을 받는다고.

그래서 그 쥐가 이제 당연히 쥐의 신이랑 결혼했으니까 쥐가 가
서 친구인 신한테 코끼리 신한테 가서,

"이런 가족이 있는데 나한테 시집을 보냈고 착한 사람들이야 복
을 줘라."

이러니까 복을 주는 거예요. 그렇게 끝난 이야기인 거예요, 그게.

왕자의 신부 고르기

● **구연정보**
조사일시 : 2019. 02. 21(목) 오후
조사장소 : 서울시 광진구 화양동
제 보 자 : 파드마 [인도, 여, 1992년생, 유학 3년차]
조 사 자 : 신동흔, 김정은, 강새미

● **구연상황**
제보자가 〈우둔한 아우의 똑똑한 아내〉 구연을 마치며 이야기에서 항상 남자
는 무식하고 여자는 똑똑하다고 했다. 조사자가 똑똑한 여자 이야기가 더 있
는지 묻자 구연을 시작했다. 제보자는 이 이야기가 마음에 안 들었는데 지
금은 왜 이런 이야기가 나왔는지는 이해할 것 같다고 했다. 인도의 단야지가
제보자와 경희대 이성희 박사가 이야기를 함께 들었다.

● **줄거리**
왕에게 딸 네 명이 있었는데, 세 딸은 예뻤고 막내는 예쁘지 않지만 착했다.
그들이 결혼할 때가 됐을 때 이웃나라 왕자가 찾아왔다. 왕이 네 명의 공주 중
에서 신붓감을 고르게 됐는데, 학자들은 예쁜 공주와 결혼하라고 하고 일하
는 사람들은 막내딸과 결혼하라고 했다. 왕자는 네 딸을 시험하기 위해 불이
났다고 소리쳤다. 공주 셋은 얼굴이 검게 되면 어떻게 하냐고 걱정하는데 막
내공주는 불을 끄려고 뛰어왔다. 왕자는 막내공주와 결혼했다.

어떤 왕에게 딸 네 명 있었는데요. 세 명은 너무 아름답다고 보
여져요. 다 무조건 하얗고 말랐어요. 인도에도 하야면 예쁘다고. [청
자: 하얗고 눈 크고 코는 날카롭고.] [조사자: 약간 서구적인 외모를 그렇게
하네요.] 그렇게 이야기에 나왔거든요. 그 이야기에도 이 세 명 아이
들이 너무 날씬하고 이렇게 만지면 부러질 것 같다는 그런 이미지로

나왔어요, 세 명 다.

　근데 네 번째 딸은 피부도 까맣고 마른 편이 아니고 근데 착해요. 무조건 예쁘면 못 되고 그렇게 나왔어요, 옛날이야기에. 그게 너무 말 된다고 생각하지만 그렇게 나왔어요. 그리고 항상 왕이랑 결혼하는 게 경쟁이에요. 한국에도 예전에 예쁨이랑 여자들이 무조건 결혼하기 위해서 경쟁하는 거랑.

　같은 동네 왕이랑 결혼할 수 없잖아요, 가족이니까. 동네에 다른 왕의 아들이랑 [청자: 왕자.] 왕자랑 결혼하려고 했는데 그때 그 왕자 너무 잘생겼다고. 거기도 마르고 하였어요. 그래서 왕도 너무 잘생겼는데 왕자가 결혼할 나이가 됐어요. 그래서 여기 와서,

　"여기 공주 네 명 있다고 들었는데 결혼하고 싶어요."

　이러니까 그림 다 보여준 거예요. 네 명 다. 보여주는데 그 왕자는 그냥 얼굴뿐만 아니라 성격도 되게 중요하니까.

　"얼굴만 보면 모르겠어."

　이렇게 얘기한 거예요. 그래서 공주의 아빠, 그 왕이,

　"우리 집에 일주일 살고 어떤 성격인지 알아보고 원하는 딸이랑 결혼하세요."

　이렇게 해준 거예요. 저 그것도 듣고 누가 이렇게 초대해주는지 모르겠다고 생각했어요. 그래서 그 왕자가 집에 와서 살았는데 당연히 궁이니까 일하는 사람들한테 물어봤어요.

　"어떤 딸이 더 좋으냐?"

　이렇게 얘기했는데 한 명은,

　"왕자 되게 잘생기니까 이 세 명 중에 한 명 선택하면 딱 어울릴 것 같다. 너무 예쁜 애들이니까."

　이러는데 또 다른 일반 일하는 사람들. 학자들은 그렇게 얘기했어요.

　"예쁜 딸이랑 결혼하라."고.

　근데 일반 일하는 사람은

　"네 번째 딸은 너무 착하고 우리 도와주고 그래요. 그래서 네 번째 딸이랑 결혼해요."

이렇게 얘기했어요.

"그러면 나도 생각해 봐야겠다."

이렇게 얘기해서, 자기가 도움한테 얘기했어요.

"가서 공주마다 여기 시골에 불이 났다고 얘기해줘. 반응이 어떻게 할지 궁금하다."

해서 그렇게 얘기했는데, 첫 번째 공주한테 갔어요. 공주한테 가서,

"시골에 불이 났는데 어떻게 도와주세요."

이러니까 공주가,

"난 이렇게 여리하고 예쁜데 내 머리가 빠지면 어떻게. 몰라 군인들 가지고 알아서 해."

이렇게 얘기한 거예요. 두 번째 공주한테 갔는데 똑같이 얘기한 거예요.

"나는 피부가 너무 하얀데 내가 가면 까매지는 거 아니야? 다른 사람한테 보내."

이런 거예요. 세 번째도 똑같이 얘기했어요.

"감히 네가 나한테 와? 나를 몰라?"

이렇게 해서 간 거예요. 네 번째 공주한테 갔는데 네 번째 공주는,

"어디야? 당장 가자."

이렇게 얘기한 거예요. 그래서 나왔어요. 따라오고 거기 왕자가 있었어요.

"내가 좋아하는 여자가 착한 여자였으면 좋겠는데 공주가 너무 착해서 결혼하고 싶어."

해서 둘이 결혼했어요. 그래서 그거 듣고 다른 공주들 너무 화가 났거든요.

"내가 예쁜데 네가 왜 결혼해?"

이렇게 얘기하는데 그때 왕자가,

"예쁜 게 중요한 게 아니라 성격이 중요하다."

이렇게 얘기한 거예요. 그래서 그 이야기 끝날 때

"애들 들었어? 예쁜 게 다 아니야."

이렇게 얘기하는 거예요.

죽은 왕자를 살린 신부

● **구연정보**

조사일시 : 2019. 02. 21(목) 오후

조사장소 : 서울시 광진구 화양동

제 보 자 : 파드마 [인도, 여, 1992년생, 유학 3년차]

조 사 자 : 신동흔, 김정은, 강새미

● **구연상황**

제보자가 조사자와의 네 번째 만남에서 첫 번째 순서로 들려준 이야기다. 할머니께 들었던 이야기들을 지난번에 다 구연한 터라서 이번에는 옛이야기 책을 찾아보면서 자료를 준비했다고 했다. 그 책에는 남인도 지역 이야기가 많았는데 모두 재밌었다고 덧붙였다. 조사팀에 파드마 제보자를 소개해준 경희대 이성희 박사와 인도의 다른 제보자 단야지 씨가 이야기를 함께 들었다.

● **줄거리**

옛날에 자식이 없었던 왕과 왕비가 시바신에게 아이를 낳게 해달라고 기도를 했다. 그래도 아이가 계속 생기지 않자 부부는 시바신이 신이 될 때 했던 것처럼 물 안에 들어가서 돌을 지고 십 년을 기도했다. 그러자 시바신이 스님으로 변신해 찾아와서 똑똑하지만 12년만 사는 아들과 무식하지만 백 년을 사는 아들 중에서 선택하라고 했다. 부부가 똑똑한 아들을 선택하자, 신은 그 아들이 호랑이나 사자한테 잡아먹힐 거라고 했다.

왕과 왕비는 아들을 키우면서 호랑이와 사자를 절대 못 보게 했다. 하지만 왕자가 열두 살이 되었을 때 동네 아이들로부터 애들처럼 논다는 놀림을 듣고는 나가서 호랑이를 잡겠다고 했다. 그는 어머니 만류를 물리치고 삼촌과 함께 길을 떠났고, 무사히 호랑이를 잡는 데 성공했다. 하지만 돌아오는 길에 그 사원에 기도하러 들어가자 그림 속에서 호랑이가 나와 왕자를 죽였다.

왕비는 죽은 왕자를 결혼시키고 싶어서 신부를 모집했다. 가난한 브라만의 딸이 왕자의 신부가 되었다. 신부는 죽은 남편의 시신 옆에서 시바신이 좋아하는 동물에게 열심히 기도를 했다. 신부의 정성에 감동한 동물은 시바신에게 왕자를 살려주자고 했다. 신은 신부를 시험하려고 호랑이와 악마를 보

냈는데, 신부는 눈 하나 깜짝하지 않았다. 그러자 신이 인간 모습으로 내려와
서 신부한테 목걸이를 받은 뒤 신랑을 살려주었다.

한 시골에서, 마을에서 왕도 계셨고 왕이랑 왕 부인 같이 사셨는
데 아이들 못 낳았거든요. 그래서 엄청 노력하는데 안 되니까 기도
를 했는데 안 되고 있었어요.

그래서 왕이, 우리가 믿는 신중에 시바신*이라고 계시는데요. 그
신은 십이 년 동안 기도를 하셨다는 걸로 유명하니까 그 신의 자세
로 기도를 하셨다고 해요. 그래서 이 왕은 그 신의 자세로 이렇게 하
고, 물이 있는 안에 가서 거기 돌을 들고 기도를 십이 년 하셨다고
해서 신이 너무 부담스러워서 내려오신 거예요. 말 그대로 부담스럽
다고 나와 있어요. 너무 열정적이고, 부담스러워서 내려오시고,

"너무 못 보겠다."고.

"원하는 게 뭐냐?"

이렇게 물어봤어요.

"저 아들 하나 낳았어요(낳고 싶어요)."

이러는데,

"그럼 집에 가면 내가 내일 집에 올 테니까 집에서 보자."

"알겠습니다."

해서 집에 갔어요. 다음 날 부인한테 얘기했어요.

"다음 날은 시바신 집에 올 거니까 집 청소하고 만들어 놔."

이렇게 얘기했는데, 다 준비했어요. 신이,

'내가 신인데 신처럼 가면 안 되니까 그냥 인간처럼 바꿔서 가
자. 변신하고 가자.'

해서 그냥 스님처럼 변신하고 왕궁 가는 김에 집마다 들렀다가,

● 힌두교 파괴의 신. 브라흐마(Brahma, 창조의 신), 비슈누(Vishnu, 유지의 신)와 함께
힌두교 삼주신(트리무르티, Trimūrti) 가운데 하나다.

"먹을 거 주세요."

이렇게 부탁하면서 갔어요. 왕의 집에 갔는데 왕의 부인한테 물어봤어요.

"아들 두 개 중에 하나 선택하라."고.

"하나는 열두 살만 사는 똑똑한 아이나 백 년 사는 무식한 아이 중에 하나만 선택하라."고.

선택할 수 있는 권한 줬는데 부인은

"난 무조건 열두 살 살아도 똑똑한 아이만 낳고 싶다."

이래서 신이,

"잘 생각하고 얘기해라. 왜냐면 열두 살 되면 무조건 죽는다."

이렇게 얘기를 했는데 그래도 무식한 아이는 싫대요. 그래서,

"그래요. 그럼 원하는 대로 해서 열두 살만 사는 똑똑한 아이를 낳아주겠다."

뭐 주시고,

"이것만 먹으면 괜찮다."

이렇게 얘기했고,

"아이 낳을 수 있다."

얘기했어요.

"근데 죽을 때는 무조건 호랑이한테 잡아먹혀 죽는다."

이렇게 얘기를 했어요. 그래서 그거 듣고,

"알겠다. 고마워요."

해서 9개월 뒤에 아이 낳고 자랐어요.

열두 살 잘 자랐다가 호랑이나 사자나 이런 것을 보면 죽을 것 같아서 부모님도 호랑이 사진도 안 보여주면서 키웠거든요. 근데 열두 살 아이가 호수 쪽에 가서 놀고 있는데, 물이랑 놀고 있었는데 동네 아이들이,

"왕이 무슨 이렇게 놀아? 호랑이 잡으러 가야지."

이렇게 막 그냥 놀렸어요.

"왕이 약해?"

이렇게 얘기했어요. 그래서 그 아이가 너무 기분 나빠서 집에 와서,

"엄마 왜 나도 호랑이 잡을래. 나도 사냥할래."

이렇게 얘기했습니다. 근데 엄마가,

"안 돼, 절대 안 돼요."

이러니까 아이가

"무조건 하겠다."고.

그 '샤트리아'*라는 사람들은 왕족이거든요. 샤트리아는 한 번 얘기하면 끝까지 그거 따라야 된다, 이렇게 믿어요. 그래서,

"나도 왕족인데 나도 왕족답게 하고 싶다."

이렇게 해서 갔어요. 근데 엄마 당연히 무릎 꿇으면서 울고,

"가지 마."

이렇게 얘기했는데도

"절대 안돼요. 저는 샤트리아인데 저 무조건 제가 하고 싶은 거 해야 돼요."

나갔는데 당연히 혼자 가면 안 되니까, 무서워서. 그래서 어머니가 엄마의 오빠를 같이 보냈어요. 삼촌이랑 아이랑, 열두 살 이제 숲속에 갔어요. 사냥하러. 호랑이도 사자도 다 잡고 집에 보냈어요. 편지도 같이 보냈어요.

"엄마 나는 괜찮으니까 내일 집에 갈게."

이렇게 편지 보냈어요. 그 아이가,

'그러면 내가 집에 가는 김에 우리 집이 기도하는 신의 사원 한 번 들렸다가 가자.'

하고 갔는데 그 사원에 호랑이 사진들이 있었거든요. 근데 그거 알고 삼촌 호랑이 사진 다 가렸어요. 가리고,

"그냥 쭉 가서 기도만 하고 나와라."

이렇게 얘기했는데 당연히 열두 살은 말 안 들었죠. 가서,

"뭐지?"

이렇게 보다가 호랑이가 사진에서 나와서 잡아먹고 죽은 거예요.

● 카스트제도 중 두 번째 계급인 왕과 무사 계급을 일컫는다. 최상위 계급인 브라만 (Brahman, 婆羅門)과 함께 인도사회를 통치하는 계층이다.

그래서 죽은 아이를 들고 집에 갔는데 엄마가

"호랑이들 없이 키우려고 했는데도 신이 가져갔구나."

해서 울었는데, 무조건 죽어도 결혼시키고 싶었어요, 엄마가. 그래서 엄마가 마을사람들한테 편지를 보냈어요.

"우리 죽은 아이를 위해 신부를 찾는다. 근데 대가는 상관없다. 돈 많이 줄 거니까 누구나 괜찮으니까."

브라만 있잖아요. 브라만● 계급 돈 원래 없거든요. 샤트리아 돈 많고 브라만 돈 없어요, 똑똑하니까. 브라만 원래 교육만 받고 돈은 샤트리아가 있어요. 그래서 브라만은,

"제 딸을 시집보내겠다."

이렇게 약속했습니다.

"열두 살 딸을 시집보낸다."고.

당연히 돈 받고 보내려고. 그래서 딸을 결혼시키려고 했어요. 죽은 신랑한테 신부를. 근데 신부의 어머니가 열두 살에 남편이 없는 사람이 될 거 아니에요. 그래서 그거 너무 안타까워서.

"그래도 어차피 약속했으니까 보내야 된다."

해서 보냈어요.

근데 인도에서는 한 번 결혼하면 다시 재혼할 수 없거든요. 그 예전에 지금보다 특히. 그래서 절대 안 되니까 열두 살 아이가 이제 인생이 끝난 거예요. 그래서 그 여자애도,

"저도 같이 장례식 갈 거예요. 남편 따라갈 거예요."

해서 얘기하고 갔는데 그날 비 엄청 내리는 거예요. 그래서 같이 갔던 사람들,

"오늘 밤 쉬고 내일 아침에 장례식 진행하자."

이러는데 열두 살 아내가 죽은 남편 옆에 앉아서 기도를 하고 있었어요.

"우리 남편 살려주세요."

● 영어로 '브라민(Brahmin)', 산스크리트어로 '브라마나(Brāhmaṇa)'라고 한다. 힌두교 카스트의 최상위 계급인 성직자·학자 계급을 일컫는다.

이렇게 기도를 하고 있었고, 기도하는 거 그 신이 좋아하는 동
물한테 기도했어요. 그래서 그 동물이 너무 열정적이어서 그 신한테
가서,

"이 아이한테 남편 다시 살려드리자."

얘기했는데 신이,

"안 된다. 이미 한 번 약속했으니까."

이러는데,

"그럼 어떻게 할까? 다른 방법이 없나?"

이렇게 물어봤어요. 신이,

"그러면 우리가 호랑이 보내고 어떻게 반응할지 보고 그거에 따
라 결정하자."

이렇게 얘기했어요. 호랑이 보냈어요, 신부한테. 근데 남편 지키
고 있었어요.

"나는 죽어도 상관없는데 남편 건드리지 마."

이렇게 하고 있었어요. 그래서 호랑이도 막 열정을 보고,

"안 되겠다. 못 죽이겠다."

해서 신한테 갔어요. 가서,

"너무 열정적인데 그냥 살려주면 안 돼?"

이렇게 얘기했어요.

"안 된다."고.

해서 다른 악마 같은 사람들 보냈고, 그 사람들도 너무 열정적이
어서 포기했어요.

결국에는 신이 내려왔어요. 신이 내려오고, 당연히 인간처럼 내
려오고 그냥,

"돈을 달라."

했는데 돈이 없으니까 자기가 결혼할 때 목걸이처럼 매요. 우리
가 신부 목에. 그 목걸이 그냥 줬어요.

"어차피 남편 죽었고 이거밖에 없는데. 그래도 남편 옆에 있겠
다."고.

얘기했어요. 그래서 그 열정을 보고 살려준 거예요. 신이 그 아

이를. [조사자: 신랑을?] 네 신랑을.

살려준 후에 다시 결혼식 진행된 거죠. 살아있는 사람이랑. 그래서 결혼식 진행될 때 신부에 집에서 선물 같은 거 줘야 돼요. 근데 신랑이 죽었을 때 결혼할 때 아무것도 안 물어봤는데 살아났는데,

"이제 달라."

고 한 거예요.

그래서 남편이 죽었을 때 아무도 안 물어봤는데 지금 절대 안 줄 거라고 기도하면서 그 물건들은 신한테 드리고 행복한 삶을 살았다고 이렇게 얘기를 한 거예요.

이야기는 그냥 열정적인 아내가 있어야 된다고. [조사자: 죽은 사람을 살리는.] 네.

금팔찌를 한 카를과 앤쥬 형제

● **구연정보**

조사일시 : 2019. 02. 21(목) 오후

조사장소 : 서울시 광진구 화양동

제 보 자 : 단야지 [인도, 여, 1993년생, 유학 4년차]

조 사 자 : 신동흔, 김정은, 강새미

● **구연상황**

파드마 제보자가 〈왕자의 신부 고르기〉 이야기를 마친 뒤 한동안 옛날이야기의 예쁘고 잘생긴 주인공들에 대한 대화가 오갔다. 그 후 단야지 제보자가 어릴 적에 할머니께 들었던 이야기를 하겠다고 나섰다. 이야기 뒷부분에 추가내용이 있는 것 같은데 기억이 잘 나지 않는다고 했다. 파드마 제보자와 경희대 이성희 박사가 이야기를 함께 들었다.

● **줄거리**

옛날 자식이 없던 왕이 왕비와 기도를 열심히 하자 꿈에 신이 나타나서 쌍둥이 바나나를 주며 쌍둥이가 태어날 거라고 했다. 쌍둥이는 축복을 받은 아이들이라서 엄마만 볼 수 있는 금팔찌가 생겨날 거라면서, 한편으로 무서운 일이 생길 수 있으니 조심하라고 했다. 그 후 실제로 쌍둥이 아들이 태어나 잘 자랐다. 성장한 쌍둥이는 어느 날 엄마의 만류를 물리치고 사냥을 갔다가 형은 절벽에서 떨어지고 동생은 호랑이 공격을 받았다. 농부에 의해 구조된 형은 농부의 딸과 결혼했고, 다른 마을에서 치료를 받던 동생은 브라만의 딸과 결혼했다. 쌍둥이를 잃은 왕비는 충격으로 죽고 말았다. 그 후 세월이 흘러서 쌍둥이 왕자 부부는 자식이 생기지 않자 각각 신에게 기도를 드렸다. 그러자 꿈에 신이 나타나 쌍둥이 바나나를 주었다. 두 왕자가 낳은 쌍둥이들도 금팔찌를 했는데 어머니들만 볼 수 있었다. 어느 날 나라에 큰 전쟁이 나서 사람들이 다 모이게 됐는데, 쌍둥이 왕자의 두 아내가 금팔찌가 있는 쌍둥이 아이들을 발견했다. 그들은 남편에게 그 말을 전했고, 형제는 마침내 다시 만날 수 있었다.

아주 옛날에 어떤 왕하고 왕비가 살았는데 왕비는 그 앞서나갈 자식은 없었습니다. 그래서 기도를 엄청 많이 하시고 기도를 하면서 자기 꿈에…

한국에서 꿈에 무엇이 나오면 [청자: 한국에서?] 아니 한국에서 꿈이 이거 나오면 무조건 임신했다는 그런 사실인데. [청자: 돼지, 돼지꿈 꾸면 임신한다?] 아닌데. (청자인 파드마에게 영어로 단어 물어봄.) [청자(파드마): 용.] 용, 용의 꿈. [조사자: 맞아요. 용꿈 꾸면 아들 낳는다고.]

인도에서는 신이 나타나서 얘기를 해줍니다. 그래서 태몽을 꾸고 자기가 쌍둥이 바나나를 받았습니다. 쌍둥이 바나나를 받았는데,

"아들 쌍둥이 생길 거라."고.

말씀 들었고 너무 기뻐하시고. 근데 그 꿈속에 신께서 이런 말도 했습니다.

"이거는 축복을 받아서 아들을 낳으니까 너만 볼 수 있는 금팔찌가 생길 것이다. 아들 두 명에게. 형은 오른손에 팔찌가 생기고, 동생은 왼쪽에 팔찌가 생길 건데."

근데 왕비만, 엄마만 볼 수 있는 거고 다른 분들은 보지 못하는 거예요.

"그런데 이거는 제가 카르마를 돌려쓰고 하는 일이라서 아주 무서운 일이 발생할 거라."고.

그 말도 했습니다. 그래서 왕비께,

"조심해라."

는 말도 했습니다. 그런데 그 왕비는 꿈을 깨서 너무 기뻤는데, 그 팔찌의 의미를 모르고 있었던 겁니다.

'왜 팔찌지? 왜 나만 보이는 건가?'

라고.

그리고 그렇게 됐는데 이제 쌍둥이 아들을 낳고 너무 기뻐하고 왕도 너무 기뻐하고, 자라면서 아들 둘 다 똑똑하고 활발한 성격이고 너무 친절하고 시민들도 많이 도와주고 그런 아들을 낳았습니다. 아들은 자라면서 사냥을 갔는데

'이제 무서운 일이 발생할 거라'고,

어머님께서 미리 깨달음을, 어떤 영어로는 식스센스sixth sense라
고 하는데. [조사자: 그런 육감으로.] 네 육감으로,

"가지 말라."

고 했는데 아들들은,

"반드시 갈 거라."고.

"우리도 싸움을 배워야겠다."

그래서 사냥을 갔습니다.

가서 하고 있었는데 둘이 이제 한 아들은 여기 산이 끝난다고 못
보고 산속에서 거기서 떨어졌습니다. 말을 타고 가면서 절벽에서 떨
어졌는데 작은아들은, 동생은 형을 도우러 갔는데 형은 안 보이고
그 당시 호랑이가 나타나서 작은아들 말에서 떨어지고, 넘어지고. 작
은아들은 산에서 내려가다가 다시 넘어지고, 도망갈 때. 그리고 넘어
져서 다른 곳에 갔습니다.

그래서 둘이 다시 이런 힘든 일 겪으고 그러면서 작은아들은 어
떤 브라만 가족의 딸을 만나게 되고 딸은 작은아들을 도와주고 자기
네 집으로 가서 건강을 다시 찾게 되는 도와주고. 큰아들은 다른 농
사짓는 가족을 찾아가고 거기서 자기 건강을 회복하는 과정에 있었
습니다.

근데 어머니께서는,

'아들 두 명을 한꺼번에 잃어버렸다'고.

생각하고. 호랑이가 말을 죽였는데 그 이야기를 듣고, 다른 말은
산 벽에서 떨어져 죽었는데 그거를 같이 갔던 군인들은 발견하고 그
거를 알려줍니다. 왕비께서 그 말을 듣고 쓰러지고 걱정하다가 돌아
가셨고. 그런데 형, 동생은 서로 다른 나라에 있었고.

'자기 건강을 다시 찾게끔 했던 가족에 복을, 도와줬으니까 어떻
게든 다시 보답을 해야겠다.'

라고 해서 거기 있는 딸 두 명이랑 결혼하고 거기서 그냥 살고
있었습니다. 몇 년 동안은. 그리고 서로가 왕자라고는 생각하지, 그
런 거를,

'다시 아버님을 찾아야겠다.'

라는 거를 했는데 그리도 한 2-3년 동안 그렇게 진행되고 서로
를 마주보지는 않았고. 몇 년 되다가 서로가 어떻게 생겼는지도 까
먹었습니다. 둘이 쌍둥이지만 다른 얼굴을 갖고 태어나서 서로를 알
아보지 못하고. 근데 팔찌는 어머니만 볼 수 있었고.

근데 두 명께서 다시 자식을 얻지 못했습니다. 그러면 두 명의
아내도 그렇게,

"자식을 원한다."고.

해서 너무 많이 기도를 했고. 그리고 두 명께서도 꿈에서 쌍둥이
바나나를 보여줬고.

"둘이 다시 금팔찌가 될 거라."

고 되어줬고. 그래서,

"어머님께서만 볼 수 있다."

고 해서 다시 둘이 쌍둥이 아이를 낳았습니다.

그래서 다시 왕이 이제 죽어가고 그 나라에 자식이 없어서 나라
는 망가지고. [조사자: 대를 이을 수가 없군요.] 네. 그래서 나라는 망가
졌지만 서로 형제는 찾아야 되니까,

'어떻게 찾지?'

라고 하고 있는데 둘이 아이들이 어떤… (청자인 파드마에게 인
도어로 단어를 물어봄.) [청자(파드마): 명절 같은 행사? 전시회.] 전시회
같은 곳에 다 같이 놀러갔는데 거기 서로 마주봤는데 아내들이 서로
아이들의 팔찌를 보고 있었단 말이에요. 그래서,

'아! 이분도 팔찌 있는데.'

라고 생각하고 서로 형제 만나고. 서로 가족이라고 알게 되었고.

(청자인 파드마가 이 이야기를 원작으로 한 영화 이야기를 해서
잠시 구연을 멈춤)

[조사자: 그래서 그 나라의 대를 이었다, 하고 끝나는 거예요?] 네 서
로 나라를 다시.

현명한 후처와 재산을 지킨 장남

● 구연정보

조사일시 : 2018. 12. 26(수) 오후

조사장소 : 서울시 광진구 화양동

제 보 자 : 파드마 [인도, 여, 1992년생, 유학 2년차]

조 사 자 : 신동훈, 황혜진, 김정은, 김민수

● 구연상황

브라질 유학생 레오나르도가 브라질의 카니발에 대한 구술을 마친 뒤 파드마 제보자가 나서서 이 이야기를 구연했다. 따로 조사자의 개입 없이 스스로 이야기를 자유롭게 풀어나갔다. 브라질의 레오나르도 제보자가 함께 이야기를 들었다.

● 줄거리

옛날에 한 부부가 있었는데 아들을 낳다가 아내가 죽었다. 몇 년 후 남편은 후처를 얻었는데, 후처는 자기가 새로 낳은 아들들과 전처 자식을 차별 없이 잘 키웠다. 그래서 후처가 낳은 동생들은 형이 이복형제라는 것을 알지 못했다. 시간이 지나 아버지가 죽고 장남이 재산을 물려받아 관리하게 됐는데, 가족이 잘 지내는 것을 질투한 사람들이 동생들에게 장남이 친형이 아니라고 말했다. 동생들이 어머니에게 가서 왜 사실을 알려주지 않았느냐 하자, 어머니는 자기가 장남을 죽일 테니 둘이서 재산을 관리하라고 했다. 그리고 큰아들에게는 뱀이 몸속으로 들어가는 것을 봤다면서 집안에 머물게 했다. 그 사이 동생들은 재산 관리를 못하는 바람에 땅을 잃어버릴 지경이 되었고, 비로소 큰형의 중요성을 깨달았다. 어머니는 자기가 죽으면 큰형이 동생들을 지켜줄 거라면서 차별하면 안 된다고 했다. 그녀는 큰아들에게 뱀이 몸에서 나갔다며 다시 활동하게 했다. 큰형이 다시 집 밖으로 나와 재산을 잘 지켰다.

제가 이번에는 북부의 이야기예요. [조사자: 북부는 똑똑한 이야기
인가?] 응? [조사자: 설명해줬는데 남부와 북부의 차이를.] 남부는 똑똑한
이야기예요. [조사자: 아 남부가.]

(제보자가 전화를 받느라 잠시 구연이 중단됨.)

북부 이야기에는 큰아들의 이야기예요. 장남? 장남의 이야기. 근
데 이 이야기는 어떤 남편 아내가 있었는데 아들을 낳을 때 아내가
죽은 거예요. 그래서 죽어서 아들 낳았는데 며칠 몇 년 지나고 남편
이 다시 결혼한 거예요. 신데렐라랑 비슷한데 남자가 주인공이에요.

근데 남편이 다시 결혼한 거예요. 다시 결혼해서 이제 그 새엄마
가 아들을 잘 챙겼어요. 신데렐라와는 달리 완전 잘 챙겨줬어요. 챙
겨주고 장남처럼 챙겨주고 그랬는데 그 남편 아내 새엄마랑 그 남편
이 두 명을 낳았어요, 아들. [조사자: 두 아들.] 네 두 아들을 낳았어요.
두 아들 낳았는데, 이 세 명 다 이제 평화롭게 같이 살고 있었는데
세 형제들이랑 엄마 아빠 평화롭게 살고 있었어요. 살고 있다가 몇
년 지나고 다 커서 남편이 돌아가신 거예요.

남편이 돌아가서 엄마랑 아들 세 명 이렇게 같이 살고 있어요.
근데 장남이니까 이제 아빠의 땅을 지키고 장사를 해 주는 그런 역
할을 한 거였어요. 근데 그걸 엄청 행복하게 살고 있는 걸 옆 사람이
보기 싫잖아요. 그래서 옆에 있는 이웃사람들이 이 집이 엄청 살고
있으니까 우리는 이게 근데 그 동생들은 형이 친형인 줄 몰랐, 아니
그러니까 친형 아닌 걸 몰랐었어요. 아무도 집에서 안 알려줬어요.
그래서 디 똑같이 키웠기 때문에 그래서 옆에 있는 사람들이,

'우리 얘기해 줘야겠다. 우리 싸우게 만들어야겠다.'

이래서 옆 사람이 동생들한테,

"너네 형이 친형 아닌 걸 몰랐어?"

이렇게 얘기한 거예요.

"네?"

막 이랬는데.

"너 땅 뺏기기 전에 너 좀 형 좀 챙겨 봐."

이런 거예요. 그래서 동생들이 엄마한테 가서,

"왜 형이 친형 아닌데 친형처럼 얘기했냐고 친형 아니라는 걸 왜 안 알려줬냐?"고.

이런 거예요.

그런데 아내가 장남이고 친아들 아니어도 친아들처럼 키웠기 때문에 다르게 안 봤었거든요. 그래도,

'이 어린 동생들한테 형의 의미가 형의 중요성을 알려줘야겠다.'

해서,

"그래 우리 이렇게 하자, 내가 형을 죽여 버릴 테니까 너는 너희들은 그 땅을 가지라."

이렇게 얘기를 한 거예요. 근데 동생들은 일을 잘 못해요. 그래서 땅을 가질 수 있는 능력이 없는 걸 엄마가 알고 있는데 스스로 깨닫게 해 주고 싶은 거예요. 그래서 엄마가 자고 있었는데 갑자기 일어나서 소리를 친 거예요. 어느 날. 그래서 소리를 지르고 형한테,

"나 뱀 보였어 뱀."

이런 거예요.

"뱀 어디?"

하니까,

"네 입에 있었는데 뱃속으로 가는 걸 봤어 내가."

이런 거예요, 엄마. 그래서 장남이 그걸 듣고 너무 슬프고 미안해서 밥을 안 먹었어요. 밥을 아예 안 먹고 아무것도 안 먹고,

'내가 방에서 나가면 사람들이 뱀을 보고 무서울 거라.'고.

자기 방에만 있고 있었어요.

그래서 장사도 잘 안되고 땅도 다 내려가고 이웃 사람들이 그걸 사려고 했던 거예요. 그게 원래 하고 싶은 거였는데 그 땅을 사려고 갔, 그러니까 이미 샀어요. 이미 산 걸로 했었어요. 이제 땅도 뺏어가고 그러니까 동생들이 엄마한테 가서,

"우리 형 진짜 필요해 지금."

이런 거예요. 근데 엄마가,

"왜? 형을 죽여 버리라며"

이런 거예요. 그래서 동생들이

"우리 몰랐어. 형이 그렇게 일을 잘 하는 걸."

그래서 엄마가

"형이 형인데 너넨 우리 친형인지 아닌지 이렇게 차별하면 누가 우릴 지켜줘. 내가 없으면 형이 너희들을 지킬 건데 형한테 그렇게 하면 안 되는 거 아니야?"

이러니까,

"미안해 다시 형을 괜찮게 해줘라."

이런 거예요. 그래서 엄마가 이제,

'우리 아들들 교육 받았다.'

해서 자고 다음날 다시 소리친 거예요. 다음날 자면서 무슨 일이냐면,

"네 뱃속에서 뱀이 나왔어"

이런 거예요. 엄마가

"나오는 걸 봤어. 내가."

그러니까 형이 너무 기뻐서 이제 멀쩡하게 잘 먹고 다시 땅을 잡으러 가는 사람들한테,

"누가 우리 땅을 잡으러 왔어."

이렇게 해서 다시 집을 지키게 되는 거예요.

그런 이야기인데 그 신데렐라와 달리 우리 좋은 엄마를 만나서 그런 이야기예요. 네, 그것도 있어요.

게으른 남편의 똑똑한 아내

● 구연정보
조사일시 : 2018. 12. 26(수) 오후
조사장소 : 서울시 광진구 화양동
제 보 자 : 파드마 [인도, 여, 1992년생, 유학 2년차]
조 사 자 : 신동흔, 황혜진, 김정은, 김민수

● 구연상황
제보자가 〈원숭이의 단식과 바나나〉 구연을 마친 뒤 다른 지역 이야기를 들려주겠다면서 구연을 시작했다. 청중의 반응을 보며 이야기를 재미있게 펼쳐나갔다. 브라질의 레오나르도 제보자가 이야기를 함께 들었다.

● 줄거리
인도의 어릿사 지역에 똑똑한 아내와 게으른 남편이 살았다. 어느 날 일하기가 귀찮았던 남편은 사원에서 망고를 훔치고 금지된 물고기를 잡아서 집으로 갔다. 남편은 아내에게 망고와 생선을 주면서 자랑하듯이 훔쳐왔다고 말했다. 그러자 아내는 남편에게 씻고 오라고 한 뒤 얼른 요리를 하고서 귀신으로 분장했다. 남편이 나오자 아내는 도둑맞은 음식을 찾으러 사원에서 온 귀신이라고 했다. 남편은 사죄하면서 음식을 던져버렸다.

지금 제가 얘기할 이야기는 '어릿사'*라는 지역의 이야기예요. 지역별 이야기 찾았어요. 이번에는 왜냐면 지난번에는 유명한 거 판차탄트라 많이 이야기했어요. 그래서 이제 다른 걸로 얘기하겠다 해서.
마티프리쉬 이야기에는, 음 이 이야기의 이름이 똑똑한 아내거

● 인도 중동부 오릿사(Orissa)주의 말칸기리 산악지대에 소수민족들이 섞여 사는 곳이다.

든요? [조사자 2: 똑똑한 아내.] 네, 똑똑한 클레버clever, 와이즈wise 와이프 이런 거예요.

그래서 이 이야기에는 어떤 남편이 엄청 게으르고 일하기 싫은 남편이 있어요. 엄청 힘든 남편이, 귀찮아하는 남편이 있는데 남편이 일하러 가진 않아요. 그래시 가지 않는데 그냥 지나가다가 사원에 있는 망고를 훔쳐오고 가다가 이제 바다에 있는 물고기를 잡아오고 그냥 낚시를 하는 게 아니라 그냥 잡고 집에 오는 거예요. 근데 그때쯤 이게 잡아가는 시기가 아니었어요. 사서 물건 사는 시기였어요. 그래서 집에 가서 와이프한테 준 거예요.

"어 나 오늘 망고랑 물고기 가져왔다."

이러니까 와이프가,

"어디서? 어떻게 일을 안 했는데?"

이러니까,

"훔쳐왔다."

이렇게 얘기를 한 거예요, 남편이. 그러니까 잘한듯이. 그래서 아내가,

"내가 너한테 레슨 하나 주겠다."

해서

"잘했어, 가서 얼른 씻어 내가 망고랑 생선 만든 요리를 만들어 줄 테니까 가서 먼저 얼른 씻어 와."

그래서 남편이 씻으러 가요.

근데 이게 귀신을 믿는 이야기인데 이게 갑자기 아내가 엄청 좋은 냄새로 만든 요리를 했어요. 망고랑 생선 놓고 만든 거예요. 만들어서 이제 남편이 식구 들어오자마자 이렇게 들고 머리 끈을 빼고 머리 이렇게 하고,

"나는 귀신이다."

이렇게 하는 거예요. 귀신처럼.

"나는 사원에서 온 귀신이다. 너는 나한테서 이렇게 다 잡아가는 거 내가 봤다. 막 훔쳐가는 거."

그래서 남편이 무서워서,

"미안해 나 다시는 절대 안 그럴게."

그래서 그 이야기는 아내가 너무 똑똑해서 하루 새에 귀신이 되었다 이렇게 되는 거예요. [조사자 2: 이렇게 음식을 이렇게 주면서 귀신 행세를 한 거예요?] 네네, 이렇게 주면서,

"내가 왔어."

이렇게 되는 거예요. (웃음)

그래서 그런 이야기는 저 이거 들으면서 귀신을 그렇게까지 믿나 싶었는데, 그 지역에는 그 귀신 제일 무서워하고 귀신을 그냥 신으로 모실 정도로 믿어요. 그래서 그렇게 귀신 나타났다 하면 표현도, '여신이 들어갔다'고 얘기를 해요. 그래서 여신이 몸 안에 들어갔다 이렇게 얘기를 해요. 그래서 귀신이라고 해도 우리말로도 그렇게 얘기해요.

[조사자 1: 그 남자가 그거를 못 먹었겠네요?] 못 먹었어요. 던져버렸어요. 그래서,

"아유! 미안해요, 다신 안 그럴 게."

이런 거예요. 그래서 그것도 있었어요. [조사자 2: 물고기를 그때 잡지 못하게 하라는 게 신의 명령이었나요? 그때 물고기를 잡으면 안 되는 시기를 정해준 게 신인가요?] 아니 그러니까 물고기를 잡으면 안 되는 게 아니라 그 시기에 이미 돈을 내서 사는, 그러니까 원래 잡아먹는 시기가 있었잖아요. 원숭이 그거 뭐라고 하죠? 원숭이처럼 생긴 인간들? 유, 유 [조사자 1: 유인원?] 네. 유인원 시기 아니었기 때문에. 그때는 잡아먹는 시절이었어요. [청자: 원시인 아닌가요? 원시인?] 원시인.

[조사자 3: 원시인 얘기하려고 했었나 보다. 수렵하는 시기가 아니라 이제는 물건을 사고파는 시기였는데.] 물고기는 낚시해서 바로 먹으면 안 되는 법이 있었어요. 지금도 있어요.

[조사자 3: 지금도 인도는?] 네 인도는 허락을 받아야 해요. 낚시하는 사람들 그 인증서 받죠. [조사자 3: 음 그런 사람만 잡을 수 있구나?] 네. 그 아니면 생선이 없어지고 취미로 하면 먹을 게 없어져요. 그래서 그렇게 못하게.

우둔한 아우의 똑똑한 아내

● **구연정보**

조사일시 : 2019. 02. 21(목) 오후

조사장소 : 서울시 광진구 화양동

제 보 자 : 파드마 [인도, 여, 1992년생, 유학 3년차]

조 사 자 : 신동훈, 김정은, 강새미

● **구연상황**

단야지 제보자가 〈농부와 귀신의 땅 나누기〉 이야기를 마치자, 파드마 제보자가 비슷한 이야기가 있다며 구연을 시작했다. 단야지 제보자가 옆에서 적극적으로 설명을 덧붙였다. 경희대 이성희 박사가 함께 이야기를 들었다.

● **줄거리**

두 형제가 있었는데 부모가 죽으면서 재산을 반반으로 나누어 가지라고 했다. 영리한 형은 우둔한 동생을 속여서 좋은 것을 차지했다. 자기는 호수의 뒤 땅을 가지고 동생한테 거친 앞땅을 가지게 했고, 소의 앞부분과 망고나무 아랫부분을 동생에게 주고 자기는 소의 뒷부분과 망고나무 윗부분을 차지했다. 동생은 형이 부모님 말씀을 잘 지킨다고 생각했다. 동생이 소한테 먹이를 계속 준 반면에 형은 우유와 새끼도 얻었으며, 망고의 열매를 혼자 차지해서 점점 부자가 됐다. 그 후 형제는 모두 결혼을 했는데, 동생의 아내가 똑똑했다. 그녀는 남편을 시켜서 형이 소 젖을 짤 때 앞다리를 때리게 했다. 놀란 소가 뒷발질을 해서 젖을 못 짜게 된 형은 우유와 새끼를 반반으로 나누겠다고 했다. 또 동생이 아내가 시키는 대로 망고나무의 밑둥을 자르려 하자 형은 망고 열매를 반씩 나누겠다고 했다.

이것도 남인도 이야기인데요. 어떤 가족한테 아들 두 명이 있었어요. 하나는 똑똑한 아이이고 하나는 무조건 무식한 아이. 두 명이

있으면 무조건 한 명이 무식한데요. 저 남동생 있는데 누가 무식한 지 모르겠어요. (웃음)

그래서 무식한 아이랑 똑똑한 아이 있는데 부모님이 돌아가실 때, "재산을 반반으로 나눠달라."고.

큰아들한테, 장남이잖아요. 장남한테 책임을 주고

"반반 나누고 동생이랑 나누어라."

이렇게 하고 돌아가셨어요, 부모님이.

그래서 땅도 반반 나눠야 되고 있는 재산도 반반 나눠야 되니까. 이제 땅을 호수 뒤에 있는 땅을 자기가 갖고 앞에 있는 땅을 동생한 테 줬어요. 앞에 있는 땅은 소용이 없거든요. 왜냐면 거기 다 버리는 곳이에요. 그래서 동생이 바보니까 그냥

"감사합니다. 오빠, 형."

이렇게 해서 받았어요. 그리고 소 한 마리 있는데 소 한 마리를 반반으로 나눠야 되는데

"소 앞에는 네가 가지고 소 뒤에는 내가 가질게."

라고 했어요. 그래서 앞이랑 뒤. 나무 하나 있는데, 망고, 뒤에 망고나무 있는데

"망고 위에 거 내 거, 밑에 거 네 거."

이렇게 나누었어요. 그래서 반반 나누었는데 동생이 너무 감사한 거예요.

"형 이렇게 반반 잘, 똑똑하게 나눠주시고 감사합니다."

해서 받았어요.

몇 년 지나고 자기들이 재산으로 집을 만들고 일을 시작하고 있었는데, 소를 반반 나눴잖아요. 그러면 앞에는 먹여주는 일은 동생 거, 우유를 받는 건. [청자: 우유 받거나 소가 아이들이 태어나면 그것도 형이 갖고.] 네 그렇게 되는 거잖아요. 뒤에서 나온 거 다 형 거. 그래서 형이 우유랑 거기서 뭐 새끼가 나와도 다 형 거예요. 그래서 동생이 맨날 밥을 먹여주는데, 소한테. 우유랑 밥을 먹이면 생기잖아요, 똥. 그것도 형이 가져요. 왜냐면 그걸로 농사할 때 도움이 되니까.

그래서 그걸로 쓰고 있는데 그거 움직이는 거 보고 동생이,

"형은 그런 힘든 일도 다 하는데. 동물 똥까지 치우네."

생각했어요. 근데 사실 그거 농사하기 위해서 하는 건데 동생 모르니까 보고,

"형은 너무 말하면 지키는 사람이에요. 항상 뒤에 것만 받는다고 해서 뒤에 거 잘 저기하고 있고."

그래서 한번은 한여름이 왔는데 엄청 햇빛이 뜨거웠는데 나무 아래 거 동생 거니까 동생 그냥,

"햇빛이 뜨거우니까 밑에 앉아 있자."

이렇게 얘기했는데 형이,

"아니야. 그 밑에 것 네 거니까 네가 가져라. 위에 거 내 거니까."

해서 집에 갔어요, 형이. 그래서 동생이

'우리 형은 절대 자기가 말한 거 절대 안 바꾸겠네. 엄청 똑똑하고 말 잘 지키네.'

이렇게 생각했어요.

이제 다 어른이 되고 결혼하고 아내들 생겼는데, 형이 형이랑 비슷한 아내랑 결혼했고 동생도 형이랑 비슷한 아내랑 결혼했어요. 똑똑한 부인이었는데 부인한테 얘기할 때,

"우린 다 반반 나누었어."

이렇게 얘기하는데 아내가 알았죠. 듣자마자,

"형이 그렇게 하는구나. 그러면 앞으로 이렇게 하자. 내가 얘기하는 대로 해."

이렇게 얘기했어요. 그래서 한 번은 어떻게 됐냐면, 새끼가 생기는데 그것도 형이 가진 거잖아요. 그래서 우유를 받는데 아내가 동생한테 얘기하는 거예요.

"우유 받을 때마다 앞에 때려, 소를."

앞다리를 때리면 뒷다리를 뒤로 하거든요. 그래서 앞다리 때리면 형을 때리거든요. [조사자: 젖 짤 때 이 사람 때리게.] 네 뒤에서. 직접 하는 게 소 앞뒤를 하는 거잖아요. 그래서 아내가 그렇게 얘기했어요. 우유를 짤 때마다 앞다리를 때렸는데 뒤에 우유 자꾸 넘어져요. 이제 때리니까.

"왜 자꾸 그러냐!"

이러니까,

"내 마음인데. 앞에 내 거잖아."

"무슨 말이야. 그런 게 어딨어."

"형이 뒤에 것만 받는다고 해서 앞에 거 내가 마음대로 하는 거
해도 된다고 했잖아."

이런 거예요. 그래서 그때 형이 알았고.

"그래 알았어. 그럼 소는 우유 반반 나누자."

그래서 그때 소까지는 이해했어요.

똑같이 나무도 망고 다 생기는데 형이 다 가져가는 거예요. 위에
거니까. 근데 똑같이 동생 못 받았어요, 아무것도. 그래서 동생 다시
아내한테 가서,

"형이 위에 거 다 받아 가는데 내가 어떻게 해야 되나?"

이러니까 아내 다시 아이디어를 주는 거예요.

"이번에는 기름칠을 발라보라."고.

"올라갈 수 없게. 발라보라."고.

한 거예요. 밑에 거 마음대로 할 수 있으니까 기름칠을 발랐는데
형이 못 올라가는 거예요.

"동생 니 뭐 했냐?"

"그냥 과일 생긴다고 들었어, 내가. 여기 기름칠 바르면."

이렇게 한 거예요. 동생이 무식하니까 형이 뭘 해도 들어주니까.
그래서 형이,

"바보야! 거기 어떻게 과일이 나와. 위에서 나오지."

"아니야 어떤 스님이 그러는데 여기 기름 바르면 여기도 과일
나온대."

이래서

'안 되겠다.'

해서 올라가는 거 있잖아요. [조사자: 사다리.] 사다리를 데려온
거예요, 형이. 사다리 데려오고 올라가려고 했는데 그때 동생이 나무
를 깎으려고 사람 데러온 거예요. [청자: 뿌리로부터 다시 새로운 나무

를 키우면 아래도 과일이 생기겠다.] 아래도 과일이 생긴다고.

그래서 나오는데 그때 형이,

"내가 잘못했다. 이것도 반반 하자."

해서 그때부터 아내 때문에 형이 조심스럽게 다 반반 나눠서 행복하게 살고 있었어요.

그 이야기 항상 무조건 똑똑한 아내랑 결혼해야 된다.

농부와 귀신의 땅 나누기

● **구연정보**

조사일시 : 2019. 02. 21(목) 오후

조사장소 : 서울시 광진구 화양동

제 보 자 : 단야지 [인도, 여, 1993년생, 유학 4년차]

조 사 자 : 신동흔, 김정은, 강새미

● **구연상황**

단야지 제보자가 파드마 제보자와 함께 갠지스강의 의미에 대해 설명한 뒤, 한동안 좌중에서 갠지스강에 대한 이야기들이 오갔다. 조사자가 다시 단야지 제보자에게 설화 구연을 청하자 이야기를 시작했다. 파드마 제보자와 경희대 이성희 박사가 이야기를 함께 들었다.

● **줄거리**

농부가 쟁기질을 하다가 땅에 무언가가 걸려서 팠더니 유골단지가 나왔다. 단지를 열자 귀신이 나와서 이 땅은 원래 자기 것이니 농작물을 모두 내놓으라고 했다. 농부는 귀신은 농사를 짓지 못하니 반씩 나누자며, 땅속에 있는 것을 자신이 가질 테니 귀신은 땅 위의 것을 가지라고 했다. 농부는 땅콩을 심어서 땅속의 것을 모두 가졌고, 귀신은 아무것도 얻지 못했다. 귀신이 자기가 땅 아래의 것을 가지겠다고 하자 농부는 벼를 심어서 곡식을 차지했다. 귀신은 결국 아무것도 얻지 못하고 유골단지로 돌아갔다.

옛날 옛날에 어떤 땅에 농사질을 하는 분이 계셨어요. 그분은 아주 똑똑하고 농사를 잘한다는 그런 소망이 다 펼쳐갔습니다.

근데 이분은 어느 날 농사를 할 때 소를, 소 도움을 받고 농사를 하는, [조사자: 쟁기질. 우리는 그렇게 하는데.] 네 쟁기질. 그거를 하고 있는데 갑자기 그거 막혔습니다. 어디다가 막혔는데

'반드시 여기 밑에 금이나 있을 거라.'고.

'그거를 묻어 놓았다.'고.

생각하고 거기 파기 시작했습니다. 시작하고 거기에서 유골단지? 유골단지를 찾았습니다. 그 유골단지를 열었는데 거기서 그 땅의 예전 사장? 그 땅을 가지고 있었던 주인이 나왔습니다. 귀신. 귀신이 나왔고,

"이 땅은 내 것이다. 농사질을 했던 것에 나도 받아야겠다."

라고 했는데, 근데 그 농부는,

"이 땅은 내 건데. 제가 샀으니까 제 것이고 제가 농사질을 하고 있습니다."

했는데 그 귀신은 믿지 않고,

"아니. 네가 했던 것 내 거야. 그래서 내가 받을 거야."

그러면 농부는,

"이렇게 합시다. 이 땅에 본인께서 직접 농사를 할 수 없으니까 저는 농사를 하고 반은 제가 받겠습니다. 반은 본인께 주겠습니다."

라고 했습니다. 그러면 그 귀신은,

"알겠다."

라고 하고 농사(농부)를 믿었습니다.

"나는 이제 삼 개월 이후에 오겠다. 그러면 여기 풍부한 농부(농사)가 완료되고 팔기 때가 될 때 나는 다시 돌아온다."

라고 하고 다시 그 유골? 단지 안으로 들어갔습니다. 이제 농사질을 했고 근데,

'반을 어떻게 나눠야 되나.'

생각하고 그러면 그 농사(농부)는 이런 말을 했습니다.

"땅 아래에 있는 것은 다 제가 갖고, 땅 위에 있는 것은 본인께 주겠습니다."

라고 했습니다.

그래서 땅콩을 했습니다. 땅콩을 했는데 땅 아래 있는 거는 땅콩을 다 자기가 가져가고. 위에 있는 나무는 아무 소용이 없는데 그거를 귀신이 나와서 많이 혼냈고.

"이제 땅 아래 있는 거는 제 거고 땅 위에 있는 거는 네가 가져라."
라고 했고.

다음번에 다시 농사질을 하고 어렵게 농사를 했는데 농부가 이제 했던 거는 쌀을 했습니다. 쌀을 팔고 자기가 반을 가져갔는데,

"아래 있는 거는 아무 소용없다."고.

해서,

"뿌리는 아무 소용없다."고.

해서 다시 귀신이 너무 화가 났습니다. 화가 나가지고,

"이건 안 되겠다."

라고 하고 생각했는데, 농사(농부)는,

"그러면 이제 어떻게 하겠느냐? 반반을 할 수 없는데."

라고 하고 그럴 때 귀신은,

"내가 할 수 있는 게 없다."

라고 포기하고 다시 유골단지에 들어가고 안 나왔습니다.

사람을 죽이는 무서운 물건

● 구연정보
조사일시 : 2019. 02. 21(목) 오후
조사장소 : 서울시 광진구 화양동
제 보 자 : 단야지 [인도, 여, 1993년생, 유학 4년차]
조 사 자 : 신동흔, 김정은, 강새미

● 구연상황
제보자가 〈사자와 호랑이의 다툼〉 구연을 마친 뒤 욕심과 관련된 이야기를
하겠다면서 바로 구연을 이어갔다. 파드마 제보자와 경희대 이성희 박사가
이야기를 함께 들었다.

● 줄거리
옛날에 친구 두 명이 산속을 걸어가고 있는데 한 스님이 뛰어오면서 저쪽에
사람을 죽이는 무서운 게 있다고 했다. 그게 무엇이냐고 하자 스님은 나무를
찾다가 금을 봤다고 말하고 사라졌다. 의아하게 여긴 친구들이 가보니 정말
금이 있었다. 한 명은 금을 지키고 한 명은 길을 찾아보러 갔는데, 금을 지키
던 친구는 칼을 갈았고 길을 찾으러 간 친구는 음식에 독을 탔다. 금을 지키던
사람은 친구가 돌아오자 칼로 그를 죽였다. 그는 친구가 가져온 음식을 무심
코 먹었다가 죽어가면서 비로소 스님이 한 말이 무슨 뜻인지 깨달았다.

아주 옛날에 친구들 두 명이 산속에 같이 돌아다니면서 아무도
없는데, 무인도에 걸어가고 있는데 어떤 스님께서 갑자기 뛰어다니
고, 앞쪽으로 뛰어가고 있었습니다. 마주봐서 스님께서는 숨을 못 쉬
고 이런 말을 했습니다.

"저쪽에 사람을 죽이는 게, 아주 무서운 게 있다."
라고 했는데 이 친구들은,

"무엇인데?"

라고 물어봤고, 스님께서는,

"내가 나무를 찾고 있었는데 나무를 찾다가 거기 이제 금을 찾게 되었다. 그래서 그 금이 너무 무섭다."

라고 했는데 친구들은,

"이 스님은 무식하구나. 왜 금을 보고 사람을 죽이는 것이라고 얘기했지?"

라고 하면서 갔는데 거기 진짜 금이 있었습니다.

그 친구 두 명께서 이렇게 생각했습니다.

'우리는 이 금을 바로 우리 고향에 같이, 도시에 데려가면 사람들 보고 아주 놀라겠다. 그리고 의심하겠다.'

라고 하면서 첫 번째 친구는 두 번째 친구께 이런 말을 했습니다.

"너는 가서 아무도 없는 길을 찾아봐라. 나는 여기 있고 이 금을 지키고 있을게."

라고 했는데, 첫 번째 친구는 거기 기다렸고 두 번째 친구를 다시 길로 보냈습니다.

"그리고 음식도 사와라. 나는 여기 지키고 있을게."

라고 하고.

두 번째 친구는 갔는데 첫 번째 친구는 이렇게 생각했습니다.

'아! 정말 이제 내가, 금이 많이 없는데 이 금을 친구랑 같이 반반으로 해서 나눠야 되는데 싫다. 나는 가족이 너무 큰데, 먹여야 될 입도 많은데. 이제 어떻게 해야 되지? 나만 혼자서 금을 얻을 수 있으면 좋겠다.'

고 생각해서,

'그러면 애가 들어올 때 내가 아무도 모르게끔 칼을 갖고 찔러서 죽이겠다.'

라고 생각하고 칼을 갈기 시작했습니다.

두 번째 친구는 다시 길로 가면서 이런 생각을 했습니다.

'내가 대출도 많은데 애는 대출도 없고 옆에 있는 사람들도 다 친구고. 나는 돈을 갚아야 되는데 돈이 없는데 이 금도 많지도 않다.

나는 원한 없게 죽고 싶어서 이 금을 나 혼자 받아야겠다. 그러면 나 가져가는 음식에 독을 타서 가져가겠다.'

　라고 하고 독을 같이 사서 다시 금을 찾으러, 첫 번째 친구를 만나러 가는 길로 갔습니다.

　그리고 거기 도착하자마자 첫 번째 친구는 뛰어나와서 두 번째 친구를 칼로 찌르고 죽였고, 첫 번째 친구는 아무 의심하지 않고 그 음식을 먹었습니다. 그리고 첫 번째 친구는 죽어가면서 이런 생각을 했습니다.

　'아 스님 말이 맞았구나. 금은, 욕심은 사람을 죽이는구나.'

　생각했습니다.

브라만의 욕심과 밀가루

● **구연정보**

조사일시 : 2019. 02. 21(목) 오후
조사장소 : 서울시 광진구 화양동
제 보 자 : 파드마 [인도, 여, 1992년생, 유학 3년차]
조 사 자 : 신동흔, 김정은, 강새미

● **구연상황**

단야지 제보자가 〈딜라이라마의 도둑 잡기〉를 마친 뒤 파드마 제보자가 욕심에 관한 이야기를 하겠다며 구연했다. 책에서 읽은 이야기가 아니고 남인도 동네에서 전해지는 이야기를 들은 것이라고 했다. 단야지 제보자가 경희대 이성희 박사가 이야기를 함께 들었다.

● **줄거리**

가난한 브라만이 밀가루 한 포대를 훔쳐서 천장에 걸어 두었다. 브라만은 천장에 매달린 밀가루를 보면서 무엇을 할 수 있을까를 상상했다. 밀가루를 팔아 소를 사고, 우유와 새끼를 팔아 건물을 사고, 부자가 되어 공주와 결혼해서 아이를 낳는 일을 상상했다. 그러다가 잠이 들었는데 꿈을 꾸면서 말 안 듣는 아이들을 때린다는 것이 매달아 놓은 밀가루를 때렸다. 브라만은 꿈에서 깨어났고, 밀가루가 바닥으로 떨어져서 못쓰게 되었다.

가난한 브라만이 있었는데 그 브라만 시골을 돌아다니다가 어떤 밀가루를 봤어요. 밀가루가 어떤 박스 같은 거에 담겨있었거든요. 그거 훔쳐갔었어요.

그거 훔쳐가서 집에 인도에 위에, (천장을 가리키며) 여긴 아무 것도 없잖아요. 근데 우린 거기 선풍기 같은 거 달려있어요. 팬이 달려있는데, 팬한테 박스를 달렸어요. 보면서 자고 있었거든요. 자면서 꿈을 꾸고 있었어요.

'내가 이 밀가루를 갖고 뭐할 것이다.'

이렇게 꿈을 꾸고 있었어요.

'일단 처음에는 밀가루를 통해서 맛있는 거 많이 만들고 오랫동안 맛있게 먹을 수 있겠다.'

라고 생각했어요.

'아니야, 그러면 밀가루 팔고 그걸로 내가 돈을 받고 그걸로 내가 좋은 옷을 살 수 있겠다. 아니야, 내가 대신에 밀가루를 팔고 돈을 받고 그걸로 소를 사고 소를 팔겠다.'

계속 생각했어요. 비즈니스 이야기예요, 이거 다.

'아니야, 나중에 밀가루를 팔고 소를 받은 후에 소의 우유를 팔겠다. 나중에 내가 구두를 사겠다. 아니다 대신에 염소를 사고, 염소를 통해 내가 재킷을 만들고 팔겠다.'

이렇게 꿈꾸고 비즈니스 마케팅처럼 생각하고 있었어요. 이거, 이거 하고 이걸 사겠다. 밀가루 하나를 통해 결국에는 큰 건물 만들겠다. 이제 돈 많이 벌게 됐잖아요. 소를 사면 돈 많다고 하잖아요.

'소를 사고 염소를 사고 그걸로 큰 빌딩처럼 만들고. 그 집 옆에 호수처럼 있고, 돈이 많으니까 내 이야기들 주변에 다 알게 되고 왕도 알게 되고 왕의 딸한테 결혼시킬 거고 결혼할 거니까 왕의 공주랑 내가 그 호수 옆에 있는 건물에 예쁜 공주랑 거기 살면서 행복하게 살겠다. 거기 아이들 두 명 낳을 것 같아. 아이들 나 괴롭힐 건데 아이들 내가 때릴 거야. 나 괴롭히면. 아이들 말 안 들으면 때릴 거야.'

하면서 그냥 꿈속에서 막대기 같은 걸로 때리는 걸로 꿈꾸고 옆에 있는 거 이렇게 때렸어요. 근데 위에 있는 거 떨어지고 밀가루 다 바닥에 내려온 거예요. 그래서 일어나고,

'뭐지? 내가 꿈꾼 거야?'

이렇게 보니까 밀가루가 바닥에 있었어요. 그거 보고, 건물도 아무것도 못 만들잖아요.

'아 이제 내가 어떡해. 안타깝다.'

어쩔 수 없이 밀가루 버렸어요. 아무것도 못 먹었어요.

　그래서 그 이야기하는 이유는

"꿈만 꾸지 마라. 행동하라."

　이렇게 이야기예요. 그래서 꿈만 꾸고 건물 만들었는데 실제로
는 아무것도 없어요. 그래서 브라만처럼 되지 말라는 이야기예요.

브라만을 속인 세 도둑

● 구연정보

조사일시 : 2017. 12. 19(화) 오후

조사장소 : 서울시 광진구 화양동 건국대학교

제 보 자 : 파드마 [인도, 여, 1992년생, 유학 1년차]

조 사 자 : 신동흔, 김정은, 황승업, 강새미

● 구연상황

제보자가 〈사자와 나그네〉 구연을 마친 뒤 『히토파데샤』에 나오는 다른 이야 기라며 브라만에 대한 설화 구연을 시작했다. 카자흐스탄의 조팔리나 제보자 가 함께 이야기를 들었다.

● 줄거리

어느 브라만이 제물로 바칠 양을 목에 메고 길을 가고 있었다. 이를 본 세 명 의 도둑이 양을 가로챌 계획을 세웠다. 첫 번째 도둑이 브라만 앞에 나타나 왜 죽은 귀신을 메고 가느냐고 묻고, 다시 두 번째 도둑이 나타나 왜 죽은 새끼 양을 메고 가는지 묻고, 마지막으로 세 번째 도둑이 나타나 왜 사자를 목에 메 고 가는지 물었다. 브라만은 자기가 멘 것이 양이 아니고 귀신인가 보다 하고 서 내려놓고 가버렸다. 덕분에 도둑들은 저녁거리를 얻었다.

브라만 원래 동물을 죽이면 안 돼요. 먹으면 안 되고 죽이면 안 되니까. 근데 어떤 양을 희생하면 복 받을 수 있다고 믿어요. 가끔 어 떤, 제일 높은 브라만이 이제 기도를 할 때, 우리는 양을 새크리파이 스sacrifice? [조사자: 희생.]

"희생을 하면 이제 좋은 일을 할 수 있겠다."

이렇게 말을 해요. 그래서 시장에 가서 제일 큰 양을 찾아서 목에 이렇게 메고 가고 있어요. 근데 도둑 세 명을 봤어요. 원래 도둑이 있어요. 그 도둑이 있으면 핵심이 많아요. (웃으며) 이야기에 핵심이 중요해요. 그래서 도둑 세 명을 만나요. 도둑 세 명은 이제,

'브라만이 혼자 양을 메고 가고 있는데 그거 하나 우리 세 명 훔칠 수 있으면 오늘 저녁 먹을 수 있겠다.'

이렇게 생각을 해요.

그래서 어떤 계획을 세우고 이제 브라만이 가고 있는데 첫 번째 도둑이 나타나요. 나타나고,

"그 목에 죽은 귀신을 왜 갖고 다녀요?"

이렇게 물어봐요. 그래서

"이게 그냥 양인데? 아니야."

이렇게 말해요.

"미안해요. 잘못 봤나 봐요."

하면서 지나가요. 가는데 두 번째 사람이,

"왜 목에 애기 양? 애기 양을 왜 메고 다녀요."

이렇게 말해요.

"죽은 애기 양을 왜 메고 다녀요?"

이렇게 말해요.

"아니에요. 이거 진짜 살아있는 양, 큰 양인데."

이렇게 말해요. 근데 세 번째 도둑한테 가니까 세 번째 도둑은,

"왜 이렇게 똑똑한 브라만이 이런 사자를 메고 가지? 이해가 안 되네. 이런 게 학자들 할 일이 아니잖아요."

이렇게 말해요. 그래서 너무 화가 나요, 그 브라만이,

'난 학자인데, 난 이런 거 안 하는데.'

하면서 좀 지나가고. 그때,

'진짜 이거 귀신인가 봐. 다들 다르게 보니까 이거 양 아닌가봐.'

하면서 거기 냅두고 가요. 그러면 저녁이 (웃으며) 저녁이 생겨요. 도둑들은 저녁이 생기고, 브라만이 자기 구루(선생님)한테 가고.

"이런 이런 일이 생겼어요."

라고 하는데, 그 브라만이가.

"너는 너무 어리석다. 그런 거 왜 넘어가냐."고.

"학자인데."

이렇게 막 화를 내요.

근데 결국에 이야기는 그냥 자신을 믿고 가라고. 누가 뭐 있다고 하면 그 양이 분명히 알고 있는데, 다른 사람이 아니라고 하니까 헷갈리지 말라고 하는 이야기예요.

구루를 울리고 웃긴 열세 명의 시슐루

● 구연정보
조사일시 : 2017. 11. 29(수) 오후
조사장소 : 서울시 중구 필동
제 보 자 : 파드마 [인도, 여, 1992년생, 유학 1년차]
조 사 자 : 김정은, 강새미

● 구연상황
조사팀은 경희대 이성희 박사의 소개로 대학원에 유학중인 파드마 제보자를 처음 만나게 되었다. 제보자의 고향에 대한 대화를 나눈 뒤 본격적으로 설화 조사를 시작했다. 제보자는 어릴 적 할머니께 들었던 이야기 중에 제일 좋아하는 이야기라며 구루와 시슐루에 대한 설화 구연을 시작했다. 시슐루는 학생이라는 뜻인데, 열세 명의 시슐루는 원래 신이었다가 벌을 받아서 인간으로 태어났다고 한다. 제보자는 시슐루가 늘 잘못된 행동을 하는데 오히려 결과는 좋은 것이 특징이라고 부연설명했다.

● 줄거리
파르마난다야라는 구루(선생님)에게 13명의 제자 시슐루가 있었다. 딸을 결혼시키게 된 구루는 집안에 새로 페인트칠을 해서 결혼식을 하려고 했다. 그는 시슐루들에게 거실(문다인디)에 페인트칠을 하라고 했는데 제자들은 앞집(문다인디)에 페인트칠을 했다. 그 바람에 결혼식이 미루어졌고 구루 파르마난다야는 단단히 화가 났다. 그런데 그다음 날 신랑이 병으로 죽었다. 시슐루들 때문에 결혼을 못한 일이 오히려 잘된 결과가 되었다.

이거 '파르마난다야'가 그 구루. 구루는 선생님, 교수님. 그 사람이 구루. 구루는 그냥 선생이라는 뜻이에요. [조사자: 선생님이라는 뜻. 티쳐teacher란 뜻인가 봐요.] 티쳐란 뜻이에요. 그냥 옛날에 구루. 그래서 옛날에 구루 학교는 구루네 집에 가서 그냥 거기 사는 거예요, 학생들. 그거는 '구루굴리'라고 하는데 그건 교수님이나 선생님 집에 학교가 있는 거예요.

　그래서 13명은 이 파르마난다야 선생님 집에 그냥 살고 계셨어요. 그래서 한 번은 파르마난다야의 딸에 결혼, 중매결혼이 많잖아요. 인도에. 딸에 결혼을 이게, 결혼하게 남자 찾았는데. 이제 결혼식할 때 모든 집을 다시 페인트하고 청소하고 다 해요. 그래서 파르마난다야가 학생들한테,

　"너 가서."

　앞집을 인도말로 '앞집'이라고 하는데, 거실을 앞집이라고 해요. 그래서,

　"가서 앞집(거실)을 좀 페인트paint하고 와라."

　이렇게 얘기하는데, 사실은 그거 거실에 그거 좀 청소하라 이런 말인데 진짜 앞집에 가서 하는 거예요. [조사자: 같은 말인데 그렇게 동음이의어처럼.] 네 같은 말인데 '앞집'이 '문다인디'라고 해요 우리말로. '문다'라는 앞, '인디'는 집인데,

　"앞집에 좀 청소하고 와라. 페인팅하고 와라."

　얘기했더니 진짜 앞집에 갔다 왔어요. 그거 때문에 또 이제 결혼 전까지도 준비를 안 되어서 결혼 취소되었어요.

　근데 그 결혼할 뻔 남자가 원래 병이 있고 결혼하면 바로 죽어요. 그 남자가. [조사자: 아 병 있는 사람이었어요?] 네. 그래서 뭐 바보처럼 행동해도 결과는 그 여자 삶을 살리는 거예요. 오히려 그냥 바보 같은 짓을 해도 그냥. [조사자: 그래서 결혼식이 미뤄졌어요.] 미뤄지거나 취소되었어요. 왜냐하면 죽었어. 결혼하기 전에 이미. [조사자: 날짜가 그다음 날 죽는 건데.] 네. 며칠 지나기(지나고) 다시 잡으려고 했는데 그 사이에 죽었어요.

　[조사자: 그래서 오히려 얘네들이, 시슐루가 한 짓이.] 시슐루 하는 짓이 이제 좋은 결과가 나와서 할머니들이 엄청 재밌는 이야기들, 이분들의 이야기 엄청 재밌어요. 너무 바보니까.

　들을 때마다

'아, 너무 웃기다'

이런데 결과는 좀 반전이 있어요. 그런 이야기도 너무 좋아하구요.

구루의 라듀를 먹은 시슐루

● **구연정보**
조사일시 : 2017. 11. 29(수) 오후
조사장소 : 서울시 중구 필동
제 보 자 : 파드마 [인도, 여, 1992년생, 유학 1년차]
조 사 자 : 김정은, 강새미

● **구연상황**
제보자가 〈구루를 울리고 웃긴 열세 명의 시슐루〉와 연결되는 이야기라면서
바로 이어서 구연을 시작했다.

● **줄거리**
구루 파르마난다야의 부인이 디저트의 일종인 라듀를 만들었는데, 시슐루들
이 먹고 싶어하자 부인은 그 속에 독이 들었다고 했다. 밤이 되자 시슐루들은
선생님이 라듀를 드시고 돌아가시면 안 되니 자신들이 먹자고 했다. 시슐루
들은 독이 이렇게 맛있느냐고 하면서 라듀를 다 먹은 뒤 죽어서 천국에 온 것
이냐면서 울고 있었다. 이를 본 구루가 무슨 일인지 물어보자, 시슐루들은 선
생님 대신 죽으려고 라듀를 먹은 일을 이야기했다. 구루가 듣고는 진짜 독이
있었으면 어쩔 뻔했느냐고 했다.

　[조사자: 더 없어요? 시슐루 이야기는? 연결돼서?] 엄청, 엄청 많아
요. 제가 들었던 이야기 중에 하나는.
　한 번은 그 파르마난다야 마누라가, 아 와이프가 이제 '라듀'*라

　● 라두라고도 한다. 벵골콩 등의 가루나 견과류, 코코넛 등을 기에 볶은 뒤 재거리 시럽
을 넣어 뭉쳐 동글동글하게 빚어 만드는 디저트이다.

는 게 있는데 라듀는 인도에 디저트거든요. 제일 많이 먹어요. 명절 때나 이럴 때. 그거 만들었었어요. 그거 만들고, 그냥 학생들은 그냥 너무 바보니까

'너무 먹고 싶다'

이래서 갔는데. 그 마누라가 얘네들 안 먹게, 못 먹게 하려고,

"여기 이거 먹으면 이 안에 독이 있어서 죽을 수 있어요."

이렇게 말하는데, 근데 뭐 다들 그냥 안 먹을 거라고 생각해서 그냥 잤어요. 와이프랑 이제 그 밤이 되었는데, 밤에 천천히 들어와서 그냥 바보 한 명씩 한 명씩,

'아니 우리는 우리 선생님 살리자!'

이런 마인드로,

'선생님 살려야 되는데 안 돼요.'

라고 하나씩 먹었어요.

"어 독이 이렇게 맛있을 리가 없는데."

하면서,

"너도 먹어 봐. 너도 먹어."

하면서 열세 명 다 먹었었는데 다 먹고,

"우리 천국이야? 우리 죽었어?"

막 이런 거예요. 막 너무 울고 있었어요.

"선생님이 먹었으면 돌아가셨을 텐데."

하고 울고 있었는데 선생님이 그때 일어나셨어요. 새벽에 왜 다들 우는지. 선생님 들어와서,

"이게 뭐야?"

이랬더니,

"저는 우리 죽은 것 같아요. 몰라요 죽을 것 같은데."

이래가지고 선생님이,

"무슨 죽냐?"

이랬더니,

"아니 사모님이 독으로 만든 라듀 만드셨는데 그거 먹어서 죽었어요."

(웃으며) 그래서,

"무슨 죽어, 안 죽었어. 그거 안 먹기 위해서 만들었는데. 그래도 욕심을 내 가지고 다 먹었어. 너네들 그러면 큰일 나. 진짜로 독이 있었으면 어떡해?"

라고 그런 내용으로. 그냥 너무 재미있고,

'아 너무 바보다'

라고 하는데 너무 재미있어요.

[조사자: 바보인데 참 다 재밌고 재치 있고. 시슐루 얘기 너무 재밌다.] 네, 이 학생들 얘기도. [조사자: 파르마난다야가 구루인 선생님인 거죠.] '구루'는 선생님이라는 뜻이에요. '파르마난다야 구루'는 파르마난다야 선생님이라는 뜻이에요.

[조사자: 그 딸 결혼식도 이랬고 부인 얘기도 있고 이렇게 시리즈가 있구나.] 네 연결해서, 원래 이게 책에서 나오는 내용 아니고 할머니에서, 할머니에서, 할머니 이렇게 들은 내용이었는데.

근데 1905년에 어떤 분이 이름이 '윙까탄' 이런 건데. 그분이 이제 그 내용을 다 적으셨어요. 정리하시고 이제 1950년에 영화도 나왔었어요. 그 내용, 그 영화 보면 이제 할머니 얘기랑 연결되고,

'아 그 얘기구나!'

이렇게 얘기를 하게 되니까. 저도 너무 재밌었어요. [조사자: 윙까탄 책 나온 건 없나 봐요. 한국어로 번역된 게.] 네 없어요.

열세 시슐루의 밥 짓기

● **구연정보**

조사일시 : 2017. 12. 19(화) 오후

조사장소 : 서울시 광진구 화양동 건국대학교

제 보 자 : 파드마 [인도, 여, 1992년생, 유학 1년차]

조 사 자 : 신동흔, 김정은, 황승업, 강새미

● **구연상황**

카자흐스탄의 조팔리나 제보자가 〈커다란 순무〉 구연을 마친 뒤, 옆에서 이야기를 듣던 파드마 제보자가 생각나는 이야기가 있다며 구연을 시작했다. 구루와 시슐루에 대한 이야기였다. 조팔리나 제보자가 함께 이야기를 들었다.

● **줄거리**

옛날 구루(선생)와 열세 명의 시슐루(제자)가 있었다. 어느 날 구루는 음악을 가르치다가 시슐루에게 밥을 해오라고 했다. 열세 명의 시슐루가 밥을 하는데 밥 짓는 소리가 박자에 맞지 않아 대나무로 박자를 맞추다가 밥을 망쳤다. 시슐루는 구루에게 요거트라도 만들어드리려고 소를 가져오려고 했으나 그것도 뜻대로 되지 않았다. 결국 구루는 아무것도 먹지 못했다. 사실 그때 구루는 속이 안 좋은 상태였는데, 시슐류의 엉터리짓 덕분에 아무것도 먹지 않아 오히려 아픈 것이 나았다.

원래 그 열세 명 학생들 다 이제 너무 바보예요. 근데 결국에는 결론이 너무 좋아요. 원래, 일이 너무 바보짓을 하는데 그 선생의 삶을 살리거나, 집을 살리거나 뭐 그런 일을 하게 돼요. 결국에는 그 무식한 행동에 좋은 결과가 나와요.

그래서 한 번은 이제 학생들은 교재에 있는 것처럼 뭐 음악도 배우고 이것도 다 배워요, 옛날에. 그래서 음악 배우는 중이었어요, 한

180

때는. 그때 선생님이,

"나는 배고프니까 밥을 만들어 줘라."

이렇게 했어요. 그래서 열세 명 다 이제 부엌에 갔어요. 부엌에
가고, 옛날에 불이 있고 그 위에 그냥 그릇을 놓고, 그 안에 쌀이랑
물 넣고 밥을 만들었어요. 그래서 그거 넣었는데 원래 밥 만들면 소
리가 나오잖아요.

"근데 박자가 안 맞네?"

라고 해요. 왜냐면 음악을 배우고 있으니까. (웃음)

"어 이거 밥에서 박자가 안 맞아."

이래가지고 그냥 대나무로 그거 때리고, 그냥 밥을 이제 다 없어
요. 왜냐면 다 부셔버리니까, 박자가 안 맞으니까.

'잘 요리가 잘 안 되고 있다.'

고 생각하고 있어요.

'박자가 안 맞는데 잘 안 되나봐.'

이렇게 생각해요.

근데 이제 야채로 이제 다른 카레 같은 거 만들어야 되는데, 야
채 다 썩었어요. 옛날 야채들 밖에 없었어요. 그래서

"아 그러면 우리는 우리 선생한테 요거트를 주자. 요거트라도 주
자. 근데 집에 요거트 없는데 소 하나 갖고 오자."

라고 나가요. 근데 소를 집 안에 못 데려오잖아요. 이게 (양 손으
로 머리에 뿔을 만들며) 이거 뭐지. [조사자: 뿔.] 그 뿔이 있어서 그거
안에 못 들어가요. 그래서

"그 뿔을 이제 부시자."

이랬더니 그 소에 주인이 듣더니,

"아니야 그러면 안 돼."

라고 아줌마가 이제 막 때리고 막,

"나가! 나가!"

이래요.

"그러면 우리 선생님은 뭐 먹어?"

이렇게 막 고민하고 있는데, 그때 결국에는 막 그냥 요거트도 안

되고, 우유도 안 되고, 야채도 안 되고, 밥도 안 돼요. 그러면 선생님
한테 가서,

"선생님 그 밥이 박자가 안 맞아서 못 만들었는데, 선생님 오늘
안 먹고 자면 안 돼요?"

이래요. (웃음)

근데 결국에는 좋은 결과가 있는 게, 선생님 원래 거의 이제 배
가 아플 뻔 해요. 배가 아프니까 밥을 먹으면 토할 거예요. 그래서 결
국에는 밥을 안 먹었으니까 토 안 해요. 그래서 배가 아픈 게 나았어
요. 그래서

'다행이다 밥을 안 줘서.'

이렇게 생각해요. [조사자: 오히려 선생님이. '나 먹기 힘들었는데 잘
됐다.'] 원래 먹고 싶었는데 배가 아프니까,

'이제 못 먹으니까 다행이다.'

이렇게 생각해요.

열세 시슐루의 바늘 가져오기

● **구연정보**

조사일시 : 2017. 12. 19(화) 오후

조사장소 : 서울시 광진구 화양동 건국대학교

제 보 자 : 파드마 [인도, 여, 1992년생, 유학 1년차]

조 사 자 : 신동흔, 김정은, 황승업, 강새미

● **구연상황**

제보자가 〈열세 시슐루의 밥 짓기〉를 마친 뒤 바로 이어서 구연했다. 카자흐스탄의 조팔리나 제보자가 함께 이야기를 들었다.

● **줄거리**

어느 날 구루가 시슐루에게 바늘을 가져오라고 했다. 열세 명의 시슐루는 한 사람이 한 개의 바늘을 가져가야 한다고 생각해서 긴 대나무에 바늘 열세 개를 넣어서 가져왔다. 마침 구루의 집에는 바늘이 한 개도 없었는데 열세 개의 바늘이 생겨서 두고두고 쓸 수 있었다.

이제 선생님이 학생들한테,

"바늘 갖고 와라."

이렇게 얘기해요. 근데 열세 명 학생들한테 하니까,

'큰 바늘 찾아야 돼요.'

그렇게 생각했어요. 왜냐면,

"바늘 하나 갖고 와라."

이렇게 얘기했는데 학생들은,

'어 우리 열세 명한테 말했으니까 열세 명 맞게 큰 바늘 갖고 와야 되겠다.'

이렇게 생각하고,

'어떻게 하지? 어떻게 하지? 선생님이 안 갖고 가면 화내실 건데?'

그렇게 생각해요.

근데 그때 대나무에 바늘 열세 개 다 넣고,

"선생님 바늘!"

이렇게 갖다 줘요. 그래서 선생님이,

"아 내가 한 개만 갖고 오라고 했잖아."

이랬더니,

"우리 한 명씩 한 개 갖고 왔어요."

이렇게 말해요.

그래서 결국에는 그 바늘로, 그 바늘이 필요 없었는데, 집에 바늘 다 떨어졌는데 근데,

'열세 바늘이 생겼으니까 이제는 평생 바늘 필요 없겠다.'

이렇게 돼버렸어요.

열세 시슐루의 다리 만들기

● **구연정보**

조사일시 : 2017. 12. 19(화) 오후
조사장소 : 서울시 광진구 화양동 건국대학교
제 보 자 : 파드마 [인도, 여, 1992년생, 유학 1년차]
조 사 자 : 신동흔, 김정은, 황승업, 강새미

● **구연상황**

카자흐스탄의 조팔리나 제보자가 〈브라바이 호수와 낙타바위〉를 마치자, 파드마 제보조가 그 사이에 생각한 이야기라며 열세 명의 시슐루에 관한 또 다른 이야기를 시작했다. 조팔리나 제보자가 함께 이야기를 들었다.

● **줄거리**

열세 명의 시슐루가 호수 건너 마을 행사에 참석하기 위해 호수를 건너려는데 건너는 방법을 몰랐다. 열세 명의 시슐루는 고민하다가 구루가 대나무로 자신들을 혼내던 일이 기억나서 대나무를 가져 호수를 혼내기 시작했다. 그래도 호수가 말을 듣지 않자 시슐루들은 대나무를 불태워서 호수에 던졌다. 결국 포기하고 돌아왔는데 열세 시슐루가 던진 많은 대나무가 다리가 되어서 호수 건너 사람들이 이쪽 마을로 건너올 수 있게 됐다.

한번은 열세 명 학생들은 호수 근처 갔어요. 근데 호수를 건너야 돼요. 근데 어떤 반대편에 어떤 행사가 있었는데 거기 참석해야 되거든요. 근데 호수가 있어서 건너갈 법을 몰라요.

그래서 인도는 원래 어릴 때 우리는 잘못하면 부모님이 대나무를 이제 데우고 그걸로 때려요. 원래 우리 부모님 어릴 때 그렇게 막 진짜 때린 게 아니라,

185

"때릴까?"

이렇게 막 협박하고 옛날에 때렸다고 들었는데. [조사자: 회초리구나. 우리.] 네. 그래서 말을 안 들으면 선생님이 원래 학생들 그렇게 때려요. 그래서 그 호수한테,

"우리 건너게 해줘라!"

이렇게 했는데 말을 안 들었어요.

"때려야겠다."

해서 대나무 갖고, 태우고 이제 호수 이렇게 떨어뜨렸는데. 불이 물로 없어지잖아요, 불은 물이 있으면. 그거 몰랐거든요. 그래서 결국에는,

"아 안 되겠네. 내 말 안 들어."

하면서 집에 갔어요. 근데 그쪽에서 이쪽 와야 될 사람들이 있었는데 그 대나무 통해 넘어왔거든요. [조사자: 그렇게 많이 던진 거예요? 말 들으라고?] 큰 대나무를 이렇게 던지고, 다 불태우고.

"너 말 안 들어?"

계속 다시, 다시 계속하고.

"다시 안 들어?"

이러니까. 왜냐면 자기들이 선생 때리면 말 듣게 되거든요. 근데 그 호수가 안 들으니까. 너무 화나서,

"우리 선생한테 이제 말을 해야겠다."

하면서 나갔는데, 그쪽에서 이쪽 오고 싶은 사람들이,

"어 감사합니다."

하면서 넘어왔거든요. [조사자: 열세 명이니까 대나무도 되게 많았겠구나.] 네.

맛없는 음식 먹고 오래 사는 소

● **구연정보**
조사일시 : 2017. 12. 19(화) 오후
조사장소 : 서울시 광진구 화양동 건국대학교
제 보 자 : 파드마 [인도, 여, 1992년생, 유학 1년차]
조 사 자 : 신동흔, 김정은, 황승업, 강새미

● **구연상황**
제보자가 〈열세 시슬루의 다리 만들기〉에 이어서 바로 구연했다. 이 이야기
는 불교와 관련된 이야기가 많이 담겨 있는 『자까따』라는 동화책의 내용이라
고 했다. 카자흐스탄의 조팔리나 제보자가 함께 이야기를 들었다.

● **줄거리**
옛날 어느 농사꾼이 소 두 마리와 돼지 한 마리를 키웠다. 딸이 결혼할 때가
되자 농사꾼은 돼지를 잡아 음식을 만들 생각으로 여물을 듬뿍 주었다. 이를
본 한 소가 돼지를 부러워하자 다른 소가 돼지는 맛있는 것을 먹고 금방 죽으
니 그보다는 맛없는 것을 먹고 오래 사는 것이 좋다고 했다.

　원래 소를 많이 갖고 있으면 부자였어요, 예전에. 한국에도 그랬
었어요? [조사자: 그럼요. 아무나 못 갖고 있죠.]

　그래서 소가 많이 갖고 있으면 부자인데, 한 농사하는 사람이 소
두 마리랑 돼지 한 마리 이렇게 갖고 있었어요. 근데 갑자기 그 농사
하는 사람의 딸이 이제 결혼을 할 나이가 되었거든요. 이제 결혼준
비 해야 되는데,

　"음식으로 돼지를 음식으로 만들자."

　하면서 돼지 꼭 먹여요. 맛있게 다 먹이고 그냥 소 두 마리는, 큰

소는,

"아 너무 부럽다. 아무것도 안 하는데 먹고 누워 있으면 되는데. 우리 하루 종일 가서 일을 하는데 우리한테 맛있는 음식 없을까."

이렇게 말하는데, 그때 다른 소가.

"얘는 금방 죽어. 너는 그냥 안 먹어도, 우리는 맛있는 거 안 먹고 오래오래 살면 돼."

이렇게 말을 하니까.

결국 거기 나오는 이야기는 원하는 게 맛있는 거 먹고 짧게 살거나 맛이 없는 거 먹고 오래오래 살 거나. 선택이 너한테 있어 이런 이야기예요. 그래서 결국엔 그 소들이 당연히 오래오래 살고 싶고 돼지가 자기 인생 모르고 그냥,

"어 맛있다."

하면서 먹고 죽어요.

사자와 나그네

● **구연정보**

조사일시 : 2017. 12. 19(화) 오후

조사장소 : 서울시 광진구 광진구 건국대학교

제 보 자 : 파드마 [인도, 여, 1992년생, 유학 1년차]

조 사 자 : 신동흔, 김정은, 황승업, 강새미

● **구연상황**

제보자가 〈딜라이라마와 크리슈나 왕〉을 구연한 뒤, 인도에는 『판차탄트라』
외에 『히토파데샤』라는 책이 다섯 권 전해지는데 그 책에도 동물이 많이 등장
한다며 그중 한 이야기를 들려주겠다고 했다. 카자흐스탄의 조팔리나 제보자
가 함께 이야기를 들었다.

● **줄거리**

배고픈 사자와 나그네가 호수를 가운데에 두고 마주쳤다. 사자는 행인에게
금팔찌를 보여주면서 팔찌를 줄 테니 호수를 건너오라고 했다. 고민하던 나
그네는 금팔찌가 욕심나서 호수를 건넜고 결국 사자에게 잡아먹히고 말았다.

사자가, 사자가 너무 배고파서 사람을 이제 지나가는 거 봤어요.
보고,

"나 너무 배고픈데 그 사람 먹고 싶어요."

이렇게 말해요. 근데 그 사람을 이제 끌려야 하잖아요, 숲속으
로. 그래서 이제 사자가 자기 손에 금으로 된 어떤 팔찌 같은 거 있
었어요, 사자가. 그래서 사자가 그 인간한테,

"너한테 이거 줄 테니까 이리로 와라."

이렇게. 그 안에 호수가 있고 호수 왼쪽이 사자 있고 오른쪽에

189

그 스승? 스님? 스승. 그냥 지나가는 사람. [조사자 2: 나그네?] 어 지나가는 인간. (웃으며) 나그네. 그분이 계셨어요. 그래서 사자가 이제 불러요.

"나 이거 줄 테니까 이리로 와."

이렇게 하니까 그 사람이, 나그네가,

"저는 어떻게 사자를 믿어요. 저 가면 저 잡아먹잖아요."

이렇게 하는데 사자가,

"아니야. 저 늙어서 이빨도 다 나가고. 손도 다 없고 힘이 없어요. 이거 그냥 어떤 사람이 버렸다가 봤는데 그냥 난 쓸 수 없으니까 너한테 주고 싶어."

이렇게 말을 해요. 그러면 그 나그네가, [조사자 2: 행인이라고 해도 되고.] 행인이가 좋아요. 너무 쉬워요. 행인이가 이제,

'그러면 가도 될까?'

이렇게 생각해서,

'그냥 믿지 말까?'

해서 근데 금이잖아요.

'금 받으면 이렇게 행복하게 살 수 있겠다.'

하면서 가요. 좀 지나가고 이제 그 호수 안에 가요. 근데 수영 못 해요. 그래서 사자한테,

"도와줘요. 저는 거기까지 못 가요."

이러니까 사자가,

"어 괜찮아. 내가 있으니까 갈게."

해서 가서 이제 잡고 이제 먹으러 가요. 거의 먹, 이제 죽이려고 해요. 근데 행인이가,

"저를 안 먹는다고 했잖아요."

이렇게 했는데,

"내가 거짓말 하는데 니가 다 믿어? 말도 안 돼."

이렇게 말해요. 그래서 결국에 행인이가,

'나는 욕심 때문에 내 목숨을 잃었구나.'

라고 생각하고. 이제 욕심내지 말라는 이야기. [조사자 1: 그렇게

해서 결국 사자한테 죽은 거예요?] 네 죽었어요, 결국에는. [조사자 2: 슬프다.]

근데 어린아이들한테 이렇게 말을 해요. 욕심 안 나죠.

어리석은 사자와 꾀 많은 토끼

● **구연정보**

조사일시 : 2017. 11. 29(수) 오후

조사장소 : 서울시 중구 필동

제 보 자 : 파드마 [인도, 여, 1992년생, 유학 1년차]

조 사 자 : 김정은, 강새미

● **구연상황**

제보자가 〈금화 삼백 개 쓰는 법〉을 구연한 뒤 『판차탄트라』에 실려 있는 이 야기라면서 새 이야기 구연을 시작했다. 구연을 마친 뒤 제보자의 집에서도 몸보다는 머리를 쓰라는 이야기를 자주 한다고 덧붙였다.

● **줄거리**

정글의 왕인 사자가 닥치는 대로 동물을 죽이자 동물들이 회의해서 사자에 게 하루에 한 마리씩 동물을 바치는 대신 다른 동물들을 잡아먹지 않기로 계 약을 했다. 토끼가 잡아먹힐 차례가 됐는데 토끼는 십 분 늦게 사자에게 갔다. 사자가 왜 늦었느냐고 묻자 토끼는 또 다른 정글의 왕에게 다녀오느라 늦었 다고 했다. 사자는 정글에 다른 왕은 있을 수 없다고 화를 내며 싸우러 가겠다 고 했다. 토끼는 사자를 온천으로 데려갔고 사자는 물에 비친 제 모습을 보고 달려들었다가 빠져 죽었다. 토끼가 다른 동물들한테 머리를 써야 한다고 말 했다.

사자가 정글에 왕이잖아요, 왕이라고 생각해요. 그 정글에 사자 한 마리밖에 없었거든요. 그래서 자기가,

"난 여기 왕이다!"

하면서 지나가는 동물, 인간 다 죽이고 잡아먹고 그랬어요. 근데 그래서 한 번은 모든 동물들 회의했어요. 동물들 회의해서,

"안 되겠다. 원래 왕이고 사자인데 사자는 필요할 때만 죽여 먹는 동물인데, 자기가 힘 쎈 거를 보여주고 싶어서 죽이는 거니까. 우리는 사자랑 회의하고 계약하자. 어떻게 해야 될지."

하면서 다 회의하고 사자를 불렀어요. 사자가 울면서 왔어요, 소리 지르면서.

"무슨 짓이야! 이렇게 나무 밑에 다 앉아서."

옛날에 모든 회의는 다 나무 밑에 였어요. 나무 밑에 앉는 자리 있어요. 그래서 인간들도 거기 앉고 동물들도 거기 회의해. 미팅 장소예요, 회의실. 그래서 회의실에 가서 이제 거기 왕을 불러, 사자를 불렀어요. 사자가 와서,

"무슨 일이야! 다들 왜 이렇게 모였어?"

이렇게 물어봤더니. 힘내서 거기 코끼리가 말을 했어. 코끼리가,

"그게 아니라 우리는, 왕이잖아요. 근데 우리 다 죽이는 게 맞는 게 아닌데. 사자는 원래 먹고 싶을 때만 죽이잖아요. 그러면 이렇게 계약합시다. 우리는 하루에 한 마리를 왕에 집으로 보내, 사자의 집으로 보낼 테니까. 그냥 직접 사냥할 필요도 없고, 그냥 우리가 직접 한 마리 다 돌아갈 거니까 앞으로 죽이지 마세요."

이러는 거예요. 그러면,

'그래 좋다. 나 이 아이디어 좋아. 나갈 필요도 없겠다.'

라고 생각해서 오케이라고 했는데,

"그래? 그래도 하루만 안 나오면 이 정글에 있는 모든 동물들 죽여 버릴 거다."

이렇게 말을 했었어요. 그러면,

"알겠다."고.

계약 잡고 매일 억지로 한 마리를 이제 사자한테 보내요. 자꾸 막 그냥,

"오늘 너 가야 된다, 가야 된다."

이렇게 너무 슬프게 하는데, 토끼 자리(차례) 왔어요. 토끼 원래 똑똑한 동물이에요. 그래서 똑똑한 동물이잖아요. 그러면 토끼 자리(차례)가 왔어요. 토끼한테,

'나는 어떡해? 나는 죽기 싫은데. 그럼 어떻게 해야지?'

이런 생각해서, 사자 집에 가야 되는데 10분 늦게 들어갔어요. 10분 늦게 들어가면 사자가 물어요.

"왜 늦게 왔어?"

이렇게 화를 내는 거예요. 그러면 토끼가,

"아니 다름이 아니라 아까 어떤 다른 사자를 봤는데 자기가 여기 정글 왕이래요. 그래서 도망치다가 여기 왔어. 그래서 늦었어요."

이런 거예요. 그러면 사자가,

"나보다 왕이 있다고? 나 여기 왕 하난데!"

이런 건데 그러면,

"아니래요. 저기 그쪽보다 힘세대요."

이래서,

"거기 누구야! 죽여 버릴 거다! 보여줘 봐!"

이렇게 같이 갔어요. 다른 왕을, 사자를 잡으려고.

둘이 나가서 이제 오천(온천) 같은데 있잖아요. [조사자: 온천?] 온천. 거기 왔어요. 그러면 왕이 힘센데 똑똑하지 않아요. 그래서 온천에 보고 자기 얼굴 보잖아요.

"오 저기 있다, 왕!"

하면서 들어가요. 죽어요. 그리고 토끼가 살리죠. 그러면 다들 막,

"토끼, 와! 제일 똑똑하다. 이제 안심할 수 있다."

이럴 때 토끼가,

"너희들은 힘 말고 머리를 쓰라. 그렇게 살아서 안 돼. 머리를 써야지."

이런 얘기를 하면서.

그 얘기 듣고 운동 그만했어요 저는. (몸을 가리키며) 이거 쓰면 안 된다, (머리를 가리키며) 이거 써야겠다. (웃음)

사자와 호랑이의 다툼

● **구연정보**

조사일시 : 2019. 02. 21(목) 오후

조사장소 : 서울시 광진구 화양동

제 보 자 : 단야지 [인도, 여, 1993년생, 유학 4년차]

조 사 자 : 신동흔, 김정은, 강새미

● **구연상황**

파드마 제보자가 〈당나귀 귀를 가진 왕〉 구연을 마치자 단야지 제보자가 친구에 대한 이야기를 하겠다며 바로 구연을 시작했다. 구연을 마친 뒤 이야기 속에 계절이 지나가도 우정은 남는다는 교훈이 담겨있다는 설명을 덧붙였다. 파드마 제보자와 경희대 이성희 박사가 이야기를 함께 들었다.

● **줄거리**

호랑이와 사자가 함께 바위 그늘 아래에서 살았다. 둘은 어릴 때부터 친구로 지내서 서로 다르다는 것을 모르고 살았다. 겨울이 되자 사자는 겨울이면 초승달이 보름달이 된다고 하고 호랑이는 보름달이 초승달이 된다고 해서 다툼이 일어났다. 그들이 은둔자 스님을 찾아가서 묻자 스님은 달과 상관없이 바람이 북에서 남으로 불면 겨울이라면서, 둘이 한 이야기는 같은 거라서 둘 다 졌다고 했다. 사자와 호랑이는 다시 평화롭게 지냈다.

아주 옛날 옛날에 산속에 호랑이랑 사자가 같이 살고 있었습니다. 돌 그늘, 바위 그늘 아래 같이 살고 있었는데, 둘이 아주 어릴 때부터 또래친구라서 서로 다르다고도 모르고 같이 아주 우정이 많고 잘 지내서 다른 분들은,

'아 이건 특이한 관계다.'

라고 생각할 수도 있는데 둘은 일상적이라고 생각하고 잘 지내

고 있었는데. 어느새 갑자기 둘이 갈등이 났습니다. 주제는 겨울이 될 때, 사자는

"겨울이 될 때 초승달로부터 시작해서 보름달이 된다."

라고 하고 호랑이는,

"아니다. 보름달로 시작해서 초승달로 변한다."

라고 했습니다.

그런데 같은 산속에, 그 산이 너무 평화로운 산이라서 이런 관계가 발생할 수도 있다고 해서 산속에 아주 친절한 스님이 계셨습니다. 그 스님 때문에 그 산이 너무 평화롭다고 할 수 있다고 했는데, 그래서 호랑이랑 사자는 스님을 찾아뵀습니다. 스님께서는 은둔자이셨고 다른 분들께 물려받은 것을 드시면서 살았다는. 그래서 그 스님을 찾아가서 물어봤는데 그 스님께서는,

"초승달, 보름달과 관계없고 이거는 그냥 바람이 북쪽에서 남쪽으로 불 때에 겨울이 왔다고 생각하면 된다."

라고 했습니다. 그래서,

"둘이 틀리거나 맞거나 하지 않고 둘이 똑같은 이야기니까 둘이 다 졌어. 이런 생각을 해봐."

라고 하면서 그래서 다시 호랑이와 사자는 평화롭게 지내기 시작했습니다.

두 원숭이의 다툼

● 구연정보
조사일시 : 2017. 12. 19(화) 오후
조사장소 : 서울시 광진구 화양동 건국대학교
제 보 자 : 파드마 [인도, 여, 1992년생, 유학 1년차]
조 사 자 : 신동흔, 김정은, 황승업, 강새미

● 구연상황
카자흐스탄의 조팔리나 제보자가 카자흐스탄 사람들이 생긴 이야기를 들려
준 뒤, 파드마 제보자가 『판차탄트라』에 실린 우화 구연을 시작했다. 자기가
무척 좋아하는 이야기라고 했다. 조팔리나 제보자가 함께 이야기를 들었다.

● 줄거리
원숭이 두 마리가 길을 가다 바나나를 찾았는데 서로 자기가 먹겠다고 다투
었다. 지나가던 고양이가 다가와 자기가 도와주겠다며 다가왔다. 고양이는
바나나를 반으로 자르고 한 쪽이 큰 것 같다며 번갈아 바나나를 한 입씩 먹다
가 바나나를 다 먹어버렸다. 원숭이들은 다음부터는 싸우지 말고 나눠먹자고
약속했다.

　　원숭이 두 마리 밥을 찾았어요. 길을 가다가 먹는 거 찾았고, 둘
이 싸우고 있어요.
　　"어 내 꺼다."
　　"내가 먼저 찾았어, 내 꺼다."
　　이렇게 서로 싸우고 있어요. 근데 이거 어떻게 해결해야 될지 몰
라서, 가운데 고양이가 왔단 말이에요. 고양이가 와서,
　　"내가 도와줄게. 너네들 기다려."

하면서 약간 두 개로 나누었어요. 바나나를 한 개를 두 개로 나
눴어요. 두 개로 나눴는데,

"어, 이쪽은 좀 큰 거 같네?"

하면서 먹어요.

"아니 이쪽은 더 큰 것 같네?"

하면서 먹어요. 결국에는,

"어, 또 여기는 없네?"

하면서 고양이가 다 먹어요. 근데 고양이 다 먹고,

"어, 없네?"

하면서 가요. 근데 원숭이가 그때

'아, 이거 어떡하지?'

이러니까 다음에는, 다음부터 원숭이들 그거 기다렸고.

"이제부터 싸우지 말자. 있으면 너나 조금 먹고 내가 덜 먹어도
되는데. 우리 둘이 조금이라도 먹자."

[조사자: 착해지는 이야기구나.] 착해지고 그냥 욕심내지 말자는 이
야기.

원숭이의 단식과 바나나

● **구연정보**

조사일시 : 2018. 12. 26(수) 오후

조사장소 : 서울시 광진구 화양동

제 보 자 : 파드마 [인도, 여, 1992년생, 유학 2년차]

조 사 자 : 신동흔, 황혜진, 김정은, 김민수

● **구연상황**

제보자가 〈인도에서 가야로 간 허황옥〉 이야기를 마친 뒤 구연을 시작했다. 브라질의 레오나르도 제보자가 함께 이야기를 들었다. 제보자가 아주 재미있게 들었던 이야기라며, 하고자 하는 일은 곧바로 해야 한다는 뜻이 담겨 있다고 덧붙였다.

● **줄거리**

인도에는 과일과 관련된 이야기가 많다. 정글에 원숭이들이 살고 있었는데 하루는 원숭이들이 안전하고 행복하게 살 수 있도록 단식하며 기도하기로 결정을 했다. 그들은 단식에 들어가기 앞서서, 단식을 마치면 바로 바나나를 먹을 수 있도록 미리 모아두기로 했다. 바나나가 모이자 그들은 단식이 끝나면 쉽게 먹을 수 있게 껍질을 미리 벗겨 놓고 단식을 시작하려 했다. 그들은 다시 바나나를 입 속에 넣고만 있다가 단식이 끝나면 바로 먹기로 했다. 원숭이들은 절대 씹지 않기로 하고서 단식에 들어갔는데, 단식이 시작된 후 한 시간이 지나자 바나나가 입 안에서 녹아 없어졌다.

혹시 그 인도에 유명한 과일이 망고인 것 아시죠? [조사자 1: 망고.] 그래서 모든 이야기들에 항상 좋은, 영어에도 '유 겔 어 굿 플루트You get a good fruit'라고 해요. 좋은 결과를 얻을 수 있다고 한국어로 하는데 그걸 델구어나 우리말로 번역하면 좋은 과일을 받을 수 있다고 해요. 좋은 과일이 좋은 결과라는 의미로 바꿔요. 그 과일은 항상 망고예요. 그래서 항상 망고를 받을 수 있다고 하면 좋은 결과를 받을 수 있다는 의미로 전달이 되는데 그래서 망고랑 관련된 이야기들이 되게 많아요. 망고랑 바나나? 이렇게.

그래서 원래 망고랑 원숭이, 망고바나나랑 원숭이 합치는 이야기 많이 나와요. 그래서 이 이야기도 망고의 결과? 이런 느낌 그러니까 좋은 결과를 얻는다 이런 느낌인데.

무조건 정글에 시작하는 원숭이들의 이야기예요. 원숭이들이 있는데 이제 원숭이들의 대표가 있어요. 치프Chief, 대표가 원숭이들을 지키는 거예요. 대표 아내가 갑자기 와서 대표한테,

"우리는 우리 원숭이들을 안전하게 행복하게 살 수 있게 우리는 기도하고."

패스팅Fasting? 패스팅이 뭔지 알아요? [청자: 단식?] 단식하자. [조사자 1: 단식까지요? 네.]

"단식하자."

이렇게 얘기를 한 거예요. 대표한테.

"우리 단식하면 우리 공간을 지킬 수 있다."

그런 거예요. 그래서 대표가,

"어 좋은 아이디어다. 그래 우리는 단식하자."

그런데 갑자기 치프chief가 그런 거예요.

"단식을 이십사 시간 할 거니까 그 이후로 엄청 배고플 거니까 일단 과일을 다 모으자. 모아서 집에 두자. 집에 두고 이제 단식 끝나자마자 먹을 수 있게."

이런 거예요. 그리고 열심히들 찾아 온 거예요. 찾아 와서 집에서 놓았어요. 근데 다시 다 모였어요. 원숭이들이랑 대표들. 원숭이들한테 알려줬어요.

"우리 단식할건데."

그래서 과일 모여서 대표가,

"단식 후 (과일이) 집에 있으면 집에 갈 때까지 힘들잖아. 그래서 여기 두자 우리 앞에."

그런 거예요. 다시 집에 가서 과일 다 찾아서 나무 밑에 놓은 거예요. 다 거기 준비됐어요. 준비됐는데,

"우리는 이제 다시 이제 꺼내야 되잖아 하나씩 바나나를. 힘들잖아, 미리 꺼내서 준비하고 단식 끝나자마자 먹자 열심히."

이런 거예요. 너무 참을 수 없는 거예요. 원숭이들이 먹고 싶으니까 바로. 그래서

"아이디어 좋다."

이래서 그걸 꺼낸 거예요. 바나나를 [조사자 2: 까놓은 거지?] 바나나를 까고 놓은 거예요. 어린아이가 너무 어린 원숭이가 울고 있어요. 그래서 원숭이 아빠가,

"아니 배가 고픈데 단식하자마자 입에 넣는 게 엄청 귀찮잖아요. 미리 넣고 단식 끝나자마자 씹자."

이런 거예요. 그래서,

"아 아이디어 좋다."

이래서 대표가,

"우리 다 이제 깐 거 입에만 넣고 절대 씹지 말자."

이래서,

"이십사 시간 까지 입에 넣고, 이십사 시간 끝나자마자 씹자. 힘 아낄 수 있으니까"

그랬는데

"어 그래 좋아, 좋아."

이렇게 다 넣었어요. [조사자 1: 입까지 넣었어요.] 네. 근데 한 시간 뒤에 없어진 거예요. 그래서 대표가,

"애초부터 하는 게 아니었네."

이러고 끝나요.

그래서,

'하고 싶으면 무조건 해야 한다.'

이런 거예요. 약간. 다이어트를 못하는 그런 하고 싶은 게 있으면 무조건 해야 된다. [조사자 2: 바로 해야 된다.] 바로 해야 된다 해서.

저는 이게 이 이야기 들으면서 제가 제일 먼저 생각났던 게, 이

게 모으면 한 하루 이틀이면 썩잖아요. 과일이 그렇게 결과 나올 줄
알았거든요. 근데 아니었어요. [조사자 1: 나도, 까놓는 것까지 있어서
썩을 줄 알았어.] 입에 넣으니까 녹아버린 거예요. 그런 이야기 과일이
랑 관련된 이야기. 너무 웃겨서 너무 재밌었어요.

고양이 목에 누가 방울을 달까

● **구연정보**

조사일시 : 2017. 12. 19(화) 오후
조사장소 : 서울시 광진구 화양동 건국대학교
제 보 자 : 파드마 [인도, 여, 1992년생, 유학 1년차]
조 사 자 : 신동흔, 김정은, 황승업, 강새미

● **구연상황**

제보자가 〈두 원숭이의 다툼〉 구연을 마친 뒤 그와 비슷한 이야기가 있다며 바로 구연을 이어갔다. 『판차탄트라』에 실려 있는 이야기라고 했다. 카자흐스탄의 조팔리나 제보자가 함께 이야기를 들었다.

● **줄거리**

집에 쥐가 많아서 고민하던 주인이 쥐를 잡기 위해 고양이를 데려왔다. 겁에 질린 쥐들이 모여서 회의를 한 끝에 고양이 목에 방울을 달아서 방울소리가 들리면 도망가기로 했다. 그런데 아무도 고양이 목에 방울을 달겠다고 나서지 않았다. 결국 쥐들은 고양이를 피해 집을 떠났다.

밥이나 이제 쌀 이런 게 있을 때, 쥐가 많이 들어오잖아요. 그래서 쥐가 거기 살고, 엄청 많이 먹고 엄청 살찐 큰 쥐들 가족 돼버렸어요. (웃음) 근데 그 집주인이

'아 이거 너무 큰일이다. 밥 다 쥐들 먹으면 팔 수 없고. 그래서 어떻게 해야 할까.'

하면서 큰 고양이를 갖고 왔어요, 집에.

'큰 고양이가 쥐를 잡을 수 있겠다.'

하면서. 그래서 쥐들 갑자기 다 무서워지는 거예요.

"아 우린 어떻게, 이제부터 어떻게 하지? 우리 못 먹겠네. 우리를 잡아먹겠네, 고양이가."

하면서 얘기를 하는데. 쥐들 이제 회의를 해요, 미팅해요. 미팅하고 이제 한 쥐가,

"우리는 고양이 목에."

벨? [조사자 2: 방울.]

"방울을 놓고, 고양이가 지나갈 때마다 우리는 그거 소리 듣고 우리 숨자."

하면서 이렇게 생각하고,

"제일 똑똑하네! 와, 와!"

하면서 다 이제 놀고 있어요.

"와, 와! 제일 똑똑하다!"

제일 어른 쥐가 나와서,

"근데 누가 가서 매줄 거야?"

이러니까 아무도 자기 목숨을 희생하고 싶지 않잖아요. 그래서 결국 집을 떠나요. 다른 집으로 가요, 이제. [조사자 2: 그냥 다른 집으로 가는 걸로 결론이 났어요?] 네 그냥 다들 아이디어를 내는데 행동할 욕심이, 그 자신감이 없어요. 그런 게 있어요.

[조사자 1: 그것도 『판차탄트라』*에 있는 이야기예요?] 네, 『판차탄트라』 이야기예요. 『판차탄트라』 이렇게 동물이랑 이제 이야기를 해주고.

● 판차탄트라(Pancatantra, 5편의 이야기)는 고대 인도의 설화집(說話集)이다. 산문에 격언적인 시구(詩句)를 섞은 형태를 취하고 있다.

자칼의 속임수

● **구연정보**

조사일시 : 2017. 12. 19(화) 오후

조사장소 : 서울시 광진구 화양동 건국대학교

제 보 자 : 파드마 [인도, 여, 1992년생, 유학 1년차]

조 사 자 : 신동훈, 김정은, 황승업, 강새미

● **구연상황**

제보자가 〈고양이 목에 누가 방울을 달까〉를 마친 뒤, 마찬가지로 『판차탄트라』에 있는 이야기라며 바로 구연을 시작했다. 어릴 적 엄마에게 들은 이야기라고 했다. 카자흐스탄의 조팔리나 제보자가 함께 이야기를 들었다.

● **줄거리**

옛날 어느 숲속에 잔다라와라는 이름을 가진 자칼이 살았다. 잔다라와가 배가 고파 숲을 뒤지며 먹을 것을 찾는데 한 무리의 개가 나타나 그를 괴롭혔다. 그는 개를 피해서 한 집에 들어갔다가 파란색 염료통 속에 빠졌다. 파란 털로 변한 잔다라와가 숲으로 가자 모든 동물이 처음 보는 동물이라며 그를 피했다. 잔다라와는 꾀를 부려 자신을 신이 보낸 동물의 왕이라 소개하고 왕 노릇을 했다. 그러던 어느 날 늑대 울음소리를 들은 잔다라와는 자기도 모르게 따라서 울다가 정체가 탄로나서 혼이 났다.

그 자칼이야기도 나와요, 여기. 그 자칼 이름이 '잔다라와'라는 이야기 있어요. 약간 딸? 문moon이라는 뜻이에요. [조사자: 달?] 달.

잔다라와라는 그 자칼이, 숲에 사는데 엄청 배고파요. 엄청 배고프고 이제 밥을 찾고 가요. 근데 그 개들이 나와요, 개들 나타나고 괴롭혀요.

"너는 뭐 너무 약해."

이래서 (웃음) 자칼을 괴롭히고, 이제 자칼 너무 무서워서 어떤 그 숲속에 집이 있었어요. 그 안에 들어갔어요. 그 안에 들어갔는데 거기는 옷을 색깔 넣는 다이dye하는 집이었어요, 그 주인이. 그래서 모르게 이제 파란색 다이 안에 넘어졌어요. 근데 나왔는데 자칼이 파란색이 되어 버렸어요.

그래서 파란색이 되어버렸는데,

'아! 너무 싫다.'

하면서 이제 다시 숲속에 가고 있는데, 그 개들 다시 만났어요. 근데 원래 자칼은 그 색깔 아니잖아요.

'이게 뭐지? 모르는 동물이네.'

하면서 다 무서워요.

"어, 몰라. 도망가자."

이래가지고 도망가요. 그래서 너무 슬프고

'어 이게 뭐지?'

하면서 다시 집으로 돌아왔어요. 그 자칼이 왔는데, 같이 사는 동물들 다 얘 무서워하고 도망가고 있었어.

'어 내가 처음 보는 동물인데. 나 먹을 수 있잖아.'

이렇게 생각하고 다 가요. 근데 자칼이 다 부르고,

"아니야, 아니야. 나는."

그때 자칼이 똑똑해지고,

"나는 신이 나를 보냈어. 너네들 지키려고. 그래서 나는 너의 왕이다. 내가 말하는 거 다 너희들 하라."

이렇게 하는데, 이제 사자한테는,

"너는 가서 밥 찾아오고, 너는 나한테 이거 해주고, 너는 나한테 마사지해주고."

이런 거 여러 가지를 나눠요. 정글에 다 나누어요 일을. 나누어서, 이제 며칠 지났는데 계속 이렇게 살고 있어요, 거짓말하고.

근데 자칼이 늑대처럼 울잖아요. 그래서 다른 늑대들이 울었어요. 근데 자기도 똑같은 동물이니까 어쩔 수 없이 한 번에 따라갔어요. 따라가고 같이 울었어요. 같이 울었는데 다들,

"아 너는 자칼이네."

이래가지고 다 알아봤어요. 알아보고,

"너 왜 우리한테 거짓말했어?"

이러니까 다 때렸어요. 그래서

"아니야, 나는 하나님 보냈어."

이러는데 안 믿어요. 그래서 다들 이 자칼이니까 알게 되었고, 때리고.

그다음에는 그 이야기의 핵심은

'거짓말하지 마라'는. (웃음)

'거짓말하지 마, 언제나 잡힐 거니까.'

그런 이야기예요.

말 많은 거북이

● **구연정보**

조사일시 : 2017. 11. 29(수) 오후

조사장소 : 서울시 중구 필동

제 보 자 : 파드마 [인도, 여, 1992년생, 유학 1년차]

조 사 자 : 김정은, 강새미

● **구연상황**

〈거짓말쟁이 소년과 사자〉를 마친 뒤 이야기를 이어갔다. 『판차탄트라』에 실린 이야기 중 제보자가 가장 좋아하는 것이라고 했다. 제보자는 자신도 말이 많은 편이라 거북이에 공감한다고 했다. 새는 위만 볼 수 있는데 거북이는 아래도 볼 수 있으니 재미있는 일을 새한테 알려주고 싶어서 말을 한 게 아닐까 하는 추측을 덧붙였다.

● **줄거리**

예전에 거북이와 새 두 마리가 친구로 있었다. 마을에 흉년이 들어서 다른 지역으로 옮기기로 했는데, 거북이가 날 수 없어서 두 마리의 새가 부리로 문 막대기를 거북이가 입으로 물고서 가기로 했다. 새들은 말 많은 거북이에게 절대로 말을 하지 말라고 당부했다. 그들이 날아가는데 밑에서 아이들이 보고서 웃자 거북이가 "왜?" 하고 말하다가 떨어져 죽었다.

거기는 그 거북이 친구 새 두 마리 있었어요. 새 두 마리 있었는데, 근데 그 지역에 먹을 게 없고, 비도 안 내리고, 지진도 왔고 그냥 힘든 시절이 돼버렸어요. 그래서 먹을 게 없고 물도 없기 때문에 아무리 찾아도 없었어요, 물을. 그래서 새들이,

"그러면 우리 이제 여기 아예 떠나서 다른 데 갈까?"

그래서 거북이는 아무리 걷고 가도 너무 시간 많이 걸려서, 새들

208

이 그럼 아이디어를 냈어요.

"그럼 우리는 큰 스틱 같은 거. 어떤 스틱."

[조사자 2: 막대기?] 막대기 같은 거 하나 갖고, 막대기를 새가 이게 두 마리 잡고, 입으로 잡아야 돼요. [조사자 1: 거북이는.] 거북이는 입으로 잡아야 되는데 말 많이 좋아하잖아요. 그래서 거북이 조건은,

"입 열면 안 된다. 아니면 죽는다."

[조사자 1: 말하면 안 된다.]

"말하면 안 된다. 입 열지 마라. 이거 조건 있어요."

라고 하면은 거북이가,

"그 정도 나 할 수 있죠. 괜찮아."

이런 거예요. 그래서 거북이한테,

"끝까지 갈 때까지 너는 일단 입 열지 말고, 말하지 말고."

이렇게 얘기를 했었어요. 그래서 자신 갖고,

"그래 나 할 수 있어!"

라고 이렇게 잡았어요.

새가 두 마리 이렇게 잡고, 거북이는 입으로 잡고 이제 떠났어요. 떠났는데 조용히 가고 있었는데 애들이 밑에서 보고, 땅에서,

"어 그거 너무 웃겨요."

막 이렇게, 이렇게 하고 보고 있었는데. 근데 거북이가 너무 말하고 싶어서,

'어 무슨 얘기지?'

이렇게 말하고 싶어서 입 열렸어요.

"아 이게 왜?"

하며 떨어졌어. (웃으며) 죽었어요. 근데 새들이.

그 내용의 의미는

'친구들의 조언이나 애드바이스advice가 있으면 들어라.'

이런 내용.

'친구들이 다 너를 위해서 얘기해주는 거니까 친구의 의견을 들어라!'

이런 내용으로.

나무꾼의 아들과 모기

● **구연정보**

조사일시 : 2019. 02. 21(목) 오후

조사장소 : 서울시 광진구 화양동

제 보 자 : 파드마 [인도, 여, 1992년생, 유학 3년차]

조 사 자 : 신동흔, 김정은, 강새미

● **구연상황**

단야지 제보자가 〈삶의 이치를 깨우쳐준 히말라야 여신〉 구연을 마친 뒤 인도 문화에 관한 대화가 오갔다. 그때 파드마 제보자가 한 이야기가 있다며 구연을 시작했다. 단야지 제보자와 경희대 이성희 박사가 이야기를 함께 들었다.

● **줄거리**

대머리 나무꾼이 일을 하고 있는데, 모기가 머리에 앉았다. 나무꾼이 아들에게 모기를 떼라고 하자 아들이 입으로 후후 불었으나 모기가 가지 않았다. 한번 때려도 가지 않자 아들은 칼로 모기를 쳤고, 아버지가 죽고 말았다. 보시사타가 이를 보고 무식한 친구보다 똑똑한 적이 낫다고 했다.

　　부처님을 따라 하는 분들 '보디사타Bodhi-satta'*라고 하는데요. 보디사타를 믿는 분들 중에 이야기들 남기잖아요. 보디사타가 쓴 이야기 중에 하나예요.

　　보디사타가 항상 자기의 욕심을 버리고 살아야 되는데, 한 보디사타가 욕심을 갖고 있는 보디사타예요. 나무꾼들이랑 무역하고 싶은 그런 관심이 있는 보디사타가 나무꾼 집에 갔어요. 나무꾼이 일을

---

* 일반적으로는 깨달음을 구하는 사람을 뜻한다. 우리나라 말 '보살'의 어원이다.

하면서, 머리가 없었거든요. 탈모였는데, 대머리. 대머리인 어떤 나무꾼의 머리 위에서 모기가 앉아 있었거든요. 그래서 자기 아들한테,

　　"내가 일하고 있으니까 그 위에 있는 모기를 떼 줘. 아니면 죽여 줘."

　　이렇게 얘기했어요. 처음에는 아들이 후후하는데 안 가더라고요. 그래서 다시 한 번 때리려고 했어요. 근데 아프잖아요. 그래도 안 갔어요. 그래서 이번에는 그냥 무조건 모기만 죽이려고 칼로 냈거든요. 당연히 아버지가 돌아가신 거예요. 그래서 그걸 보고 보디사타가,

　　'인생에 무식한 친구보다 똑똑한 적이 필요하다.'고.

　　생각해서. 그러한 이야기 끝이에요. 그렇게 끝나요.

왕과 원숭이와 모기

● **구연정보**

조사일시 : 2019. 02. 21(목) 오후

조사장소 : 서울시 광진구 화양동

제 보 자 : 파드마 [인도, 여, 1992년생, 유학 3년차]

조 사 자 : 신동흔, 김정은, 강새미

● **구연상황**

제보자가 〈나무꾼의 아들과 모기〉 구연을 마친 뒤 『판차탄트라』에 비슷한 맥락의 이야기가 있다며 구연을 시작했다. 단야지 제보자와 경희대 이성희 박사가 이야기를 함께 들었다.

● **줄거리**

왕이 원숭이가 마음에 들어서 집에 데려가 왕이 원숭이에게 잘해주자, 원숭이는 자기도 왕을 지켜주려고 했다. 어느 날 왕이 정원에서 잠깐 잠들었는데 모기가 왕이 있는 곳에 앉았다. 그러자 원숭이가 칼로 쳐서 왕이 죽고 말았다. 이를 본 왕비가 무식한 친구보다 똑똑한 적이 낫다고 했다.

왕이 자기 아내들 많잖아요. 아내들 집에 가는 길에 어떤 원숭이를 봤어요. 근데 원숭이 너무 마음에 들었어요. 그래서 원숭이 같이 키우려고 했어요. 원숭이 집에 데려가서 먹여주고 키웠어요. 키웠고 원숭이가 다 크고 왕처럼 느꼈대요. 원숭이 엄청 '오냐 오냐' 해주니까. 원숭이 그다음에 왕을 지키려고 했어요.

왕을 지키려고 했는데, 왕이 나무랑 꽃들 되게 좋아하거든요. 그래서 왕이 집 앞에 마당에 꽃다발 많이 키웠어요. 한 번 왕이 꽃다발 앞에 앉아서 자려고 했어요. 너무 힘드니까.

"내가 잠깐 잘 테니까 나 지켜줘."

이렇게 원숭이한테 이야기한 거예요. 근데 거기도 모기가 왔어
요. 거기 모기가 왔는데 그 모기 똑같이 왕의 가까이 앉았거든요. 원
숭이도 똑같이 칼로 잘라버렸어요. 무조건 모기만 죽이려고 했는데
왕이 돌아가신 거예요.

그래서 그때 왕의 아내가 같은 이야기한 거예요.

"무식한 친구보다 똑똑한 적이 더 낫다."

이렇게.

거짓말쟁이 소년과 사자

● **구연정보**

조사일시 : 2017. 11. 29(수) 오후

조사장소 : 서울시 중구 필동

제 보 자 : 파드마 [인도, 여, 1992년생, 유학 1년차]

조 사 자 : 김정은, 강새미

● **구연상황**

제보자가 〈열한 마리 소를 나누는 법〉을 구연한 뒤, 또 다른 준비해 온 이야기를 구연했다. 어로도 비슷한 이야기가 있다는 설명을 덧붙였다.

● **줄거리**

아빠가 아들에게 사자가 오면 자기를 부르라고 했다. 잠시 후 아이가 아빠를 불렀는데 와보니까 사자는 없었다. 아들은 두 번째도 장난으로 아빠를 불렀다. 그다음에 진짜 사자가 와서 아빠를 불렀지만 아빠는 오지 않았고 아이는 사자에게 잡아먹혔다.

거기는 아들한테 아빠가 그랬어요.

"여기 서 있고, 그냥 사자가 오면 나 부르면 내가 데리러 갈게. 너를."

이렇게 말씀하셨어요.

"나 부르면 내가 데리러 갈게. 너를."

이렇게 말씀 하셨어요. 그래서 [조사자: 아들이 뭘 지키고 있었다고? 소?] 소 없었어요. 소 없어요. [조사자: 그럼 아들이 뭘 지켜?] 그냥 거기 있는 농사? 농사 있는데 지키고 있었고,

"사자가 오면 불러라. 내가 너를 구할게."

이랬어요.

첫 번째 이렇게 장난으로 똑같이, 〈늑대랑 소년〉이랑 똑같이 뭐,
"아버지!"

이렇게 불렀는데 막 그냥 장난치시고, 두 번째도 장난치고, 세
번째 진짜 사자 와서 아들을 잡아먹었어요. [조사자: 근데 안 온 거죠,
아빠가?] 안 왔어요. [조사자: 첫 번째 두 번째는 오고?] 왔었어. 네. 세
번째는 안 왔었어요. 그래서 아들 잃었어요.

그래서 그 모랄moral은,

'그냥 장난으로도 거짓말 하지 말라'고.

그런 내용, 똑같은 내용인데 늑대와 소년 대신 아빠와 아들, 사
자. '아빠'라고 하고 우리말도. 우리말로도 '아빠'라고 해요. '뿔리'는
사자예요. '아빠 뿔리! 아빠 뿔리!' 이렇게 불러요. [조사자: 아빠 뿔리.
사자가 '뿔리'구나.] 뿔리, 네.

늑대 사이에서 자라난 남매

● **구연정보**

조사일시 : 2018. 12. 26(수) 오후
조사장소 : 서울시 광진구 화양동
제 보 자 : 파드마 [인도, 여, 1992년생, 유학 2년차]
조 사 자 : 신동흔, 황혜진, 김정은, 김민수

● **구연상황**

브라질의 레오나르도 제보자가 브라질의 요정과 괴물들에 대해 이야기한 뒤
후, 제보자가 늑대인간 얘기를 듣다보니 모글리가 기억난다며 구연을 시작했
다. 〈정글 북〉으로 알려진 이야기인데, 원래 인도 이야기라고 했다. 레오나르
도 제보자가 이야기를 함께 들었다.

● **줄거리**

〈정글북〉에 등장하는 모글리 이야기의 배경은 인도이다. 모글리 남매는 납치
를 당해서 늑대에게 키워졌다. 남매는 사람의 말을 하지 못하고 늑대와 똑같
이 행동하며 지냈는데, 자신들이 늑대와 다르게 생긴 걸 이상하게 여겼다. 나
중에 사람들이 사냥을 왔다가 남매를 발견하고 구해줬는데, 그들은 오히려
사람들을 무서워했다. 말이 통하지 않자 사람들은 그들을 동물로 취급해서
죽여버렸다. 이러한 결말을 영화에서는 잘 살았다는 것으로 바꾸었다.

로비조메(로즈비엥)랑 비슷한 인물은 아니지만 혹시 정글북 아
시죠? 정글북의 인물인 모글리도 원래 이야기도 인도 이야기예요.
[조사자 1: 아 그래요?] 네. 인도의 어떤 사람의 이야기인데 그거 이제
이야기로 만들어서 책이 나온 건데. 그 모글리 원래 인도 남자아이
이름이에요. [조사자 1: 아 그 배경이 인도?] 배경이 인도예요. 정글북
의 배경이 인도예요. 저희 그 준비 안했는데 이거 듣다가 아 모글리

최근에 영화 봤어요. 모글리.

[조사자 3: 영화 내용으로 하지 말고 인도에서 들은 내용으로.] 그렇죠. 근데 인도에서 들은 내용이 그거예요. 그것을 영화로 만든 거예요.

근데 뭐 거기는 자세하게 영화처럼 나오는데 대충은 이게 납치를 당해서. 근데 영화에서는 모글리 아이 하나였는데 원래 인도 이야기는 아이 하나랑 동생 남자랑 여자. 이제 남녀 동생들이 형제들이 이제 납치당하고 늑대들이 키운 이야기인데, 그래서 어떻게 되냐면 그래서 늑대들이 키웠으니까 말을 못 배우는 거예요. 늑대 법을 따라 하고 늑대가 우는 소리를 내고 늑대처럼 안 생겼다는 걸 자기들이 알고 있는데 그걸 너무 기분이 안 좋았다고.

'왜 나는 다르게 생겼지?'

이렇게 생각하는데 늑대 엄마들이 뭐

"너는 진짜 늑대야, 너는 우리처럼 생겼어."

이렇게 얘기를 해 줘요. 근데 당연히 아니잖아요. 그래서 나중에 사람들이 정글 가서 사냥하러 갔을 때 인간이 있는 걸 보였단 말이에요. 정글에 사람을 찾기 어렵잖아요. 그래서 찾았는데 이 이제 남녀 둘 다 말을 못하고 생긴 건 인간인데 말을 못하고 영화에서 이렇게 작은 뭐 어떤 호랑이의 털로 만든 옷을 입힌 걸로 보여주는데 원래는 없었잖아요. 원래 그런 게 없었는데 어쩌면,

'그냥 자연으로 살고 있는 사람이 있구나!'

해서 찾아서 구해줬는데 이제 사람들이 무서워하는 거예요. 늑대들이 사람을 무서워하듯이 동물들이 사람을 무서워하듯이. 그래서

"안 된다, 안 된다."

하면서 인간들이 죽였어요, 그분들. 왜냐면 말을 안 듣고 이해를 못하니까 동물의 취급을 받은 거예요.

근데 그걸 영화에 그대로 어린이들한테 알려줄 수 없으니까, 신데렐라도 원래 이야기 너무 슬픈 이야기들이잖아요. 근데 아이들이 알 수 있게 바꾼 듯이 이것도 바꿔서 잘 살았다 이렇게 이야기하는데 원래 살인 당했거든요 이야기는? 그런 이야기였어요.

네팔

파르파티 신이 때를 뭉쳐서 만든 가네스

● **구연정보**

조사일시 : 2018. 02. 06(화) 오후
조사장소 : 경상남도 진주시 상대 2동 YWCA
제 보 자 : 스레스탄 졸티 [네팔, 여, 1987년생, 결혼이주 11년차]
조 사 자 : 신동흔, 한상효, 이승민

● **구연상황**

조사자들은 진주 YWCA에서 세 명의 네팔 국적 결혼이주자를 만났다. 먼저
스레스탄 졸티와 걸퍼나 씨를 만났고 얼마 뒤 카멜라 씨가 도착했다. 서로 인
사를 나눈 뒤 이야기를 청하자, 다른 두 사람에 비해 한국어가 유창한 스레스
탄 졸티 제보자가 구연을 맡았다. 네팔의 창조신화에 대해서 묻자 이 이야기
를 들려줬다. 카멜라와 걸퍼나 씨가 청자로 함께 했다.

● **줄거리**

시바 신의 부인 파르파티는 때를 밀어 뭉치고 호흡을 불어넣어 사람을 만들
었다. 그 이름이 가네스이다. 하루는 시바 신이 사냥을 하러 갔다가 집에 돌아
왔는데 살아 움직이는 것이 있어 목을 베었다. 이를 안 파르파티가 울면서 살
려달라고 했다. 그래서 시바 신이 제일 처음 보는 동물의 목을 끊어 오라고 했
다. 제일 처음 본 동물이 코끼리였다. 그래서 가네스 신의 머리는 코끼리 모양
을 하고 있다.

[조사자: 혹시 뭐 네팔에는 처음에 세상이 하늘, 땅, 산, 들판, 뭐 강물
이런 게 어떻게 생겨났다. 뭐 그런 이야기들 혹시 있지 않은가요?] 하늘,
땅, 특별히 생겨났다는 건, 만들었다. 이런 이야기는 들어 본 적이 없
는데 뭐 사람이 어떻게 만들어졌다라는 이야기는 어떻게, 어떻게 다
스렸다 뭐 이런 이야기는 나오는데.

[조사자: 아, 사람이 어떻게 처음에?] 처음에 우리나라 신이 있거든요. 뭐, 여러 신이 엄청, 신이 너무 많이 믿는 신이 우리나라에 있잖아요. 그래서 힌두곤데. 그중에 이야기들이 종종 많이 있긴 있습니다. 네.

[조사자: 신들이 이렇게 사람을 만들었다 이야기를 하는가요?] 그러니까 시바라는 신이, 신의 와이프가 있거든요. 이제 파르바티, 신이 파르바티라는 이제 여신이 목욕을 하면서 자기 때를 밀으면서, 그 때를 뭉쳐서, 그걸로 통해서 뭐, 누구 만들었다. 그 만들어서 호흡을 넣게 돼가지고 근데 그것이 이제, 살아서 얘기를 하게 됐다, 뭐 이런 얘기 그런 얘기, 있습니다. 그것이 이런 이름이 거네, 거네스라고 지었고. 네 뭐 그런 얘기 있습니다.

그 시바 신이 뭐, 뭐지 어디 사냥을 하러 가셨다가 돌아오셨는데 집에 이제 살아서 움직이는 그런 게 있어 놀래서 화가 나가지고 어디서 왔다고, 이제 무어 사람 목을 잘랐는데, 이제, 이제 여신 파르바티 많이 우는 거예요. 자기가 만들었는데 이제, 시바 신이 그거를 이제 잘랐으니까, 목을 잘랐으니까 많이 우어, 울어가지고 다시 살려달라고 애원을 해서 다시 또,

"이제 어떻게 살리느냐, 가서 어디든지 가서 무얼 보든 간에 어떤 동물이든 간에 제일 처음에 보는 동물들, 누구든지 목을 끊고, 끊고 와라."

해가지고 이제 신하를 보내게 되거든요.

그 보내가지고 이제 찾아오는데 맨 처음 코끼리를 신하들이 이제 발견을 한 거예요. 코끼리 목을 끊어서 와서 이제 붙여가지고, 이제 코끼리 얼굴에 이제 그게 되는 게 가네스 신이 이렇게 됐다. 이런 이야기가 있습니다.

근데 구체적인 이야기는 저희도 자료를 이제 찾아봐야 되지만 대충 그런 이야기들은 우리가 흘러 들은 걸로 기억합니다.

[조사자: 되게 재밌어요. 이렇게 코끼리 머리 잘라서.] 붙여가지고 다시 또 이제. [조사자: 신이 돼서.] 호흡을 하게 한 거죠.

가네샤 신이 코끼리 머리를 갖게 된 이유

● **구연정보**

조사일시 : 2018. 03. 10(토) 오후

조사장소 : 경기도 고양시 덕양구 현천동

제 보 자 : 비멀 [네팔, 남, 1987년생, 유학 10년차]

조 사 자 : 오정미, 한상효, 엄희수

● **구연상황**

제보자가 〈시바 신의 두 아들 가네샤와 카텍〉에 대해 구연한 뒤 조사자가 가네샤 신이 유명한 이유를 묻자 또 다른 이야기가 있다고 하면서 가네샤의 내력담을 들려줬다.

● **줄거리**

힌두교에는 시바와 브라흐마, 비슈누 신이 있다. 가네샤는 시바 신과 파르바티 신의 아들인데, 시바 신이 세상 구경을 나간 사이 파르바티 혼자서 그를 낳았다. 어느 날 파르바티가 목욕을 하면서 가네샤를 시켜서 아무도 사원에 들어오지 못하게 했다. 시바 신이 돌아와 사원으로 들어가려하자 가네샤가 문을 막았고 시바 신이 가네샤의 목을 잘랐다. 이 사실을 안 파르바티가 크게 슬퍼하자 시바는 미안한 마음이 들어서 자신의 신봉자였던 코끼리의 머리를 잘라서 가네샤에게 붙여주었다.

[조사자 1: 근데 왜 유명해진 코끼리 코를 가진.] 아 그거는 이렇게 있어요. 원래 아까 들에서 사람 태어난다고 말했잖아요. 원래 힌두교는 힌두교 신은 부모님에서 임신하면서 태어난 거 아닙니다. 걔네들 생각하고, 생각하는 건데 태어난 건데요.

어떤 날에 시바가 파르바티하고 결혼하고 시바는 원래 우리 힌두교 신의 세 군데 있어요. 하나는 세상 만드는 신이 있고. 그거는 브라흐마 있고. 아까 브라흐마라고 브라흐마는 세상을 만듭니다. 두 번째는 비슈누라고 있어요. 비슈누라는 신은 이게 먹고, 자기 먹고, 먹고 살기 위해 필요한 거 다 해주시는 신이고. 시바라고는 누구나 너무 잘 못 하면 그거 없어버리는. [조사자 1: 벌을 주는 신.] 벌을 주는 신이고요. 그리고 신은 원래는 뭐, 너무 일찍 화가 날 수 있는 신이에요.

시바가. 어떤 날엔 파르바티랑 결혼을 하고.

"내가 결혼할 것이니까 나 좀 이제 세상 어떻게 됐는지 구경하러 갈게."

하고 구경하러 갔어요. 몇 년 동안 안 오셨어요.

몇 년 동안 안 오시고 히말라야 산에서 파르바티가 아 어떤 날에, 자기 샤워를 해야 된다고 했잖아요. 히말라야 원래 시바 사원은 살고 있는데 히말라야 산이에요. 힐라스, 힐라스라고 부릅니다. 거기 사원. 어.

그때 그 사이에 시바 안 오시니까 자기 생각하고 아들 태어났어요. 아들은 가네샤예요. 근데 가네샤인데 근데 샤워를 하기 전에는,

"내가 가서 샤워를 해야 되니까 누구나 오면 아 안에 들어오면 안 된다."

라고 하고.

"너는 그냥 여기 정문에 있어라."

라고 하셨어요.

그다음에 그날에 시바가 갑자기 들어왔어요. 시바가 갑자기 들어오는데 어 거기 자기 집 들어가야 되잖아요. 자기 들어가는 중인데 가네샤가 들어가면 안 된다고 했어요. 시바가

"내 집인데 왜 들어가면 안 된다."

라고 했는데.

"당신 집인지 나 모릅니다. 이게 보는 적 없습니다."

라고 했어요.

엄청 말로, 많이 싸웠는데 시바가 마지막 너무 화가 났어요. 엄

청 화가 나니까 그냥 시바가 원래 티슈르Trishula*라고 있어요. 그 가
위인데 세 개 이렇게 생긴 거 있어요. [조사자 1: 가위? 가위? 시저스?]
시저는 아니고요. 가위 이렇게 있어요. 티슈르 시바가 갖고 있는 (삼
지창 그림을 그려주면서) 이런 거 있었어요. 목을 잘라버렸어요. 잘
라버리고 안에 들어갔어요.

"너는 애기인데 나는 세상에 큰 신인데 나한테 이렇게 말해?"

라고 하고 화가 나고 그렇게 하는데 안에 들어가면 와이프가 물
어봤어요. 물어보시는데

"당신 어떻게 들어오셨나요? 거기 정문에 누가 안 만났어요?"

라고 하는데

"한 명 너무 나쁜 애기가 있는 아 나한테 반말로 쓰고, 나하고 싸
웠어요. 내가 잘라버렸죠."

이러는데 파르바티가 너무 울렸어요.

"내가, 내 아들인데요."

했고요. 너무 미안해가지고 시바가 그다음에

"너무 미안한데요."

그렇게 하고 그거 산에는 옛날에 우리는 힌두교 생각에는 사람
죽으면 다시 태어난다고 생각했었잖아요. 옛날에 어떤 코끼리가 시
바, 시바 신봉자라고 하지요? 신봉자. [조사자 1: 신봉자, 떠받들어 주는
사람.] 네 신봉자였는데 걔가 죽을 때 시바한테 말하는.

"나는 당신 아들 되고 싶다."

라고 했어요. 약속이 있어서 시바가 약속을 한 게 있었어요.

옛날에 그때는 시바가 죽으니까 그 사람 한 번 잘라버리고 다시
시작하는 거는 세상의 법 따라서 안 되잖아요. 그래서 시바가 그 코
끼리한테 하는 약속을, 약속 기억나고 그 코끼리, 머리 잘라서 걔한
테 이거 해줬어요.

● 인도 신화에 나오는 파괴신 시바가 들고 있는 창. 그러나 '트리슈라'라는 단어 자체가
힌두어로 『3』(트리)과 『창』(슈라)을 더한 단어인 까닭에 인도에서 삼지창을 가리키는 일반 명
사로도 쓰인다.

시바 신의 첫 번째 아내 사티

● **구연정보**

조사일시 : 2018. 02. 06(화) 오후

조사장소 : 경상남도 진주시 상대 2동 YWCA

제 보 자 : 스레스탄 졸티 [네팔, 여, 1987년생, 결혼이주 11년차]

조 사 자 : 신동흔, 한상효, 이승민

● **구연상황**

제보자가 〈이간질하는 신 나라인〉 이야기를 마친 뒤 네팔 이주여성들과 현지어로 대화를 나누고 나서 새 이야기 구연을 시작했다. 카멜라 씨와 걸퍼나 씨가 청자로 함께 했다.

● **줄거리**

사티는 시바 신의 첫 아내이다. 시바와의 결혼을 반대했었던 사티의 아버지는 제사를 지내면서 모든 신을 초대했지만 딸과 사위는 초대하지 않았다. 그러자 사티가 화가 나서 불에 뛰어들어 죽었다. 이를 본 시바가 슬퍼하다가 그만 이성을 잃었다. 시바는 사티의 타고 남은 시체를 목에 태우고 다녔고, 세상에는 여러 가지 안 좋은 일이 생겨났다. 다른 신들이 상의해서 차크로로 사티의 시체를 썩게 만들었다. 사티의 시체가 하나씩 떨어지면서 떨어진 곳에 새로운 것들이 생겨났다. 사티는 나중에 파르파티로 환생해서 시바와 결혼하게 되었다.

아, 시바라는 신의 이야기가 있는데 그거 하나 시바라는 신이 두 번째 결혼하는 게, 두 번째 결혼하게 되거든요. 파르바티라는 분한테, 그전에는 사티라는 분이랑, 인제 결혼하게 되는데.

지금, 지금, 딱 우리나라에서 한 달 동안 인제 《스라소티》 책이 있어요. (서로 네팔어로 대화를 함.) 책 이름을 모르겠어요. [청자(걸퍼

나): 《시리소스탄》.] 《시리소스탄》이라는 이제 책, 여기 다 뭐 지금 성
경이라든지 뭐, 이런 책 있잖아요. 우리나라에 그런 책들이 여러 개
가 있거든요. 뭐 종교, 어떻게 사람을 했다. 그런 책이 엄청 많아요.

[청자(걸퍼나): 우리는 한 번씩 꼭 해야 돼요.] 《스라소티》, 지금 《스
라소티》이라고. [청자(걸퍼나): 이번에 하고 있어요. 지금 한 달 동안.] 한
달 동안 집에 저녁에. 일 년. [청자(걸퍼나): 저기 다른 사람 주는 거 안
먹고 집에서 만들어 먹고, 저녁에 해 가지고 하는 동안 하고나서 나중에 돈
이나 다 한 달까지 공부할 때 돈이나 다 모아서 어, 마지막 날에 강 쪽으로
가 가지고, 강에, 강에다가 다 물에다가 빠, 빠지, 빠.]

그 이야긴가 엄청 긴 이야긴데, 그 책에 나오는 이야기 일부가 생
각이 나더라고요. 제가 이제 시바 신이 제일, '모에술'이라고 하거든
요. 우리는, 네팔에서 표현은, 이제 시바 신이 이제 사티 첫 인제 자
기 인제 와이프는 벗, (웃음) [조사자: 사티.] 사티라는 분이었는데, 어
떻게 해 그분이 돌아가시게 되는 거예요. 어떤 계기로 돌아가는지도
기억이 잘. [청자(카멜라): 자기 아빠가 거기 무슨.] (네팔어로 대화함.)

아 인제 사티라는 그 여자가 아빠가 큰 이제 거기 그거를 하는
거예요. 큰 제사처럼 엄청 크게 인제 제사를 하고 있는데 다른 사람
은 인제 반대 결혼을 한 거예요. 인제 신에, 신 중에서도 제일 안 주
고 다른 인제 말하자면, 브라흐만, 비슈누, 모에술이라는 세 신이잖
아요. 세 신 중에 시바 신이 모에술이라는 시바 신이거든요. 한국에
알려진 명칭이, 그 시바 신 안 좋아해서 다른 신이랑 결혼시킬라는
데 사티라는 분이 그 시바 신이랑 결혼하시는 거, 반대 결혼을 하시
는 거예요.

근데 남편 인제, 아빠가 아버지께서 인제 큰 그 제사를 하는데
모든 신에 다른 분들을 모두 초대를 하셔가지고 자기 딸하고 사위만
초대를 안 하는 거예요. 그 나중에 알게, 그날에 알게 돼가지고, 내,
일 내 일만 초대를 안 했다. 알게 돼가지고, 큰 이제 불 태워가지고
이제 제사를 드리고 있는 데 가서 본인이 내를 이제 초대를 안 했다
이제 불에 가서 인제 불에 던져, 자기 몸을 인제 가서 인제, 뛰어드는
거예요. [조사자: 사티가?] 사티가.

그래 돌아, 죽게 되는데. 이제 신이라고 하니까 이제 시체가 있잖아요. 이제 시바라는 분이 이제 엄청 슬퍼하면서, 자기가 엄청 이성을 잃게 되는 거예요. 이성을 잃게 되면서, 이제 사티를 업고, 인제 목에, 목에 태우고 인제 온 동네방네를 돌아다니게 되는 거예요. 이제.

세 신이 인제 세 신이 인제, 세 신이 어, 다스리게 돼서, 이제 정확, 제대로 이제 왕국을 어떻게 해야 되지, 아무튼 제대로 돌아가는데 세 신이 역할이 또 따로 따로 있잖아요. 이제 시바가 하는 역할이 인제, 자기가 이성을 잃고 자기 와이프를 인제 목에 태우고 온 데 돌아다니게 되면 나라가 인제 또 이상하게 돼버리잖아요.

인제 자기는 이성을 잃고 돌아가게 되는데 인제 이 시체가 계속 썩어가는 거예요. 계속 썩어 이제 시바가 돌고 있으면서도, 이 썩어서 냄새나고 막 벌레 생기고 그렇진 않은데 이제 계속 해나가 하나씩 하나씩 몸이 떨어지게 되는 거예요. 그런 이야기가 있는데 지금 이제 딱 한 달 동안 그 책을 읽으면서 지금 한 달 동안 제, 제사장처럼 한 달 동안 매일 매일 저녁에 책을 읽으면서 그 하고, 저녁에 하고 아침에 펼쳐놓고 그 책한테 돈도 놓고, 이제 [청자(걸퍼나): 꽃도 놓고.] 책에 꽃도 놓고 이러면서 한 달 동안 제사를 쌓다가 한 달 뒤에 인제 강에 가서 꽃이고 뭐고 갖다가 가면서 마무리하는 그런 게 있는데.

돌아다니면서 눈이 떨어진 곳에 뭐가 생겼다. 아 코가 떨어진 곳에 이제 뭐가 생겨서 거기는 이렇게 돼서, 거기는 그곳이 이런 어떻게 됐다 뭐 머리카락이 떨어진 곳에는 그곳에 그 근처 정확하게는, 그런 이야기가 있어요.

인제, 어 그러면서 나라인이라는 그분이 또 나라인이라는 분이 가서 시바를 또 깨우침 줘가지고 어떻게 정신이 다 몸이 다 처음에는 엄청 돌아다니는데 그 시체가 안 썩는 거예요. 왜냐하면 신이 자기 본인이, 본인이 업고 다니, 다니니까 그래 되면서, 인제 나라가 엉망이 돌아가고 있으니까 인제 신들이 의논을 둘이 남은 신이 중요한 신이 남아 있잖아요.

"이래서는 안 된다. 깨우쳐야 된다."

일단은 정신 차리게 이 신을 정신 차리게 해서 제대로 돌아가게
해야 된다. 그러면은 이 시체를 어떻게 썩게 만드느냐, 그래 가지고
인제 비슈누? 비슈누가 비슈누라는 이제 신이 계속 이렇게 손가락
에 돌아가는 그게 있거든요. 뭐지. [조사자: 차크라?] 어. 차크라. 인제,
"그걸로 그 시체를 썩게 하자."

이래가지고 이제 점점 더 시체가 썩어가는 거예요. 계속 섞으면
서 떨어지는 거예요. 떨어지게 되는 거예요. 그런 얘기 있는데 그 떨
어지면서 뭐 코가 떨어지면서, 뭐 어떤 (걸퍼나와 네팔어로 대화함.)
뭐 거기서부터는 아무튼 그런 얘기가 있다. 많아요.

[조사자: 근데 아까 남편이 죽으면 아내도 불태우는 게 사티였고, 여기
에서도 사티가 불에 뛰어드는데 뭔 관계가 있나요?] [청자(걸퍼나): 아니,
아니, 거기는 다른 거예요.] 그거는 이름쓰기고, 여기 사티자누는 내가
남편 죽으면은 여기는 이름이 '사티데비'라고. 데비라고 대부분 네
팔에서는 데비는 여신을 이제 표현하거든요. 데비는 여신, 사티데비
는 이름이 사티. 그 뒤로 정신을 차리게 돼서, 이제 파르바티랑 이제
결혼하게 되는 거죠.

[조사자: 파르바티랑 결혼하게 된 이야기도 있어요?] 있어요. (웃음)
[청자(카멜라): 사티라는 여자가.] 어 다시 파르바티라는 여자로. [청자
(카멜라): 다시 파르바티라는.] 여자로 태어나가지고. [조사자: 환생으로.]
태어나서 이제 그분이랑 결혼하게 되는 거예요. [조사자: 재밌어요. 이
이야기.] 사티가 이제 파르바티로, 태어난 거예요. 그 태어나 어떤 집
안에서 어떻게 태어나서 어떻게 만난지는 그 얘기는 다 있어요. [조
사자: 이렇게 저녁마다 하는.] 그 책에는 다 나와요.

[조사자 2: 그 책을 보는 그 의식하는 그 이름이 있어요? 그 의식의?]
지금은 〈시리소스타니벌터〉라고 해요. [조사자: 시리?] [스레스탄 졸티
와 청자들: 《시리소스타니벌터거타》.] 소스타니벌터'라고 한 달 동안 해
요. 벌터를.

벌터라는 것이 뭐냐면은 그날 한 달 동안 걸친 제사를, 하루에
두 번 드리는 거예요. [조사자: 뭐 이때는 뭐 먹으면 안 된다. 뭐 그런 거
있어요?] 뭐 그런 건 없는데 그거 하기 전에 몸을 깨끗하게 한 상태에

서 [청자(카멜라): 고기, 마늘, 양파.] 고기, 마늘, 한 달 동안 아무튼 제한되는 게 몇 가지 있는데. [청자(카멜라): 그런 거 먹으면 안 된다고.] 그한 책 읽은 사람. [청자(카멜라): 고기 먹으면 안 돼요. 저기 벌터라고 하는데 저기 한 달 동안 못 먹어요.]

(카멜라 씨가 스레스탄 졸티 제보자에게 네팔어로 한국 단어를 물어봄.) 국어로 뭔지 모르겠는데 아무튼 금식을 하고 신에게 제사를 드리는 그런 게 있잖아요. 그런 거를 한국말로 뭘 표현해야 되는지 내가 안 겪어봐가지고, 모르겠어요.

시바 신의 첫 번째 아내 사티데비

● **구연정보**

조사일시 : 2018. 03. 10(토) 오후

조사장소 : 경기도 고양시 덕양구 현천동

제 보 자 : 비멀 [네팔, 남, 1987년생, 유학 10년차]

조 사 자 : 오정미, 한상효, 엄희수

● **구연상황**

〈가네샤 신이 코끼리 머리를 갖게 된 이유〉에 이어서 곧장 시바와 사티데비
에 관한 이야기를 시작했다.

● **줄거리**

시바 신의 첫 아내는 아름다운 여인 사티데비였다. 사티데비의 아버지는 부
자 왕이었는데 딸이 징그러운 시바와 결혼하는 것을 반대했다. 시바는 비슈
누의 도움으로 사티데비와 결혼했는데, 사티데비의 아버지는 그 일을 싫어했
다. 그는 큰 행사를 하면서 모든 신과 사람들을 다 부르면서 시바 신은 부르지
않았다. 그러자 사티데비가 아버지에게 따지다가 스스로 불로 뛰어들어 죽었
다. 시바 신은 너무 슬퍼서 사티데비의 시체를 업고 세상을 몇 바퀴 돌았다.
이때 사티데비의 육체가 떨어져 나간 것들이 뒤에 힌두교 사원이 되었다. 뒤
에 사티데비는 환생해서 파르바티가 되어 시바 신과 다시 결혼했다.

그전에는 시바가 두 번 결혼한 적 있었어요. 시바가 첫째 결혼은
세상이 너무 아름다운 여자랑 결혼했어요. 결혼하니까 거기도 하나
역사, 역사보, 역사인지는 시바가 그 여자가 좋았는데 그 여자는 어
디 지역에 왕의 따님이 있었어요.

너무 부자인데 시바는 그냥 그 왕과 시바 절대 싫어하는 거 있었
어요. 왜냐하면 시바는 원래 제대로 옷을 안 입고, 그냥 그 뭐, 뭐지,

(목 주위를 두르며) 배 같은 거 여기 놓고, (조사자를 향해) 혹시 사진 본 적 있어요? [조사자 1: 뱀? 뱀.] 아 뱀 같은 거 놓고 그렇게 다니는 사람인데 너무너무 무섭잖아요. 그러면 뭐 지신 같은 거 다 같이 친구하고 그러니까는 시바 신인데. 시바가,

"난 그 여자랑 결혼하고 싶다."

라고 했는데, 결혼하고 싶다고 하는데 그 여자, 그 왕가,

"너한테 내 따님 안 준다."

고 했어요. 그 시바가 가서 비슈누한테 나한테 부타 달라. [조사자 1: 누구한테?] 비슈누한테 두 번째. 비슈누한테 비슈누라고 그 세상에 먹기 살기. [조사자 1: 아 네.] 근데 그거 하고 원래 힌두교 결혼할 때는 여자 아빠가 여자 손 잡고 남자 손에 넣어야 되는 그런 문화 있었어요. 그러면 걔 그 남편 되는 거예요. 앞으로 얘는 내 꺼.

"내 리스판서빌리티responsibility 아니고 너네 리스판서빌리티야."

그렇게 하는데,

"너네 리서판서빌리티야."

하고 우리 하는 법 있었어요. 그때는 그게 시바랑 비슈누의 액션 무언지는 그때 할 때는 사람 바꿔야 하는 거. 그런 게 있고. 그래 그렇게 했어요. 우리가 거기 사티데비라고 있었어요. 여자 이름은. 사티데비랑 결혼했어요. 아빠가 너무 화가 났어요.

"너도 신부 아닌데 내가 비슈누한테 결혼해주고 싶었는데 너 나에게 이렇게 거짓말 썼냐?"

라고 하고 그리고 서로 안 만났어요.

그다음에 몇 년 지나고 보니까 그전에는 그거 가네샤 태어나기 전에 얘기예요. 이건. 그때 몇 년, 지나니까 그게 뭐지, 사티데비 아빠가 큰 행사 뭐, 하나 하시는데 행사 세상에 있는 다 신, 사람, 신나 지신이 초대하셨어요. 시바 빼고. 시바 빼고 다 초대하시니까 거기 사티데비가 이야기 들었어요.

"내 남편만 내 아빠가 하는데 내 남편 안 부르고 다 부르네 그래 초대하시네."

하고. 그냥 어떤 날에 시바가 거기 큰일나세 없을 때 집에 없을

때 사티데비가 아빠 집에 갔어요. 근데 힌두교는 그냥 바람, 물 이렇게 하는 거 보셨어요? 부부가 릴리스 퍼포먼스release performance 할 때는 이렇게 물 하나 이렇게 데워놓고 그거는 이런 뭐지, 기름 같은 거 이렇게 넣어서 그렇게 하는 문화 있어요. [조사자 1: 어, 종교?] 네. 종교적인데요. 네. 근데 아빠랑 가서,

"왜 내 남편 초대 안 하시나요?"

라고 하고 아빠가,

"너네나 남편 내가 인정 안 한다. 걔는 하나님도 아니야. 걔는 지신이야 지신."

이라고 했어요. 너무 요거 아빠가 자기 남편한테 너무 욕하는 거 써서 사티데비가 너무 화가 나서 걔는 거기 물에 자살했어요.

자살하니까 시바가, 시바는 눈가 세 개 있어요. 시바. 여기(이마)서도 볼 수 있어요. 그래서 우리 신 생각에는,

"눈에서 안 보이는 거 여기 봅니다."

라고 생각해요. [조사자 1: 얘기 집을 본다고요?] 여기 눈, 눈. [조사자 2: 눈, 눈.]

눈에서 딱, 그거 시바가 봤어요. 시바가 볼 수 있으니까. 갑자기 하니까 시바가 너무 화가 나고 그게 사티데비 몸, 있잖아요. 그냥 나오는 몸은 갖고, 너무 화가 나고 세상 한 바퀴 돌았어요. 몇 바퀴. 어디 어디 돌리는데. 거기 몸에서 떨어지는 거 있잖아요. 어떤 데는 손 떨어지고. 어떤 데는 발 떨어지고, 어떤 데는 가슴 떨어지고. 거기 있잖아요. 그거는 힌두교 사원이에요. 이제 그 장소들이 힌두교 사원으로 바뀌었어요.

우리 이렇게 보면 힌두교 사원 인도나 네팔 파키스탄 이런 데 있잖아요. 그거 시바가 한 바퀴 할 때, 거기 사티데비 몸 떨어지는. [조사자 1: 몸 떨어진, 떨어진 몸이 사원이.] 네. 힌두 사원으로요. [조사자 2: 그 뛰어든 데가 불이죠? 불?] 네. [조사자 2: 불에 뛰어든 거죠.]

그래서 힌두교는 그냥 시바 같은 거 비슈누 같은 사원 별로 없어요. 여자 사원은 많아요. [조사자 2: 여자 사원.] [조사자 1: 사티데비 몸에서 떨어져 나왔으니까, 나중에 사티가 사티데비가 환생하지 않아요?] 그

거는 파르바티. [조사자 2: 환생해서 파르바티가 되는 거죠.]

　　우리서는 결혼은 결혼 한 번 하는 거는 다음에 일곱 번 결혼하는 거예요. 언제나 사람은 바뀐다라고 생각해요. 죽으면 또 태어나니까. [조사자 1: 근데 왜 한 번 결혼이 일곱 번 결혼인거죠?] 아니. 죽어버리면 다시 태어날 때. [조사자 2: 환생, 계속 환생하니까.] 환생, 환생, 환생.

시바 신의 두 아들 가네샤와 카텍

● **구연정보**
조사일시 : 2018. 03. 10(토) 오후
조사장소 : 경기도 고양시 덕양구 현천동
제 보 자 : 비멀 [네팔, 남, 1987년생, 유학 10년차]
조 사 자 : 오정미, 한상효, 엄희수

● **구연상황**
제보자는 〈세티강과 칼리강〉에 대한 구연을 마친 뒤 조사자들에게 힌두교 시바 신에 대해 아느냐고 물었고 조사자들이 잘 모른다고 하자 이야기를 시작했다.

● **줄거리**
시바 신에게는 두 아들이 있었는데 한 명이 가네샤고 다른 한 명이 카텍이다. 하루는 시바가 세상의 시작과 끝이 어딘지를 알고 싶어서 아들 카텍을 보냈다. 몇 년을 다니면서도 세상의 끝을 발견하지 못한 카텍은 브라흐마하고 짜고는 부모님한테 가서 세상의 끝을 찾았다고 거짓말을 했다. 그것이 거짓임을 아는 시바는 다시 가네샤에게 세상의 시작과 끝을 아느냐고 물었다. 그러자 가네샤는 시바와 파르바티의 주변을 세 번 돌더니 부모님이 세상의 시작이자 끝이라고 했다. 크게 기뻐한 시바 부부는 모든 제의에서는 가네샤가 제일 먼저 인사를 받도록 했다. 거짓말을 한 카텍과 브라흐마는 사원을 갖지 못할 거라고 했다.

다음은 혹시 힌두교 시바신이라고 아세요? [조사자 1: 네?] 힌두교 시바신인가. 원래 뭐지 오케. 시바신이라는 신이 아들 두 명 있었어요. 하나는 가네샤 아세요? 가네샤? [조사자 2: 가네스?] 코, 코끼리. [조사자 1: 코끼리.] 코끼리. 오케이 걔는 막내 있고, 그전도 태어

난 한 명 더 있었어요. 유명하지 않아요. 왜 유명하지 않은 이유가 있
어요.

어떤 날에 시바 신과, 시바 와이프가 파르바티라고 부릅니다. 파
르바티인데 걔네들 같이 있고, 시바가 생각을 했어요.

"이 세상 시작 어디하고 끝이 어디인데요?"

그렇게 물어봤는데,

"그럼 세상은 자꾸 한 바퀴하고 와라. 세 바퀴하고 와라."

근데 그다음 자기 아들한테 시켰어요. 근데 첫째가,

"아 나 첫째니까 내가 일 가야겠다."

라고 생각하고 아무것도 생각 안 하고, 그냥 갔어요.

세상 끝을 찾아갔는데 그런 세상은 원래 만든 사람을 브라흐마
라고 부릅니다. 브라흐마라고 부르는데 그 카텍, 첫째 아들 이름이
카텍인데요 카텍이가 세상 끝 찾으러 가는데 어디나 가면 어디나 가
면 세상이 있고, 이거 이거 뭐지, 어스 끝나면 마스 시작하고 그렇게
있잖아요. 어떻게 끝이 없었어요.

끝이 없는데 걔가 몇 년 동안 다녔는데 못 찾아가지고 브라흐마
한테 와서.

"내가 못 찾았는데 너가 세상을 만든 사람이시니까. 너가 내가
끝을 찾았다고만 해줘."

라고 했어요. 그래 브라흐마가

"아 그래?"

라고 하고 약속, 약속받고 그래 아빠 부모님한테 갔어요.

"아. 내가 끝을 찾았습니다. 글쎄 찾았으니까 내가 인정하는 사
람은 브라흐마입니다."

라고 했어요.

근데 시바는 세상을 다 알고 있으니까 그런데 그러니까 가네샤
한테 물어봤어요. 가네샤가

"너 세상의 끝이나 시작 찾았어?"

그렇게 했는데, 그 하고 갑자기 부모님은 세 바퀴 돌았어요.

"세상에 누구나 그 세상은 부모, 자기 부모님이다."

라고 대답했어요. 그럼 그거는.

[조사자 1: 대신?] 막내가 그렇게 대답했는데 부모님 때문에 우리 세상 시작했잖아요. 그래서 다 거꾸로 넷이 됐고요. 걔는 그냥 세 바퀴 그거만 돌았어요. 카텍은 어디까지 들어왔는데 그다음에 그랬어요.

뭐지, 시바 파르바티가 너무 행복하게 그래가지고 앞으로 힌두교 누구나 문화 같은 거 할 때, 누구나 퍼포먼스 할 때, 제일 먼저 인사해야 하는 것은 가네샤예요. 이제는 우리가 저 언제나 뭐 언제나 힌두교 뭐, 뭐 하나 뭐라고 하죠? 프로그램 같은 거 시작하면 전에는 언제나 가네샤 인사 처음에 해야 돼요. 만약에 시바 인사하면도 그전에 가네샤 인사해야 돼요.

그러면 인사하는 데 그렇게 만들어주고 카텍이나 브라흐마한테는

"너네들이 거짓말하니까. 신이 있지만 거짓말했어요. 앞으로는 너네들이 사원 없을 거예요."

[조사자 1: 아 사원이 없다.] 그래서 그 사람들이 사원이 어디에나 없어요. [조사자 1: 아 재밌다. 그래서 진짜로 가면 그 없어요? 가네쉬 사원은?] 가네샤는 있고, 카텍이나 브라흐마 사원은 없어요.

추방된 왕자 라마와 그의 아내 시타

● **구연정보**

조사일시 : 2018. 03. 10(토) 오후

조사장소 : 경기도 고양시 덕양구 현천동

제 보 자 : 비멀 [네팔, 남, 1987년생, 유학 10년차]

조 사 자 : 오정미, 한상효, 엄희수

● **구연상황**

제보자가 〈힌두교 경전 마하바르트의 유래〉 이야기를 하면서 네팔에 신에 대한 이야기가 많음을 강조한 뒤 다른 신화에 대한 구술을 이어갔다. 힌두의 대표 서사시 『라마야나』에 대한 내용이었다.

● **줄거리**

옛날에 라마를 비롯한 여러 자식을 둔 왕이 사냥을 갔다가 어떤 여성에게 도움을 받아서 살아났다. 왕은 여자를 아내로 삼은 뒤 원하는 것은 뭐든지 들어주겠다고 했다. 그녀는 바라타와 락쉬만을 낳았는데, 왕이 늙은 뒤 라마에게 왕위를 물려주려고 하자 옛날의 약속을 환기시키면서 자신의 아들 바라타를 왕위 계승자로 삼고 라마는 14년 동안 추방하도록 청했다. 여자를 설득하는 데 실패한 왕은 할수없이 라마를 추방시키기로 결정했다. 라마는 아내 시타와 동생 락쉬만를 데리고 숲으로 들어갔고, 바라타 왕자가 왕위에 오르게 되었다.

　　그때 스리랑카의 왕이 라마의 아내인 시타를 납치해 갔다. 라마는 원숭이 친구의 도움으로 스리랑카에 들어가 시타를 구해올 수 있었다. 그 후 시타가 두 아들을 낳자 라마는 아내의 순결을 의심했다. 결국 시타는 불에 들어가기 전에 자신의 결백을 주장하며 자신을 낳아 준 땅에게 쉴 곳을 요청했다. 그러자 땅이 열렸고 시타는 땅속으로 돌아갔다.

또 《라마야나》이라는 책에 《라마야나》이라는 책에는 형제들이
있었어요. 거기도 형제들이, 제일 첫째가 왕 되야 되는데, 그기, 왕가
여러 명 결혼하잖아요. 여러 명 결혼하니까, 어떤 데의 왕가 원래, 나
무족에 가서 동물, 동물 잡은 전 있었잖아요? [조사자 2: 동물을?] 동
물을 잡으러 가는 전설 있었잖아요.

왕들이, 갈 때, 왕한테 큰 사고 나가지고, 어떤 여자 와서, 살라졌
어요? [조사자 1: 살려줬어요?] 왕가, 그때, 왕가,

"너가 원하는 거, 말해라. 내가 해준다."

라고 했었어요. 했으니까,

"내가 이 시간에 안 합니다. 필요할 때는 말합니다."

라고 했고요. 거기 여자가, 그 왕한테 결혼했어요.

그 왕은 왕한테 결혼했는데 거기 라마라고 하는 분이는 첫째 태
어났어요. [조사자 1: 라마?] 라마, 라마. [조사자 1: 라마.] 라마 태어났
어요. 라마는 첫째 있고, 거 아까 약속한 여자가 세 번째 아들 태어났
어요. 두 번째, 두 번째 아들 태어났고, 그 애 이름 바라타라고 했었
어요. 뭐 몇 년 지났는데 라마가 왕 되야 됐잖아요.

"이제 내일부터 라마가 왕 된다."

라고 했고, 그렇게, 왕님과 아까가 그렇게 말하는데 여자가,

"내가 옛날에 당신가 나한테 몇 년 전에 나한테 한 약속 있고, 약
속 해주세요. 라고 했는데 말해 왔는데 내 아들이 왕 되야겠다."

라고 했어요.

"왕 되야겠다."고.

그러니까,

"그다음은 내 아들 왕 되어야 됐고, 첫째가 14년 동안 나무 가서
살아야겠다."

했고, 그날, 그 약속하는 여자가 아, 아들 두 명 태어났어요. 하나
는 바라타라고 러츠미라고 있었어요. 두 번째 러츠미인데 그러니까,
라마는 아마도 안 원하고, 아빠가 엄마한테 하는 약속이니까,

"내가 가야겠다."

라고 갔어요. 그 약속하는 여자, 와이프 두 번째 아들과,

"너는 오늘부터 내 엄마 아니다."

라고, 버리고, 걔도 형한테 따라갔어요. 형이랑 형수한테, 14년 동안 하고 그 락쉬만가 14년 동안 한 번도 못 찼어요. [조사자 1: 뭘 못 차요?] 한 번도 못 찼어요. 차는 적 없었어요?

[조사자 1: 아 못 잔다고?] 왜냐하면 걔네가 형 그렇게서 사랑하는 사람이에요. [조사자 1: 아 사랑해서, 형을?] 형을 사랑해서, 나무에서 다 버리고 가서 살아야 돼요. 근데 그다음으로 왕 되야 되는 사람 있잖아요. 바라타라는 사람과, 왕으로 안 했어요. 그 사람은 자기 형 그 신발 있잖아요? 신발 왕의 자리에 놓고, 그 대신, [조사자 1: 왕으로 섬 겼어요.] 어, 어, 그렇게 했어요. 〈라마야나〉 그렇게 가르켜 줘요. [조 사자 1: 어어, 그래서.]

그다음에 지금 스리랑카에 있는 사람들이 어떤 왕가 그게 람, 왕 님 와이프 시타라고 있는 사람 있었어요. 시타가 너무 좋았어요. 얼 굴 예쁘다고 들었어요. 어떤 날에 와서 잡아갔어요. [조사자 1: 누가?] 시타로. 사타를, 람 와이프 잡아 갔어요. 잡아가는 중에, 그다음은, 걔네들이 뭐, 잡아가는데 이제 스리랑카예요. 현재 스리랑카에 사는 데 인도에서 스리랑카 가는데 바다 있잖아요. [조사자 2: 바다.] 옛날 에 그런 가는 쪽은 없었죠. 가는 길이 없었어. [조사자 2: 길이 없었어 요.] 바다도 없고.

원래, 그 스리랑카에 있는 왕, 랑카라고 부릅니다. 랑카에는 왕 하는데 비행기 있었어요. 원래 비행기 있었다고 얘기 들었고, 비행기 가. [조사자 2: 비행기가.] [조사자 1: 비행기?] 어 비행기, 비행기. [조사 자 1: 하늘을 나는 비행기?] 어, 비행기 있었다고, 나와요, 역사에 나오 는 얘기가. 나오는 그 비행기 놓고 잡아갔고, 다른 사람들, 이제 람도 이제 사람으로 태어나고 그래서 힘 쓸 수가 없고, 그런데 거기 가야 됐잖아요.

원숭이*한테 친구 됐어요. 원숭이들한테 친구 되고 14년 동안 살아야 됐잖아요. 그때는 원숭이한테 친구, 걔네들한테 도움을 받고,

● 원숭이 신인 하누만을 의미한다.

원숭이 중에서 어떤 한, 어떤 애네들, 인도에서 스리랑카로 가야 됐
잖아요. 인도에서 스리랑카로 가는 길 위에 돌에 람, 람, 람 글씨 써
서, 근데 돌 벌었어요. 아 그 돌 버리고, 그 길이 만들었어요.* 길이
아직도 나와 있어요. 인도 람에 수로 해서 스리랑카 가는 길이가 아
직 있습니다. 이거 나사에서 찾았어요.

[조사자 1: 그러니까 인도에서 스리랑카로 가는 길 위에 돌들이 있고.]
바다, 바다에. [조사자 1: 어 바다에 라마라고 쓰여 있는.] 어, 라마라고
써서 버렸어요. [조사자 1: 어 그게 발견됐어요?] 어 발견됐고, 거기 쪽
길로 걸어갔어요. 걸어가니까 걸어가서 거기는 그 그 왕 잡아간 왕
있잖아요. 원래 다른 분이 찾아가면 그 왕은 여자 시타 잡아갔지만,

"너나 너가 나한테 결혼한 마음 없을 때 내가 너한테 손 안 쓴다."

라고 했고, 그냥 어떤 집 앞에서 그냥 살아 있었어요. 나중에 라
마 가서 이기고 시타를, 시타 데려왔는데 어떤 시타와, 데려왔는데
시타 애기 두 명 태어났어요. 라마, 애기 두 명 태어났는데, 라마가
어떤 나라, 그냥 구경하는데 어떤 세탁기에서 일하는 사람과 와이프
랑 싸와 있었어요. 와이프와 사와 있었고,

"내가 람처럼 아니야. 다른 사람 데려가는 와이프도 다시 데려오
는 사람 아니야. 너가 개랑 잤냐? 안 잤냐? 어떻게 믿을 수 있을까?"

라고 했어요. 그 해니까, 그다음에 람가 어떤 국민, 걷는데 질문
했잖아요. 시타가 거기 라마한테,

"거기 잡아가는 왕한테 잤냐? 안 잤냐?"

물어보니까 그게 그때는 '파헤스티스'라고 했어요. [조사자 1: 파
헤?] 실험을, 검사. 검사하니까 그거를 딱 보면 이렇게 하면 안 된다
고라고 옛날에 그렇게 하고 시타가 검사 받고 시타가 세상 다 버리
고, 시타가 라마랑 헤어지고 나갔어요. 그 옛날이야기 있고.

그다음에 시타가 마지막에 시타는 태어난 곳 없었어요. 시타는
땅에서 나오고 땅으로 돌아갔어요. 시타는 원래 저 네팔, 현재 네팔

자낙푸르*라고 지역에 어떤 왕가 아들이랑 딸 없어가지고, 원래 왕
도 농장하니까 왕도 비슈누 하느님한테 너무너무 기도하고,

"나한테 딸님이나 아들 하나 주세요."

라고 하는데 그때는 어떤 날에 어떤 농장 할 때는, 농장 그거 옛
날에 그거 있잖아요. 이렇게 땅 해야 되는 거. [조사자 2: 땅 가는 거?]
어, 땅 가를 때, 하나 뭐, 바구니 받았어요. 바구니 안에 시타가 있었
어요. 시타 거기서 태어났고 마지막에 시타 그 마지막에 그 땅에서
태어나고 땅으로 돌아갔어요. [조사자 1: 어 죽었구나.] 죽은 거보다는
땅으로 돌아갔다고 생각해요.

[조사자 1: 근데 궁금한 건 시타도 잡혀간 거잖아요. 근데 라마가 시타
를 용서 안 한 거예요?] 어, 잡아 갔어요. 라마 그때는 없었고, 그게 거
기 있었어요. 락쉬만가 언제나 라마랑 같이 있어야 되는 사람이잖아.
안 찾는 사람 있는데 락쉬만이 갑자기 뭐 다른 사고 나와 가지고, 람
가 가고 락쉬만 그쪽 가야 되는데 락쉬만 하나 뭐 성 집에 앞에서 손
하나 그렸어요. 동그란 손 그리는데,

"형수, 여기서 절대 나가지 마세요."

라고 했는데. 아 이런 게 있었어요. 그게 라마라는 왕가 시타 너
무 좋아하니까 예쁘다고 그렇고, 시타 앞에서는 갑자기 이렇게 뭐지,
염소 같은 거 있잖아요. 염소처럼 모양을 큰 염소, 큰 염소 모양으로
나왔어요. 시타가 와 너무 맘 들었어요. 람한테 그거 잡아달라고 말
했어요. 람가 잡아달라고 그, 두 개 갔잖아요. 걔네들이, 그중에 람가
못 사고 나왔어요. 락쉬만도 거기 갔어요. 람 자고 나고 나오면 거기
가니까, 가기 전에는 시타한테는 이거 락쉬만 선이라고 아직도 그
불러요.

사람들이

"다 리미트limit 있어서 그거 크로스cross 하지 마세요."

라고 할 때는 락쉬만 선이라고 불러요 아직도,

"그거 크로스 하지 마세요."

● 고대 미탈라 왕국의 수도 이름이다.

했는데 뭐, 람, 스님처럼 나왔어요. 스님처럼 나와서, 나한테,

"뭐 주세요. 다 드려라."

했는데 시타가,

"아니, 들어와서 갖고 가세요."

했는데 람은 락쉬만, 그거 뭐지, 람이라고 왕 있잖아요. 그 왕가,

"내가 거기 당신 나한테 주셔야 되니까, 나가서 주세요."

하고 그때 잡아 갔었어요. 근데 람도 믿으니까, 그 데려왔잖아요. 믿으니까 데려왔는데 어떤 국민가 그렇게 하니까 왕이니까, 그 보여줘야 되잖아요.

그래서 아직도 우리 디베이트debate 있어요. 그렇게 해야 되는 거야. 안 해야 되는 거예요. [조사자 2: 어 아직도.] 자기 와이프 믿어야 되는 거잖아요.

[조사자 1: 어쨌건 그 행동에 대해서 아직도 사람들이 잘 했다고 생각하는 건 아니잖아요. 의심한다는 거잖아요. 이게 잘 한 걸까 잘못한 걸까 지금도 생각한다는 거죠.] 걔네들 신이니까 안 죽어버렸어요. 근데 원래 어떤 문화인지 잘 모르지만, 시타는 신이니까 그냥 물으로 나와서 물로 돌아갔어요. 그냥 물에서 아무것도 다치는 적 없었어요.

그거 하는 거는 그때는 아무것도 재는 안 잤다고 인정했다고 얘기는 있지만, 그거는 아직도 우리 이야기할 때는 그렇게 하는 거는 왜 그렇게 하나 좋은 거 아니라고 아직도 말했어요. [조사자 1: 저도 그 부분이 아직도 의심스러웠던 거예요. 그게 시타 잘못만은 아닌 거 같은데.]

비슈누의 신봉자 나루드와 노동자들

● **구연정보**

조사일시 : 2018. 03. 10(토) 오후
조사장소 : 경기도 고양시 덕양구 현천동
제 보 자 : 비멀 [네팔, 남, 1987년생, 유학 10년차]
조 사 자 : 오정미, 한상효, 엄희수

● **구연상황**

제보자가 〈시바신의 첫 번째 아내 사티데비〉에 이어소 바로 나루드에 관한
이야기를 시작했다. 구술하는 도중에 친구들이 와서 그들을 소개하느라 잠시
구연을 멈췄다가 다시 이어갔다.

● **줄거리**

비슈누 신의 큰 신봉자인 나루드라는 사람이 있었다. 나루드는 비슈누를 찾
아가 자기가 비슈누의 열렬한 신봉자라고 하자 비슈누는 알겠다며 그를 데리
고 땅으로 내려갔다. 그들이 내려간 곳에는 노동자들이 바구니에 물을 길어
나르고 있었다. 비슈누는 나루드에게 똑같은 일을 하게 시킨 뒤 일을 하면서
무슨 생각을 했는지 물었다. 노동자는 물을 나르는 도중에 신에게 기도를 했
다고 하는데 나루드가 생각한 것은 바구니뿐이었다. 비슈누는 나루드에게 늘
신을 생각해야 큰 믿음이라고 했다.

　원래 하나 나루드라는 사람 있었어요. [조사자 1: 나루드.] 네. 나
루드. 네 나루드는 이기적으로 얘기하는 사람이에요. 당신 얘기 들어
오면 다른 사람한테 가서. [조사자 1: 아 막 소문 퍼뜨리는 사람.] 네. 사
람이었어요.

　그 사람을 비슈누 신봉자예요. 근데 걔 어떤 날 가서, 그 가서 비
슈누한테 하늘 신한테 앞에 가서,

"나는 당신의 큰 신봉자입니다."

라고 했어요.

"인정해주세요."

라고 했고.

(잠시 다른 대화로 구술이 중단됨.)

어떤 이야기 하고 있었어요? 우리? [조사자 1: 나루드. 나는 신봉자입니다.] 아, 네.

"인정해주세요."

라고 했어요. 비슈누가 그날 아무것도 대답 안 하고,

"그래 이제 세상으로 놀러 갑시다."

라고 하고.

[조사자 1: 세상으로 올라 갑시다?] 아니 뭐지, 하늘에서 태어나고 세상으로 가는 [조사자 1: 하늘에서 땅으로?] 땅으로 들어오셨어요. 땅으로 들어오시고. 어떤 지역에 가시고. 거기 하나 농동(노동)하는 사람 있었어요. 농동자? 농동자? 노동자? [조사자 2: 노동자.] 아 노동자 있었어요. 걔네 하는 일은 그게 바구니에서 뭘 갖고 산 올라가는 게 있었어요. 산에 사는 사람이니까. 그래 그때는 비슈누가,

"오케이, 니가 하세요. 너도 이거 물 한 바퀴 한 바구니에서 두고 그 산에 올라가세요"

라고 했어요. 머리에 놓고. [조사자 2: 머리에 이고.]

"머리에 놓고 올라가세요."

라고 했어요.

그다음은 그 노동하는 사람도 올라가고 똑같은 지역에 올라갔어요. 그런데 비슈누가,

"노동자한테 물어보세요."

하셨어요.

"뭐 하셨어요?"

라고 했는데. 비슈누가 이제 다 사람들, 다 사람으로 생각했어요. 하느님이 아니고.

"어 저는 이제 거기 바구니에서 뭘 가져가야 되니까. 안 떨어지기

위해서 하느님 기도 계속했습니다. 나는 비슈누라고 불렀습니다."

라고 했어요. 걔가. 나루드, 그 나루드가,

"어 나는 그 아무것도 하나님 기억 안 하고 바구니만 기억했습니다."

라고 했어요.

그래서 앞으로 그때는 인루가 우리 할아버지가 나한테 하는 이유예요. 그래서 신, 큰 신봉자는 말만 하는 사람 아니라, 일할 때도 기억 안 하고, 하느님 기억 안 하는 사람은 큰 신봉자 됐잖아요. 그래서,

"그 앞으로 하느님 기도는 마음으로 하지 말고 일해서 하라."

그렇게 말했어요. [조사자 1: 큰 신봉자는 마음으로만 기도하는 게 아니라 일을 하면서도 기도하는 사람이다.] 네.

"세상 다 버리곤 하지 마라."

그런 거예요. [조사자 1: 되게 중요한 말 같아요. 그러니까 신을 믿는다고 해서 이 열심히 일하고 사는 거는 버리는 게 아니라 열심히 일을 살면서도 신을 믿는 게 진정한 신봉자다.] 네. 맞습니다. [조사자 1: 라는 얘기죠?]

바보 신봉자 칼리다스

● **구연정보**

조사일시 : 2018. 03. 10(토) 오후

조사장소 : 경기도 고양시 덕양구 현천동

제 보 자 : 비멀 [네팔, 남, 1987년생, 유학 10년차]

조 사 자 : 오정미, 한상효, 엄희수

● **구연상황**

제보자가 〈비슈누의 신봉자 나루드와 노동자들〉 이야기를 마친 뒤 조사자가 '칼리다스'에 대해 묻자 비멀 제보자는 그 얘기를 어떻게 아느냐고 물었다. 조사자는 비멀 씨의 조카 분에게 들었다고 하자 제보자는 이야기를 기억해내면서 구술을 시작했다.

● **줄거리**

칼리다스라는 바보가 살았다. 그는 얼마나 바보인지 나뭇가지에 앉은 채 아랫쪽을 자르다 나무에서 떨어질 정도였다. 세상에서 가장 바보인 칼리다스는 세상에서 가장 똑똑한 여자인 공주와 결혼했다. 공주가 칼리다스를 구박하자 칼리다스가 공부를 시작했으나 잘되지 않았다. 어느 날 칼리다스는 자신의 혀를 잘라 칼리 신의 신상(神像)에 넣었다. 그러자 칼리다스가 갸륵하게 여긴 칼리 신은 그날 밤부터 공부하는 것을 모두 기억하게 될 것이라 했다. 덕분에 칼리다스는 똑똑한 사람이 되었다. 원래 그한테는 다른 이름이 있었는데, 칼리 신의 신봉자라는 뜻에서 칼리다스가 되었다.

[조사자 2: 얘기 중에 칼리다스?] 아 칼리다스. [조사자 2: 칼리다스 얘기가 많다고 하던데.] 칼리다스는 어 원래 세상에 너무 바보 분이에요. 어떤 바보 놈인데 (조사자를 보며) 원래 들어본 적 있었어요? [조사자 2: 그 조카 분한테 잠깐.] 오케이. 그 칼리다스라는 사람은 너무

바보예요. [조사자 1: 바보?] 바보도 너무 너무 미친 분이야. 근데 거기 그 마을에 살고 있는 사람도 다 싫어하는 분이에요. 너무 나쁜 일만 하는 사람이었고. [조사자 1: 바본데 또 나쁜 일만 해요?] 바보도 나쁜 일도 다 아는 사람이고.

거기 원님, 거기 지역에 왕이었던 딸님과 너무 열심히 공부하고 거기서,

"나는 나처럼 잘 하는 사람 세상에 없다."

라고 생각하는 분이 있었어요. 그래서 다른 사람한테 어 부모님, 어 뭐지? 리스펙트respect 안 하는 사람 있었고. 글쎄 왕국에 이런 사람들이가 다 딸님이 얘는 너무 나쁜 놈인데,

"얘한테는 뭐를 가르쳐겠다."

라고 생각하고 얘네 결혼은 이런 일등이니까 얘는, 마지막 분이랑 결혼시켜줘야겠다고 했어요. 그다음은 거기 가니까 그렇지 않아도 다 샀어요. 반대편에서 제일 처음, 일등. [조사자 1: 아 제일 착하고 똑똑한 사람.] 반대편에서 생각하면, 마지막에 제일 나쁜, 바보 같은 사람은 칼리다스예요. 그 이 여자는. [조사자 2: 착한 쪽에서 일등, 나쁜 쪽에서 일등.] 오케이?

그래 걔네들이.

(친구들의 등장으로 구술 중단됨.)

그래서 둘 다 소개, 어떻게 되는 거면 그 칼리다스를 좀 예쁜 옷이 입고, 간 거 그렇게 한 데는,

"너가 아무거나 말하지 마. 우리가 말할 게."

라고 했어요. 그래

"이렇게 이렇게만 해라."

하고. 그때는 그 먼 구경하니까 그 왕이 딸님도 보고 물어보셨어요. 걔네들이 다른 사람들은 다 같이 있으니까 걔네들이 말 만들어 줬어요.

"이렇게 하면, 이렇게 대답했었다."

라고 하고,

"이렇게 하면 이렇게 대답했었다."

라고 하고.

"오케이."

왕이

"인정합니다. 결혼하세요.'

라고 했어요.

결혼하니까 원래는 뭐 여자는 남자 집으로 가야 되잖아요. 남자 집으로 가는데 뭐 아이 하는 거 없었어요. 그다음에 봤는데 어떻게 얘기하는지도 모르는 사람 있고. 그 모데, 아무도 모르는 사람인데 그 뭐지, 그 여자가 너무 화가 났어요.

"가서 일하라."

라고 하는데 일도 할 수 없고. 한데 너무 여자한테 칼리다스가 욕설, 욕 먹었어요. 원래 우리 문화로는,

'와이프한테 욕먹는 건 죽는 거하고 똑같다.'

라고 생각해요.

[조사자 1: 아 왜요?] 원래 그렇잖아요. [조사자 1: 와이프한테 욕먹는 건 죽는 것과 똑같다.] 네. 그렇죠. 와이프한테는 잘 해주고, 그래서 와이프는 자기 일에 순수 있잖아. 아까 내가 말했잖아요. [조사자 2: 잘해줘야 하는데 부인한테.] 했고. 걔네 하루 아닌데, 언제나 욕만 먹으니까 그다음 날 그 여자도 자기 가족 보자 했고. 그렇게 세상 일등 되는 사람인데 근데,

"너는, 아 나는 이렇게 하면 안 된다."

라고 하고.

어떤 날에, 아 그분(칼리다스)이 어떤 분인가 하면, 나무에 올라가고, 나무 다리 있잖아요. 나무, 뭐지, 앉아서 부란촛, 앉아서 이러게 앉아갖고 나무는 이렇게 연결되어 있잖아요. 원래 잘리면 어떻게 잘라야 되는지 아세요? 원래 잘리면 우리 여기 (가지 안쪽) 앉아서 여기 (가지 바깥쪽) 잘라야 하잖아요. 그 사람은 여기 앉아서 여기 자르는 사람입니다. 그래서 떨어졌잖아요. 그런 [조사자 1: 바보였어요?] 그런 바보분인데, 그 와이프한테 그렇게 모아 가지고 모아 가지고, 세상 다 버리고 내가,

　　“공부해야겠다.”

　　라고 했잖아요.

　　아무튼 나이도 먹었고, 또 공부하기는 쉽게 안 됐어요. 공부하기
쉽게 안 돼가지고 그다음은,

　　“얘가 어디 갈까?”

　　그렇게 하고 어떤 칼리라고 힌두교 신이에요. [조사자 1: 칼리?]
어 여자 신이에요. 여자 신한테 공부하는데 공부가 잘 안 돼가지고,
말도 잘 안 되니까 걔는 그 칼리 신 기도하고 나서 마지막에 (혀를
가리키며) 뭐라고 그래요 이거? [조사자 2: 혀?] 어 혀 잘라서, 뭐 칼
리 신 스테츄statue 있잖아. 아이돌idol(우상)에 넣었어요. 근데… [조사
자 1: 칼리다스가 자기 혀를?] 원래 칼리다스 이름은 다른 이름이었어
요. 다른 이름 있었는데 뭔지는 까먹었지만.

　　잘라서 거기 넣었는데 어 칼리가, 칼리가 너무 아까워서 칼리가
나갔어요. 하늘에서 땅으로 내려와서, 그 걔한테는 이렇게 (주위 소
음으로 잠시 중단됨.) 넣으니까 이제 오는 피도 거기 넣어주고, 그래
했는데 칼리가 너무 그 아까웠잖아요. 하늘에서 태어나가지고, 거 땅
으로, 그다음 날,

　　“너는 앞으로는 오늘 밤에 너무 공부하는 거는 다 기억난다.”

　　하고 걔가 그 밤에 공부하는 거 다 그렇게 됐고. 얼마나 공부하
는 거 보세요.

　　“너는 책, 잡, 잡을 때 공부하면 될거야.”

　　라고 했고. 그때 읽는 책 다 공부하고 그렇게 됐어요.

　　그래서 그다음은 칼리 있잖아요. 칼리, 신 있고 다스는 디보티
devotee. [조사자 2: 디보티?] 아 아까 내가 말했잖아요. 뭐죠? (종이를
넘기며) 신봉자. [조사자 2: 신봉자. 아.] 다스는 신봉자예요. [조사자 2:
아 다스라는 뜻이 신봉자고. 칼리 신의 신봉자란 뜻.]

　　[조사자 1: 아 그래서 칼리다스예요. 아 그럼 그 혀는 어떻게 됐어요?]
그건 해결이 됐어요. 해결이 됐어요. [조사자 1: 네?] 신가 다 알 수 있
잖아요. [조사자 1: 아, 다시 혀를 되돌려 줬어요? 아 그래서 유난히 훌륭한
사람이 된 거예요? 공부도 많이 잘, 하고.] 원래 너무 바보이니까.

힌두교 경전 마하바르트의 유래

● **구연정보**

조사일시 : 2018. 03. 10(토) 오후

조사장소 : 경기도 고양시 덕양구 현천동

제 보 자 : 비멀 [네팔, 남, 1987년생, 유학 10년차]

조 사 자 : 오정미, 한상효, 엄희수

● **구연상황**

제보자는 〈바보 신봉자 칼리다스〉를 마친 뒤 쉬지 않고 네팔의 신과 경전에 관한 이야기를 구술했다.

● **줄거리**

힌두교에는 『베드(베다)』와 『마하바르트(마하바라타)』라는 경전이 있다. 옛날에 라트라카라는 사람이 있었는데 하루는 어떤 스님의 집에 물건을 훔치러 갔다. 이를 본 스님이 다 가져가도 좋은데 그 대신에 집에 가서 죄에 대한 벌을 가족들이 나눠 받을 것인지 물어보라고 했다. 라트라카는 집으로 가 물었더니 가족들이 전부 벌을 나누지 않겠다고 했다. 충격을 받은 라트라카는 집을 나와 정글로 가서 나무 밑에서 수행을 했다. 그는 람 신의 은총을 받게 돼서 책을 썼는데 그 책이 곧 『마하바르트』이다.

또 하나, 이런 얘기 또 하나 있었어요. 원래 한 명, 힌두교 베드라고, 책 아시죠? 바이블처럼 똑같대. [조사자 1: 잘 몰라요? 힌두교의 베드?] 기독교의 성경처럼, 성경처럼 힌두교는 베드라고 하고 했었어요. 베드나 마하바르트라고 있었어요. 베드는 4개 있습니다. 베드 4개 중에 세상에 젤, 처음에 나오는 책은 베드예요. 세상에. 리그베드라고 부릅니다. 리그베드. [조사자 2: 아 우리나라에서는 베다라고 써

요.] 베다, 베다, 우리 가서 베드예요. 산스크리트어로.

어떤 데는 한 명, 뭐지, 깡패 있었어요. 깡패. [조사자 1: 깡패.] 그 깡패 이름은 라트라카라고 했었어요. 라트라카. [조사자 1: 라트라카.] 예, 라트러카, 라트라카라는 사람이 있었어요, 근데 뭐라 하지, 그냥 하는 사람, 돈 잡고 가고, 다른 집에 가서 그냥 갖고, 밤에 들어 가서. [조사자 2: 강도?] 강도 같은 거 하는 분인데, 음, 어 그분이 오케이, 잠시만 잠시 까먹었어요. [조사자 1: 괜찮아요. 천천히 생각나시는 대로.] 잊어버렸네. [조사자 1: 천천히 생각하시면 돼요.] 그 스님, 그분이야. 아까 뭐라고 강배? [조사자 1: 깡패.] 어 깡패, 강도하는 분인데 여기저기 여기저기 하고 있고, 어떤 날은 아, 기억 났어요. 어떤 날은 스님 집에 들어갔어요. 스님 집에 갔는데 스님가 걔네 거기 강도하러 오는 거 봤어요.

"너가 여기 있는 거 다 갖고 갈 수 있었어요. 갖고 가세요. 그런 내가 하는 질문만 대답해 주세요."

라고 했어요.

[조사자 1: 스님이?] 대답하는 거는 네가 그렇게 하는 거 크라임 crime 있잖아요. 크라임은 우리 미래에서 죽으면 이제 인제 나쁜 일하면 미래에 나쁜 거 받을 수 있고, 나쁜, 좋은 거 하면 태어나면 태어나면 하늘에 가서 지나서 그래 좋은 거 받을 수 있다라고 했잖아요. 헬hell이랑 헤븐heaven 있었다고 생각했었잖아요. 헬이랑 헤븐 아시죠? 있었다고 하고,

"너가 하는 거는 너네 이제 갖고 하는 그 돈을 너네 가족들이 다 나눠서 받으니까 너네 하는 이거 미래로 너가 받는 그거 퍼니시먼트 punishment도 걔네들 나눌 수 있을까, 없을까? 물어봐."

라고 했어요.

[조사자 1: 그럼 니가 저지를 일을 너희 가족과 너가 다 나눠 가지게 되는데 그래도 되겠냐? 이렇게 물어봤다는 거죠?] 그래 물어봤어요. 돈은 나눠 쓰는데 그거 너가 인제 나쁜 거는 받아, 받아야 됐잖아요. 그래 죽으면서 그거 퍼니시먼트 받아야겠다라는 생각 있었어요. 우리. 근데 반드시,

"개네들이 나눠서 받았나 물어봐."

라고 했어요. 여기 있는 거 다 너 꺼야, 갖고 갈 수 있을지 모르 겠는데, 그거는 그냥 아무 거 버리고, 집으로 갔어요. 엄마랑 와이프 랑 다 그 아들이랑 다 물어봐서 미팅하고 물어봤어요.

"내가 갖고 온 돈은 너네들 다 나눠서 먹는데 이거 하면 너가 너 네들은 내가 하는 크라임 미래로 받을 수 있는 퍼니시먼트가 나쁜 일 하니까 너네들은 나눠서 받은나 안 받으나?"

물어보는데 와이프가,

"당신 하니까 당신가 받아야 되요. 우리가 왜 받아요."

그렇게 했고, 엄마도 그런 대답 해줬었어요. 엄마가 그래 대답하 니까 그거는 그 사람을 생각했어요.

"나는 너네들 위해서 했어요."

이거 다 그렇게 하고 그 사람은 아무것도 다 버리고 그냥 정글으 로 하나님 기도로 갔어요. 그 한데, 거기 뭐지, 앉아 있었고, 나무에 밑에 앉아서 기도하는 중인데 걔네 뭐지,

"내가 죽는다, 내가 죽는다."

말했어요. 그래 뭐라 뭐라 뭐라,

"원래 라트라카라는 깡패가 죽었다."

하고 뭐라 뭐라 뭐라 했는데 힌두교 신화 라무라고 있었어요. [조사자 2: 람.] [조사자 1: 라마가 아니라?] 라마, 라마 라마 있는데 음, 우리는 뭐로, 라무라고 하니까. 라마 라마 라마 뭐라 뭐라 하면 라 마 라마 되잖아요. 라마 라무 됐잖아요. 그런데 개가 뭐라 뭐라 하는 데 근데 뭐 이렇게 앉아 있고, 여기는 뭐 허니 같은 거 있잖아요. 허 니 같은 거 몇 년동안 기다렸어요. 허니가 이렇게 집 만들었어요. 다. [조사자 1: 꿀이 다.] 꿀이 다 됐고, 그 사람은 그렇게 다 돼가지고, 몇 년 동안 기다렸는데 하나님가,

"얘가 진짜 이게 마음 바뀌었나 싶다."

라고 하고,

"앞으로 니가 잘 하라."

라고 하고 그 기도줬어요. 블래싱blessing 줬, 주시는데 거 사람가

미래로 마하바르트라고 책 썼어요. 이제 힌두교는 베드랑 마하바르트는 너무 중요하는 책이에요. 이제 그분이는 힌두교에서 제일 큰 스님이에요. 일곱 개 분이신데 그중에서 추가로 두면 한 명 제일 큰 분이에요. 그래서 우리 생각으론.

"너가 나쁜 거 하지만 마음을 바뀌면 좋은 거 될 수 있을까?"

[조사자 1: 이 책의 이름만 다시 마하바르트.] 마하바르트. [조사자 1: 마하바르트.] [조사자 2: 마하바르트.] [조사자 1: 힌두교에서 이게 두 번째로 큰 성경책이 된 거죠.] 음 이렇게 보시면 베드랑 마하바르트랑 『라마엔(라마야나)』도 있어요. 라마엔, 이렇게 보면 이렇게 해요. 베드는 세계 퍼프요. 만약에 이 땅 어떻게 태어났어, 하늘 어떻게 만들었다. 그거 세상의 퍼프 있고, 마하바르트는 원래 우리는 확인하게 되는 역사 있다 생각하지만 다른 사람 어떻게 생각하는지 모르겠지 마하바르트는,

'당신 이 일 하지 마세요.'

그래 가르쳐주는 거는 라마에는,

'이런 일 하세요.'

라고 가르쳐 주는 책이요. 딱 반대예요.

네팔을 세운 브리티비나란한샤하

● **구연정보**

조사일시 : 2018. 02. 06(화) 오후

조사장소 : 경상남도 진주시 상대 2동 YWCA

제 보 자 : 스레스탄 졸티 [네팔, 여, 1987년생, 결혼이주 11년차]

조 사 자 : 신동흔, 한상효, 이승민

● **구연상황**

제보자에게 네팔이라는 나라가 생겨난 유래담을 묻자 스레스탄 졸티는 처음에 잘 모른다고 했으나 동석한 카멜라 씨의 말을 잠깐 듣고서 이야기를 시작했다. 같은 네팔 출신의 카멜라와 걸퍼나 씨가 청자로 이야기를 들었다.

● **줄거리**

네팔은 원래 여러 왕국으로 나눠 있었는데 브리티비나란한샤라는 왕이 여러 나라를 정복하여 네팔이라는 나라를 만들었다.

[조사자 1: 네팔 나라, 나라가 생겨난 유래담 같은 것도 있나요? 나라가 어떻게 처음 생겨났다는 그런?] 나라가 처음 생겨났다. 그런 거는 저, 들어본 거 없어요.

[청자(카멜라): 처음에 다 따로따로 있어 가지고. 옛날에 왕.]

이런 이야기는 있었어요. 네팔 자체는 인제, 이렇게 있으나, 그 만약에 진주이면, 진주를 다스리는 따로 왕이 있고, 부산이면 부산을 다스리는 따로 왕이 있고, 제자들이 있는, 그런 왕이 엄청 많고, 이제 왕국이 엄청 많은 그런 거는 있었어요. 근데 나중에 인제, 제일 최초로는 누가 있지, 브리티비나란한샤하 라는 왕이 한 명 있었는데, 그리고 그 왕이 인제 그러니까 만약에 진주 왕이 있으면은 진주에 가

255

까운 사천, 산천 이런 가까운 지역을 이제 쳐들어가가지고 이기고, 합치고 그래가지고, 점점점점, 네팔이라는, 통 네팔은 거기서부터 시작해가지고 찾게 된 그런 이야기 있습니다.

　　[조사자 2: 그 왕 이름이?] [청자(카멜라): 브리티비나란한샤하.] 브리티비나란한샤하, 그분이 최초로 나라를, 이렇게 여러 지역, 지역마다 그러니까 이 나라가 너무 약한 거예요. 옆에서 인제 공격을 많이 당하고 그래서 인제 네팔이라는 나라를 인제, 합쳐서 강한 나라로 만들자 해가지고 최초로 시작하시는 왕입니다.

네팔이라는 나라가 생겨난 내력

● **구연정보**

조사일시 : 2018. 03. 10(토) 오후
조사장소 : 경기도 고양시 덕양구 현천동
제 보 자 : 비멀 [네팔, 남, 1987년생, 유학 10년차]
조 사 자 : 오정미, 한상효, 엄희수

● **구연상황**

〈네팔 이름의 유래〉에 이어 조사자가 '때로 만든 사람'에 대한 이야기를 물었
으나 알지 못했다. 생각나는 이야기를 들려 달라고 부탁하자 제보자가 네팔
이 만들어진 과정에 대해 이야기했다.

● **줄거리**

네팔을 세운 브리티비는 구르카라는 땅의 왕자였다. 어머니가 그를 임신했을
때 하루는 신이한 꿈을 꾸고 왕에게 말하자 왕이 그를 때렸다. 네팔에서는 좋
은 꿈을 꾼 뒤에 자면 안된다고 하는데 왕비가 잠을 못 못하게 하기 위한 것이
었다.

　브리티비가 하루는 어떤 스님을 만났는데 먹었던 요구르트를 토한 뒤 마
시라고 내밀었다. 브리트비는 자기는 왕이 될 사람이라면서 그릇을 버리자,
스님은 원하는 곳을 다 갖지 못하게 될 것이라고 했다.

　인도 바라나 왕의 딸과 결혼한 브리티비는 천트라 길에 올라 카트만두가
보이는 곳에 가서 왕이 되고 네팔이라는 나라를 만들었다. 원래 그곳은 달리
기에서 우승한 사람들이 1년씩 돌아가면서 왕을 했는데, 그는 이런 관습을
없애고 계속 왕위를 이어갔다. 그때 구르카나트라는 신이 '커'로 시작해서 마
지막 '교'까지 왕을 하고 나면 왕국이 끝날 거라고 했다. 실제로 네팔은 '교' 이
름의 왕을 끝으로 국왕이 없어지고 공화국으로 바뀌었다.

네팔이라고 하는 나라가 어떻게 만들어졌는지 아세요? [조사자 3: 아니요, 잘 몰라요.] 그 네팔이라고 현재 이거 우리 지역 있잖아요. 에 어리어가 다 만들어준 사람을, 제일 시작하는 사람은 원래 브리티비 왕이에요. 왕 이름이 브리티비, 너무 길으니까 브리티비 나란샤라고 있어요. 그 서왕과 현재 구르카라고 지역 아세요? [조사자 3: 아뇨.] 구르카라고 제가 포카라 네팔, 카트만두랑 포카라 사이에 있는 구르카라고 해요. 옛날에 네팔은 거기에서 시작했습니다.

그 왕과 (종이를 넘기면서) 그때는 영국들이 인도랑 그기, 아프가니스탄 나라 하나하나 잡고 이쪽으로 들어오고 있고, 그 왕과 그렇게 들어오는데 그때 네팔에 보면 네팔은 원래 한쪽에는 남쪽으로 스물두 개 나라 있고, 북쪽으로 스물네 개 나라 있었어요. 그렇게 하면 작은, 작은 나라 있으니까 그 작은, 작은 나라는 인도 거의, 인도 다 먹었는데 우리도 아마 영국인들이 잡을 수 있다고 생각이 나와 가지고, 그 왕과 이제 내 나라 만들어야겠다고 생각이 나왔어요.

그 왕 처음 날에 그 왕 어머니 임신할 때, 그 어머니가 갑자기 밤에 열두 시 지나가지고, 지나면서 뭐 하나 꿈이 보시 있었어요. 보시니까, 거기 남편한테 말했어요.

"내가 이렇게 꿈을 봤는데 내 아들과 태어나고 세상이 다, 다 먹었어요."

이런 했는데, 그 왕의 아빠가 엄마 한 대 때렸어요. 엄마한테 때리니까. 엄마가 그 계속 밤새 울고 계셨어요. 내일 아침에 엄마가 왕이, 아빠, 하여튼 일어나면서 어 엄마가 왕한테 물어봤어요.

"내가 내 꿈이 이렇게 봤다고 생각하는데 왜 나한테 때렸어요?"
라고 했는데,

"너가 진짜 좋은 꿈을 봤어. 이 좋은 꿈을 보면, 너가 그다음 자면 뭐 좋은 결과 안 나옵니다."

원래 우리 생각에 좋은 꿈이 보면 안 자면, 자면 안 된다고 생각했어요. 근데 그 왕자 태어났어요. 그 왕 이렇게 있다가 엄마가 그렇게 꿈 보니까, 그 왕이 태어왔는데 여덟 살 때, 어떤 스님 갑자기 그기 구르카라는 지역에 구르카나트라고 사원 있어요. 거기서 어떤 스님과 와 가지고 그 왕한테, 요구르트 있잖아요.

"요구르트 마셔라."

라고.

"자기 먹고 나오는 거 너가 마셔라."

라고 주시는데 그 왕과

"이 지역의 왕이야. 미래의 왕이야. 내가 너가 먹는 거 왜 먹으냐."

라고 하고 그냥 버렸어요. 버릴 때, 또 바닥, 이거 뭐지 발에 발에 그거 뭐지, 요구르트가 다 떨어졌어요. 그다음에 그 스님이 말했어요.

"너무 내가 주는 요구르트 다 먹으면 너가 원하는 거나 너는 시키는 곳, 나라가 더 너희 나라 만들 수 있는데 이제 너가 어디까지 걸어가니? 거기까지 너가 자기 나라로 만들 수 있다."

라고 했어요.

그다음에 그 사람과 그때 우리 어리, 어렸을 때 결혼하는 쪽 있었잖아요. 우리 그때 현재에는 그 지역 이제 인도에 있어요. 바라나 왕의 딸이랑 결혼했어요. 너무 작은 나라에서 왕과 큰, 부자 나라의 딸이 계산해서 결혼했잖아요. 하니까 걔가 그 걸어, 옛날에 교통 같은 거 없고, 그냥 걸어가는데 그 다른 사람들이 제대로 인사도 안하고 그렇게 뭐, 그 왕가 좀 마음에,

'아 나는 작은 나라의 왕이니까, 이렇게, 얘네들 이렇게 했다.'

라고 했어요.

그 바라나 살던 지역에서 그 구르카까지 갈 때, 카트만두 지나서 가야 되는 지역 있었어요. 거기는 하나 산 있어요. 이제 천트라 길이라고 불리는데요. 그 왕가 거기 천트라 길 올라가고 주는데 카트만두, 현재 카트만두 봤어요. 옛날 네팔, 지금 카트만두. 봤는데

'와 너무 멋있다. 얘두 내가 이 지역에 왕 될 수 있으면 좋겠어.'

라고 거기 와서 그냥 거기 뭐지, 남자들이 있는 수염 있잖아요. 수염 가 잡고,

'아 내가 여기 왕 돼야겠다.'

라고 생각하고 거 그때부터는 그 왕가 나라로 만든 네팔이라고

나라 만들기 시작했습니다.

[조사자 1: 아름다워서 거기까지만 걸어간 거예요?] 아니. 거기까지 갔는데 현재 네팔만, 60%, 70%는 그 왕이 만든 거예요. 그때는 거기 구르카라는 지역에 사람들이 400명밖에 없었어요. 그렇게 그 구르카라는 지역은 그냥 산만이에요.

[조사자 1: 그럼 그 왕은 어 진짜 실존한 역사 속에 인물인 거예요?] 네. [조사자 1: 상상 속의 인물이 아니라.] 아니. 상상적으로요. 300년 전에 이야기예요. [조사자 2: 300년 전의 이야기, 건국신화.] 현재 그 왕은 10년 전에까지 그 왕에 가족들이 왕 되어 있었어요.

[조사자 2: 이게 네팔의 건국신화 같은 거네요?] 그 왕을 거기 원래, 왕의 가족이가, 원래 럼죽이라고 다른 지역에 있었어요. 그게 구르카라고 지역에 왕은 1년마다 바뀌는 방법이 있었어요. 그게 1년마다 바뀌는 이유가 어떻게 바뀌는지는 걔네가, 걔네가 런닝하고, 일등되는 사람, 왕 될 수 있는 문화 있었어요. [조사자 2: 아 달리기를 해서.]

그래서 거기 럼죽에 있는 왕이 옛날 왕들이, 첫 번째는 왕 돼야 됐고, 두 번째는 그냥 버려야 되는 거 있잖아요. 나오는데, 두 번째 가서 거기 가서 런닝했는데 일등 됐어요. 그의 이름은 '커', 네팔 언어로 제일 첫 단어예요. 한국어 가나다라할 때 '가'. 그런데 걔네 '쿨먼드'라고 부릅니다. 그 얘기는 왜 하는 가는, 커부터 시작했는데 그게 구르카나트라고 신 있잖아요. 아까 맞서는 신과 너네들이 일 년마다 바뀌야 됐잖아요. 근데 안 바꿨어요. 걔는

"내가 앞으로 규칙이 왕 한다."

하고 안 바뀌는데 거기 구르카나트라고 신가 말했어요.

"너는 너네 이름 커부터 시작하니까, 너네 마지막 '교.' 거기 가서 너네들이 왕 되는 거 끝이 될 거야."

라고 말할 수 있는데 현재 십 년 전에는 우리 이십, 십오 년 전에 우리 왕국에 큰 사고 나가지고 가족들이 다 죽어버렸어요.

그때는 두 번째, 아들도 죽었고, 마지막 세 번째 아들만 우리 마지막 언어에서 시작하는 분이니까 왕 됐어요. [조사자 1: 아 교가.] 네. 교가 왕 됐는데 그분이가 5년 후에 이제 다 왕 버리고 이제 네팔은

리퍼블릭으로 바꿨어요. 이제 대통령 있습니다. [조사자 1: 정말 그렇게 됐네요.] 네.

　　정말 그렇게, 우리는 어렸을 때 그런 이야기 들었습니다. 그때는 그 가족이 죽기 전에도 이제 네팔 이렇게 있는데 커부터 시작하니까, 여기까지 가면 끝난다라고는 어렸을 때 들은 얘기인데 그러니 그 사람도 교라고 시작하는 사람이 왕 됐어요. 오년 뒤에 다 끝났어요. 2008, 7년, 8년에 왕 다 없애버리고, 이제 대통령 시작했습니다. [조사자 1: 그럼 그 교로 시작된 그분은.] 아직도 네팔에 있어요. [조사자 1: 아직도 살고 계세요?] 아직도 살고 계세요. [조사자 1: 그냥 일반 사람.] 일반인으로.

　　또 하나는 걔네 카트만두 구르카에 있는 왕들이 카트만두 잡았잖아요. 카트만두 잡았고, 잡고나서, 그게 왕국을 카트만두로 옮겼어요. 아니 바로 안 옮기고 몇 년 뒤에 옮기는데, 그때 거기 옛날에 있던 왕들이 다 없애버렸잖아요.

　　걔네들이 너무 화가 나가지고 걔네들이 기도하는 신 하나 있었어요. 그 신은 부타리트건트라고 신 있어요. [조사자 1: 부타?] 부타리트건트, 다른 신들 다 서고 있잖아요. 그 신은 언제나 자고 있는 신이에요. 자고 있는 신인데, 옛날에 그 카트만두에 어떤 신과 뭐 너무 어린 여자한테 결혼했어요. 어린 여자한테 결혼하니까 그 여자가 왕이랑, 뭐 잠잘 때 죽었어요. 잠잘 때 죽으니까 그

　　"걔네가 말한 때는 뭐하란 거냐. 나는 옛신으로 바뀐다. 너네 가족이 누구나 나로 내 지역에 오면 그들은 죽어버린다."

　　라고 했어요.

　　그다음 네팔 왕님들이 언제나 거기 부타리트건트라고 신 사원에 가는 적 없었어요. 그리고 없는데 그기 내가 아까 말했잖아요. 네팔 왕국에 큰 사고 나가지고 열다섯 명 죽었어요. 다 죽었는데 걔네들이 미래의 왕 첫째 아들과 거기 어떤 날에 거기 갔다고 얘기 들었어요. 근데 바로 작, 내년에 왕국에 그런 사고가 나서 다 죽어버렸어요. 우리 어렸을 때 그런 얘기 들었는데 확신하게 됐어요. 그리고 어떻게 믿어야 되는지 저는 잘 모릅니다.

네팔 이름의 유래

● **구연정보**
조사일시 : 2018. 03. 10(토) 오후
조사장소 : 경기도 고양시 덕양구 현천동
제 보 자 : 비멀 [네팔, 남, 1987년생, 유학 10년차]
조 사 자 : 오정미, 한상효, 엄희수

● **구연상황**
조사자는 제보자에게 한국으로 온 사연에 대해 들은 뒤 네팔의 이야기에 대해 물었다. 조사자는 종이에 몇 가지 이야기를 적어왔고, 이를 참고해 가며 구연을 했다. 먼저 어떤 이야기를 듣고 싶은지를 물은 뒤 네팔이라는 이름의 유래에 대해 이야기했다.

● **줄거리**
네팔은 원래 카트만두 지역이다. 이곳에 '네'라고 하는 스님이 있었다. 그리고 팔(빨)은 네팔어로 집이라는 뜻이다. 네 스님이 사는 집이라고 해서 네팔이라고 불렀다고 한다.

네팔, 네팔이라고 불리는데 네팔 이름 어떻게 만들어진지 아세요? [조사자 1: 몰라요? 어 재밌어요. 몰라요. 어떻게 만들어졌어요?] 옛날에 네팔, 카트만두, 옛날 생각으로 네팔은 카트만두만이에요. [조사자 1: 카트만두.] 인제 수도 원래 지방에 있는 사람들이 카트만두를 아직도 네팔이라고 부르는 사람 몇 명 있습니다.

원래 그게 네팔, 카트만두에 '네' 이름이라는 스님이 있어, 계셨어요. 그 스님과 거기는 소 같은 거 있잖아요? 소 키우고. [조사자 3: 수?] 소. [조사자 1: 소, 소.] 소는 우리, 어머니처럼 합니다. 하나님. 소 키우고 힌두교니까. 근데 그 '팔'이 집이에요. [조사자 1: 팔이 집이란 뜻이에요?] 네네. 살아있는 꽃이라고 생각합니다. 네 문이, 네.

네라는 이름의 스님과 거기 계셔가지고, 방문이 장수이니까 네팔, 네팔 부를 때, 네팔 만들었습니다. [조사자 1: 아 스님이 사는 집. 말하자면 그래서 네팔, 네팔 하다 보니 네팔이 되었다.] 네.

[조사자 1: 그러면 네팔이라는 이름 전에는 뭐라고 불렀어요.] 그전에는 이거는 언제부터 시작했는지는 확실하게 말할 수 없지만, 그전에는 뭐, 작은 작은 나라 있고, 있었고, 그렇죠. 나라마다 자기 이름이 었잖아요. 이제 말하는 거는 카트만두 있는 데예요.

[조사자 1: 재미있습니다. 네라는 이름과 팔이 집.] 팔, 우리 팔 아니고요. 빨. [조사자 1: 빨.] 한국어로 네팔하게 되지만. [조사자 1: 사실은 빨이군요. 네팔.] 그거 원래 산스크리트어로 원래 빨 그거입니다.

세티강과 칼리강

● 구연정보
조사일시 : 2018. 03. 10(토) 오후
조사장소 : 경기도 고양시 덕양구 현천동
제 보 자 : 비멀 [네팔, 남, 1987년생, 유학 10년차]
조 사 자 : 오정미, 한상효, 엄희수

● 구연상황
제보자가 〈네팔이라는 나라가 생겨난 내력〉을 마친 뒤, 자신의 할아버지께
직접 들은 이야기라고 하면서 이야기를 시작했다.

● 줄거리
네팔에는 일곱 개의 강이 있는데 그중에 세티강과 칼리강이 있다. 세티강은
작은 데 무척 시끄럽고 칼리 강은 크지만 거의 소리가 나지 않는다. 본래 칼리
는 언니고 세티는 동생이었다. 칼리는 동생인 세티를 돌봐야 하는데 자기 시
간이 없는 것이 속상하여 동생이 잠든 사이 조용하게 집을 나갔다. 잠에서 깬
세티는 언니가 없어진 것을 알고 울면서 언니를 찾아 나섰다. 이후부터 세티
강은 시끄럽게 흐르고, 칼리 강은 조용하게 흐른다.

또 우리 할아버지 하시는 말씀인데요. 우리 고향에 네팔에 큰
강, 여섯 개 있습니다. 아니 일곱 개. [조사자 1: 일곱 개.] 큰 강들이 그
강들이나 여러 개 강 모아서 큰 강 되고 인도로 들어갑니다.

근데 우리 지역, 포카라라고 지역에 살고 있는데 거기는 강 하나
있고, 세티라고 부릅니다. 우리. 거기 그 강은 너무 시끄러워요. 물,
'드르륵, 드르륵' 소리가 엄청 많이 나오는데 그다음에 내가 어떤 날
에 할아버지가 있어 가지고 저한테 하는 말씀인데, 거기 고향에 있

는 강과 소리 엄청 많이 나와요. 그럼, 우리 고향에 이 백, 아니 칠십 킬로 떨어지는 강이 하나 있는데 걔는 칼리라고 해요. 칼리라고 하는 강은 소리 하나도 안 나와요. 얼마나 높은 데서 떨어지는데 소리 하나도 안 나와요. 근데 세티는 얼마나 작은 데서 떨어지는 대도 소리 엄청 크게 나와요.

할아버지가 하는 말은 옛날에 그게 히말라야 산에 세티라고 칼리라고 두 명 여동생들이 있었어요. 어머니 없었고, 칼리는 제일 첫 번째예요. 언제나 여동생 봐야 됐고, 산에 있어야 되잖아요. 그 봐야 됐고. 그날 자기 놀러 가는 시간도 없고, 세티가 너무 작으니까 언제나 같이 있어야 된대. 어이 칼리가 너무 싫어가지고,

'이 집을 내가 나가야겠다.'

하고 생각을 하고 너무 조용하게 나갔어요.

[조사자 1: 어? 뭐가?] 조용하고. [조사자 2: 조용하게.] 네. 조용하게 나갔는데 그거는 칼리 있고. 그다음에 조금 있다가 세티가 일어났어요. 일어났는데 자기 여동생 없었잖아요. 어 내가 어떻게 살아야겠고, 어떤 게 뭐하든 너무 울리고, 근데 큰 뭐지, 누나 찾으러 너무 울고 다녔어요. 이제 그래서 세티가 어디나 좀 울리고 그냥 갔다가 소리가 그렇게 크게 나온다고 생각이 들었습니다.

이런 소리 할아버지 저한테 앉으면 말해요. 그게 세티 칼리 동생이에요. [조사자 1: 칼리가 언니고 세티가 동생이죠.]

쿠마리 귀신과 잠을 잔 남자

● **구연정보**

조사일시 : 2017. 09. 24(일) 오후

조사장소 : 경기도 의정부시 민락동

제 보 자 : 기리라주 [네팔, 남, 1975년생, 이주노동 8년차]

조 사 자 : 박현숙, 김현희

● **구연상황**

제보자가 〈버팔로와 호랑이의 대결〉 구연을 마친 뒤, 조사자가 네팔에 귀신
이야기가 있는지 묻자 제보자가 쿠마리와 관련된 이야기 구연을 시작했다.
제보자의 한국인 아내가 청자로 참여했다.

● **줄거리**

네팔 카투만두에 사는 네와르족에 쿠마리가 있다. 만약 쿠마리가 한 달 안에
죽게 되면 집 밖으로 나오지 못하고 그 집 계단 밑에 묻는다. 귀신이 된 쿠마
리는 얼굴만 있고 뒷모습이 없으며, 발이 반대 방향으로 되어 있고 긴 옷을 입
고 다닌다.

　　어떤 남자가 죽어서 귀신이 된 쿠마리가 예쁜 여자인 줄 알고 같이 자고
일어났다. 며칠 밤을 잤는데 아침이면 여자가 없어졌다. 그러자 어떤 사람이
남자에게 실을 준비하여 그 여자 몰래 묶으라고 조언했다. 남자가 여자 몰래
옷에 실을 묶은 뒤 다음날 실을 따라가 보니 땅속에 작은 뼛조각이 있었다. 남
자가 그 뼈를 태우자 다음날부터 여자가 오지 않았다. 남자가 쿠마리 귀신과
잠만 자면 아프지 않지만, 성관계를 하는 경우에는 병에 걸린다.

　　[조사자: 네팔에는 무서운 귀신 이야기 같은 건 없어요?] 귀신은 무서
운 건 있다고는 하는데, 못 봤어요. [조사자: 무서워하는 귀신 이름은 있
어요?] [청자(아내): '귀신이 애인인 줄 알고 같이 잤는데 아침에 일어나니

까 귀신이었다.' 뭐 이런 거 있잖아.]

그런 거는 아니고 카트만두에 네와르족 있잖아. 네와르족은 결혼하기 전에 아니 결혼하기 전에도 아니고. 이거 쿠마리라는 걔네들이 애랑 결혼하는 거 있어요. 애. 이거 10살 전에 7-8살 때 결혼하는 거 있어. 그 결혼할 때 한 달 동안 집 안에서만 있는 거야. 해보면 안 되는 거야. 안 에다 있고 개한테 봐주는 사람 있는데. 그때 걔네들이 죽으면 그 사람 딴 데로 못 간대. 계단 밑에 묻어야 된대. [청자(아내): 여자를? 애기를?] 응. 묻는대. 그러면 걔는 귀신 되는 거야.

걔네들이 어떤 남자랑 만나면 귀신이 여자처럼 온대. 집에 와서 자다가 없어진다고 그런 말이 있어요. 네팔 우리 동네 어디에서 카트만두 가면은 이렇게 귀신이 있다고. 네와르족에 귀신이 있다고. 거기서 조심하라고.

[청자(아내): 그래서 잡아간다고? 총각을? 남자를?] 잡아가는 게 아니야. 어차피 여자가 좋아하게 되고. 걔네들이 귀신이 올 때는 이거 우리가 밑에 발을 안 보이게 온대. [조사자: 떠다녀?] 아니, 근데 걔네들은 반대로 있대. 우리는 발이 이쪽으로 있잖아. 걔네들은 반대로 되어있대. [청자(아내): 발이 뒤돌아서?] 근데 걔네들이 안보이게 하고 온대. 그다음에 걔네들이 오면 뒤는 안 보이게 한대. 뒤는 아무것도 없이 이렇게 앞에만 있고. [청자(아내): 뒤가 없대? 발도 뒤로 되어있고?] 응. 뒤로 있고.

그렇게 되면 나중에 우리랑 같이 잤어. 일어났는데 없어. 예쁜 여자였는데. [청자(아내): 예쁜 여자였는데 알고 보니까] 귀신이잖아. 잤어. 자다가 일어날 때 아침에 없어. 맨날 그렇게 한대. 어떤 사람이,

"야, 이거는 귀신일 수도 있어. 그러면 니가 실 같은 거 준비하고, 그 사람 옷에 묶어. 몰래 묶으라."

고 했대.

그래서 그 사람이 어떤 날 그렇게 묶었대. 묶어서 길게 하면서 묶었어. 저녁때 같이 자고 아침에 일어나니까 없어 사람. 그때 갔는데 그 실 보고 가는데 어떤 집이 땅속에 있대. 그다음에 거기 다 잘라서 봤는데 조그만 뼈 있대.

그 뼈를 어떻게 닦을 어떻게? [청자(아내): 태웠어?] 응. 태웠어. 그 다음부터는 없어지는 거야. [청자(아내): 안 나온대? 근데 왜 그 남자한테 가는 거야?] 그 남자 같이 자고 그렇게 하면서 그 남자는 죽는 거야. 점점. [조사자: 우리나라 남자 기 빠지는 것처럼.] [청자(아내): 남자 기 빼듯이.] 그 남자도 죽는 거야. 몇 개월 뒤에 죽어, 그 사람.

그 병 걸리면. 그거 병이라고 하는데. [조사자: 그걸 무슨 병이라고 불러요?] 근데 그 병 걸렸어. 그때 그 여자랑 같이 자면은 안 된대, 괜찮대. 섹스하면은 그 병 걸린대. [청자(아내): 밤에 잠만 자는 건 괜찮은대? 무슨 병인데?] [조사자: 이름을 뭐라고 불러요? 병 이름이?] 귀신 당거 네와르? [청자(아내): 어디가 아픈데?] 어디 아픈지 상관없어. [조사자: 그냥 시름시름 앓는 거지] 무당들이 이거 병 걸렸어 너는 그러면 이렇게 이렇게 해야 된다 하고.

[조사자: 네팔 말로 뭐라고 해요?] 네팔 말로 기억이 안 나. [청자(아내): 이제 네팔 말 잊어버려. 네와르족은 카트만두 원주민이잖아요. 그래서 우리가 보통 네팔사람들에 대해서 이야기들을 듣는 건 대부분 네와르족인데 이 사람은 네와르족이 아니기 때문에 모르고] 깜빡했어요. [조사자: 그러면 그 귀신 이름은 네팔 말로 뭐라고 그래요?] 깜박했어요. 안 나와요. 여기 머릿속에 있는데 안 나와요.

[조사자: 며칠 동안 못 나오는 거예요? 해를] 한 달. 한 달 동안. [조사자: 한 달 동안. 그러면 금식을 하거나 하는 건 아닌 거죠?] 아니요. 그런 거는 다 해주는 어떤 한 사람이 있어요. [조사자: 근데 왜 죽었을까? 해를 못 봐서?] 아니, 어떤 병 걸려서 죽을 건지, 어떻게 죽어도 그 사람은 그 집에서 밖에 가져갈 수 없대. 데리고 못 가니까 거기서 묻는대.

버팔로와 호랑이의 대결

● **구연정보**

조사일시 : 2017. 09. 24(일) 오후

조사장소 : 경기도 의정부시 민락동

제 보 자 : 기리라주 [네팔, 남, 1975년생, 이주노동 8년차]

조 사 자 : 박현숙, 김현희

● **구연상황**

제보자가 〈민가에 나타난 호랑이〉 관련 경험담 구연을 마친 뒤 조사자가 호랑이가 집에 들어오지 못하게 하는 방법이 있는지 물었다. 그러자 제보자가 네팔에 호랑이를 막는 별다른 방법은 없고, 옛날이야기가 있다면서 구연을 시작했다. 제보자의 한국인 아내가 청자로 참여했다.

● **줄거리**

옛날에 버팔로와 호랑이가 싸움을 하게 했다. 뿔만 두 개 있던 버팔로는 벼를 검게 물들여 몸에 묶고서 호랑이를 만나러 갔다. 버팔로는 호랑이에게 먼저 세 번을 물면, 자신이 세 번을 물겠다고 했다. 호랑이가 버팔로를 물었으나 버팔로는 볏짚으로 몸을 감싸고 있어 무사했다. 이어서 버팔로가 호랑이를 물어 던지자 호랑이는 허리가 부러져서 죽었다. 이후 호랑이는 버팔로가 밖에 있어도 잡아가지 않게 됐다.

우리나라에 옛날에 어떤 얘기 있어. 그거는. [청자(아내): 이야기야?] 버팔로랑 호랑이 싸우게 됐대. 서로 싸우자 그렇게 했는데. 뿔 두 개만 있잖아. [청자(아내): 버팔로?] 버팔로는. 그래 싸우러 가는 데. 버팔로는 어떻게 갔어. 뼈 있잖아. 벼나무 있잖아. 쌀나무 있잖아. [청자(아내): 뼈, 아니고 벼] 벼 다 묶고, 까만색 그거 욱 다 발라서 갔대. [청자(아내): 몸에 다가?] 응. 버팔로가 갔대. 그다음에.

"니가 세 번 물어."

[청자(아내): 호랑이 보고] 응. 버팔로가 그렇게 이야기했대.

"그다음에는 내가 세 번 물고."

그렇게 이야기했대. 그다음에 호랑이가 막 물었어. 세 번 물었는데 벼만 물었어. [청자(아내): 벼하고] 그다음에는 버팔로가 앞만 뿔을 던졌는데 뿔이 부러져서 죽었대. 그다음에 버팔로는 밖에서 묵어도, 집 밖에서 묵어도 호랑이가 안 먹는다고. [청자(아내): 응, 그런 이야기가 있어?]

그 이야기 때문에 버팔로는 밖에 있어도 괜찮고. 소 같은 거 있으면 잡아가. [조사자: 소는 잡아가고.] 호랑이는 못 잡아가. [청자(아내): 그런 이야기가 있어?] 있어도. 밖에 있어도 못 잡아.

[조사자: 호랑이가 뿔에 받쳐가지고 어디가 부러졌다고요?] 허리 부러졌다고. [조사자: 허리가.] 후에 사람들이 하는 이야기인데. 보는 이야기 아닌데. [조사자: 그런 이야기.] 허리 부러져서 죽었다고. 그래서 싸우면 버팔로가 이긴다고.

고양이가 똥을 숨기는 이유

● **구연정보**
조사일시 : 2018. 02. 06(화) 오후
조사장소 : 경상남도 진주시 상대 2동 YWCA
제 보 자 : 스레스탄 졸티 [네팔, 여, 1987년생, 결혼이주 11년차]
조 사 자 : 신동흔, 한상효, 이승민

● **구연상황**
제보자가 네팔의 고양이 관련 속담에 대해 말한 뒤 걸퍼나 씨가 고양이가 자신의 똥을 땅에 묻는 이유에 대해 말하고자 했다. 걸퍼나 씨가 한국말이 익숙하지 않아서 스레스탄 졸티 씨가 이야기를 대신 전달했다. 카멜라 씨가 또 한명이 청자로 참여했다.

● **줄거리**
고양이와 호랑이가 살고 있었는데 고양이가 호랑이에게 나무 올라가는 법을 알려주었다. 그런데 고양이는 호랑이에게 나무에서 내려오는 법을 알려주지 않았다. 이에 화가 난 호랑이가 앞으로 똥이라도 다 잡아먹겠다고 했다. 그래서 그 후부터 고양이는 자기 똥을 땅에 파서 숨긴다고 한다.

[청자(걸퍼나): 호랑이하고 고양이, 둘이 싸워서, 나무에다 위에 가는 방법 가르쳐줘가지고, 어 고양이가 나무 위에 올라가는 거 가르쳐줘가지고 호랑이도 올라갔어요. 올라가는데, 고양이는 내려와서 내려오는데 호랑이 밑에 오는 거 가르쳐 안 줬어요.] 안 가르쳐주고 인제 고양이는. [청자 1: 호랑이는 고양이한테 어.]

(서로 네팔어로 대화함.)

아, 그 얘기가 무슨 이야기라면은 이제 고양이한테 이렇게 인제

호랑이가

"인제 나무 오르고 있는 걸 가르쳐 올라타는 거를 가르쳐줘라."

그러는 거예요. 올라가는 건 친구가 되가지고 올라가는 건 가르 쳐줬는데 밑에 내려오는 건 안 가르쳐 준거예요. 고양이가 이제 도 망간 거예요. 그래서 인제

"니, 니, 니 꼭 잡아 먹을 건데, 니 아니면 니 똥이라도 무조건 잡 아먹겠다. 나는 어떻게든, 니 똥이라도 남기지 않겠다."

이래 해 가지고, 그런 이야기 있어서 고양이가 똥을, 땅을 파서 묻어내는 게 그게 이제 그런 게 있대요. (웃음)

"니, 니뿐만 아니라, 니 똥도 남기지 않겠다."

뭐 이런 식이에요.

[조사자 1: 호랑이가 나무에서 못 내려오고 고생을 많이 한 거죠.] 네. 그래서 고양이가. [청자(카멜라): 다 가르쳐주면 얼른 잡아먹잖아요. 올라 가는, 가르쳐주고, 내려오면 또 가르쳐주면 얼른 잡아먹기 때문에 내려가는 건 가르쳐 안 줬기 때문에.]

"내가 내려가서 니는 잡히기만 하면 니, 니, 잡혀서, 니뿐만 아니 라."

그 생각해봐. [조사자 2: 그래서 똥을 숨긴다고. 재밌어요.]

방귀냄새 때문에 이혼한 부부

● **구연정보**

조사일시 : 2017. 09. 24(일) 오후

조사장소 : 경기도 의정부시 민락동

제 보 자 : 기리라주 [네팔, 남, 1975년생, 이주노동 8년차]

조 사 자 : 박현숙, 김현희

● **구연상황**

제보자가 〈침을 모으면 강이 된다〉는 속담 구연을 마친 뒤 청자로 참여한 아내가 제보자에게 들었던 방귀 관련 이야기를 화제로 올렸다. 조사자가 구연을 요청하자 제보자가 구연을 시작했다. 제보자의 아내가 청자로 참여하여 적극적으로 호응해 주었다.

● **줄거리**

제보자의 아는 형 이야기이다. 그 형의 할머니가 결혼 중매자였다. 할머니는 손자를 동네의 나이 많은 여자와 결혼시켰다. 그런데 이 여자가 방귀를 자주 뀌었다. 나중에 그 형이 여자의 방귀 냄새 때문에 못 살겠다고 경찰서까지 찾아갔고 결국 이혼했다.

[청자(아내): 방귀 끼면 큰일 나는 줄 알거든요.] [조사자: 왜요?] [청자(아내): 방귀 끼면 안 되는 건 줄 알고. 나는 근데 방귀를 뀌었거든] [조사자: 거기서?] [청자(아내): 방귀 뀌는데 뭐라고 말은 못하고 이러는 거야. 우리 아는 형님이 와이프하고 이혼한다고 하는 거야.] 그거 실제적으로 이야기 하는 거야. [청자(아내): 진짜야?]

[조사자: 그 이야기 해주세요. 찾아보시면서 그 이야기 해주세요. 방귀 끼어서 이혼한 선배 이야기 좀 해주세요]

273

[청자(아내): 나 들으라고 가짜로 만들어 놓은 거 아니야?] 아니 그 사람은 할머니가 그런 거 일 하는 사람이야. 이 동네 사람 이 동네 사람 [청자(아내): 중매? 소개?] 결혼소개 해주는 사람인데. 그 사람이 자기 조카 뭐야? 조카 아니잖아. [청자(아내): 손자?] 손자한테는 같은 동네 여자랑 결혼해줬어. 같은 여자한테 결혼해줬어. 여자 나이 많아. 몸도 크고, 나이도 많고. 결혼해줬어요. 그다음에 나중에 그 사람이 그 남자가 다른 여자랑 결혼했어. 어떻게 했어 뭐 이렇게 했어. 그거는.

나중에 그거는 경찰서까지 왔어. 이 형이 경찰서 왔는데.

"나는 이 여자랑 못 산다."고.

"맨날 같이 자면 방귀 뀐다고 나는 냄새 때문에 못 잔다."고.

[조사자: 그래서 어떻게 했어요? 경찰서에 가서?] 이혼했어. 걔네 둘이서. [청자(아내): 방귀 끼었다고 이혼했어?] 남자가 못 산다고, 어떻게 살겠어요.

[조사자: 이혼은 경찰서에서 해주는 거 아니잖아요?] 아니, 어디서 해줘도 그거는 이혼 아니면 서로 못살기 때문에 이혼해줘야 하잖아. 여자가. 그래서 어디까지 갔는지 몰라 그때는 그 사람이. 여자랑 못 사는 이유는 [청자(아내): 나한테 그 이야기를 해주는 거야] [조사자: 재밌다]

근데 네팔 사람들이 양념 때문에 뭐 때문에 모르겠어요. 냄새가 심하게 나요. 버스 타도 우리가 방귀 뀌면 차에다 다 냄새가 나는 거야. 다 냄새나는 거야. 그다음에 '뽕' 소리 아니에요. 몰래몰래 '푸쉬' 그렇게 하게 해야 돼요. [조사자: 몰래몰래] 자기가 방귀 끼어도

"아이, 냄새나."

먼저 해요. [청자(아내): 먼저 해야 돼?]

[조사자: 그럼 식구들끼리 있어도?] 몰래몰래 [청자(아내): 가족끼리도 안 돼?] [조사자: 그러면 그런 소리도 들어본 적 없겠어요? 방귀 소리 '뽕' 뀌는.] 아니, 우리도 어떤 사람 있는데 걸음마다 방귀 뀌는 사람도 있어요. [청자(아내): 와이프하고 똑같아?] [조사자: 걸을 때마다? 그럼 그 사람은 그 소리 안 나게 하려고 어떻게 해요?]

[청자(아내): 그 사람은 괜찮아? 남자는 괜찮아?] 아니, 어떻게 그 사

람이 계속 있으면 아무것도 못 하잖아. 사람들이. 방귀 끼는데 이렇게 앉아있는데 이렇게 하고 '뿌익' 가는 거야. 이렇게 하고 '뿌익' 가는 거야. 그거 아무것도 못해. 그 사람.

근데 또 계속 방귀 뀌는 사람들은 냄새가 안 나요. [청자(아내): 소리가 크면 냄새 안 나.] [조사자: 그렇죠. 참지 않아서.] 계속 나오니까. 모아서 썩어 있는 거 나오잖아. 오랫동안 [조사자: 그럼 한 번도 방귀 소리 못 들어보셨어요?] 아니요. 요새는 뀌어요. [조사자: 냄새는 좀 달라졌어요?] [청자(아내): 소리가 나면 냄새가 안 나고, 소리가 안 나면 냄새가 나고.]

제보자 정보

단야지
[인도, 여, 1993년생, 유학 4년차]

단야지 제보자는 1993년 인도 남부 하이드라바드에서 태어났다. 건국대학교 공과대학을 졸업하고 영어 강사를 하면서 취업을 준비하던 중에 조사자들과 만났다. 고급 수준의 한국어를 구사한다.

단야지 제보자는 파드마 제보자의 소개로 함께 조사에 응하게 되었다. 단야지 제보자는 파드마 제보자와 전날 함께 자면서 두 사람이 겹치지 않도록 이야기 목록을 점검했다고 할 정도로 적극적으로 조사에 임했다. 어린 시절에 들었던 설화를 파드마 제보자와 번갈아 가면서 차분하게 구연했다. 조사자의 요청에 부응해서 미리 준비하지 않았던 이야기를 기억해서 들려주기도 했다. 구연한 자료는 총 9편으로 대부분 민담에 해당하는 것들이었다.

바수무쿨
[인도, 남, 1964년생, 이주노동 25년차]

바수무쿨 제보자 1989년에 합천 해인사에 요가명상을 지도하기 위해 왔다가, 외국인에 대한 한국인들의 편견에 충격을 받고 그것을 바로잡기 위해 한국에 귀화했다. 1995년에 서울대학교 종교학과에 입학하면서 96년에는 유학생 학생회장을 역임했고, 명동 유네스코를 기반으로 '외국인과 함께하는 문화 교실'을 만들어 문화적 소통을 위한 민간 운동에 전념했다. 조사 당시 광주 동구에 유니버설문화원을 개설하여 재한 외국인을 위한 지원에 힘쓰고 있었으며,

유네스코 광주 지회의 부지회장을 겸임하고 있었다. 오랫동안 한국에 거주하며 적극적으로 문화 운동을 전개해 온 만큼 유창한 한국어 구사 능력을 지니고 있었으며, 엘리트 지식인으로서 문화와 민속, 종교에 대해 상당한 식견을 지니고 있었다.

바수무쿨 제보자와는 두 차례에 걸쳐 조사를 진행했다. 1차 조사 때는 그간 살아온 내력과 일화들을 주로 구술했으며, 2차 조사 때는 인도의 대표적인 경전인 베다와 인도를 대표하는 서사시 라마야나 및 마하바라타 등에 얽힌 신화적 이야기를 주로 구술했다.

바수무쿨 제보자는 문화 강연 경험이 많아서인지, 이야기내용을 그대로 전달하기보다 중간 중간에 설명을 부가하는 방식으로 구연이 이루어졌다. 구연한 자료 숫자는 적지만 내용이 길고 자세한 것으로서, 인도의 신화와 문화에 대한 풍부한 정보를 담고 있다.

파드마(파드마 바티차크라바르티)

[인도, 여, 1992년생, 유학 1년차]

파드마 제보자는 정식 이름이 파드마 바티차크라바르티는인데 통상 '파드마'라는 이름을 썼다. 제보자는 1992년에 인도 남부 하이드바라드에서 태어났다. 뒤에 뉴델리 등으로 이동하며 살아서, 인도 전체에 대한 많은 경험과 해박한 지식을 가지고 있었다. 동국대 한국어학과 대학원에 유학중인데, K-POP을 통해 한국에 관심을 가지게 됐다고 했다. 유학 생활을 시작한 지는 오래지 않지만, 인도에서 열심히 한국어를 공부한 덕분에 제주도에서 유학생들을 대상으로 행한 말하기 대회에서 1등을 할 정도로 한국어 구사 능력이 뛰어났다.

파드마 제보자는 이야기하는 것을 좋아해서 조사에 적극 참여했다. 총 네 차례에 걸쳐 조사팀에게 많은 이야기를 들려줬는데, 인도의 단야지 제보자와 카자흐스탄의 조팔리나 제보자, 브라질의 레오나르도 제보자 등을 소개해서 함께 이야기를 나눌 기회를 만들어 주기도 했다. 늘 밝은 웃음으로 함께 한 파드마 제보자는 이야기판에서 훌륭한 구연자 겸 청자 역할을 함께 수행하면서 즐거운 웃음이 넘치게 했다.

제보자는 어릴 적에 남인도에서 살면서 할머니께 많은 이야기를 들었다면서 그 이야기들을 들려주었다. 하지만 그 외에도 북인도를 포함한 인도 전역의 다양한 설화를 찾아 확인해서 들려주었다. 인도의 우화집인 『판차탄트라』에 실린 짧고 재미있는 이야기도 여러 편 들려주었다. 모든 구연은 따로 자료를 보지 않는 상태에서 기억을 바탕으로 구술했다. 비록 한국에 온 지 얼마 안 되는 유학생이지만, 어떤 이주민 못지않게 큰 구실을 한 유력한 제보자가 파드마 씨였다. 4차례의 조사에서 구술한 이야기의 총 편수는 59편이다.

기리라주

[네팔, 남, 1975년생, 이주노동 8년차]

기리라주 제보자는 1975년에 네팔에서 태어났다. 네팔에서 한국어를 두 달 정도 배운 뒤 취업비자로 한국에 취업했다. E9비자 만기로 4년 10개월 뒤 네팔로 일시 귀국했다가 3개월 후 재입국하여 직장생활을 이어나갔다. 직장생활을 하면서 꾸준히 한국어 공부를 했으며, 당시 한국어 교사였던 현재의 아내와 연애 결혼하여 한국에 정착했다. 경기도 의정부에서 아내와 함께 장모님을 모시고 살고 있다.

기리라주 제보자는 한국어 구사 능력이 수준급이었으며, 유머러스한 말투로 이야기판을 유쾌하게 이끌었다. 한국인 아내가 옆에서 구연을 거들기도 했다. 총 16편의 자료를 구술했는데, 네팔의 민속에 대한 내용과 이주생활담 등이 주종이었으며, 설화에 해당하는 자료도 몇 편 포함돼 있었다.

비멀

[네팔, 남, 1987년생, 유학 10년차]

비멀 제보자는 네팔에서 온 유학생으로 조사 당시에 한국항공대학교 박사과정 재학 중이었다. 처음에 한신대로 유학을 왔다가 항공대학교 대학원 과정에 진학해서 학업을 이어가고 있었다. 비멀 제보자는 채식주의자로 한국에서 음식문화로 어려움을 겪었지만, 현재는 다양한 방법으로 자신에게 맞는 한국 음식을 즐기고 있다고 했다. 한국에 거주하는 네팔 이주민 커뮤니티에서 다양한 활동을 하며 한국에서 성공적으로 문화적응을 하고 있다.

한국어 조사 사용에 어려움을 겪었지만, 한국어를 유창하게 구사하여 설화를 구술하기에 충분했다. 힌두 계열 신화와 역사적 전설을 포함한 네팔의 설화들을 적극적인 태도로 구술했다. 네팔의 문화와 역사를 한국에 알리고자 하는 의지가 뚜렷했다. 구술한 자료의 총수는 13편이다.

스레스탄 졸티
[네팔, 여, 1987년생, 결혼이주 11년차]

스레스탄 졸티 제보자는 2007년 11월에 한국인과 결혼하여 2008년 2월에 한국에 입국했다. 부모님과 고모의 권유로 한국 남성과 결혼했다고 한다. 현재 경남 진주에서 단란한 가정을 꾸리며 생활하고 있다. 네팔 출신 결혼 이주여성들에게 멘토 역할을 할 만큼 한국 생활에 성공적으로 적응한 경우다. 조사 당시 방문요양사 일을 하고 있었으며, 장래에 병원에서 간호조무사 일을 할 계획을 갖고 있었다.

스레스탄 졸티 제보자는 네팔 출신 이주여성 2명과 함께 조사팀을 만났는데, 한국어 능력과 구술능력이 뛰어나서 주도적으로 구연을 이끌어나갔다. 다만 설화보다는 네팔의 신과 풍속에 대한 설명을 중심으로 해서 구술을 이어갔다. 구술한 자료는 총 25편이다.